KB046010

오모리 후지노
OMORI FUJINO

일러스트 **야스다 스즈히토**
YASUDA SUZUHITO

김민재 옮김

© Suzuhito Yasu

던전에서 추구
만남을 하면
안 되는 걸까

13

오모리 후지노 지음 | **야스다 스즈히토** 일러스트 | **김민재** 옮김

S NOVEL

커버 그림, 본문 일러스트 | **야스다 스즈히토**

프롤로그 You'll be back

너는 다시 돌아온다.

누군가가 자신에게 그렇게 말했다.

🕯

"틀렸어. 류가 어디에도 없어."

휴먼 종업원 루노아는 돌아오자마자 고개를 가로저었다.

동쪽 메인 스트리트에 인접한 주점 『풍요의 여주인』은 아직 개점 전이었다.

그런 가게 안에 모인 점원들은 그녀의 보고에 일제히 술렁거렸다.

"류 고것 어디로 간 거냥. 분명 땡땡이다냥. 용서 못한다냥."

"한 마디 말도 없이 편지만 남기고 사라지다니, 처음 있는 일이지만……."

테이블에 넙죽 엎드린 캣 피플 아냐가 투덜거렸지만 어조에는 패기가 없었다. 한손에 편지를 든 루노아도 어딘가 평소와는 다른 분위기로 한숨을 쉬었다.

류가 주점에서 사라졌다.

무단으로, 홀연히.

가게의 별채에 있던 그녀의 방에는 편지가 놓여 있었으며, 한동안 가게를 비운다는 말과 사죄의 말이 달필로 적혀 있었다.

"가끔 훌쩍 사라져버릴 때가 있긴 했지만…… 어쩐지 이번엔……."

이제까지와 무언가 다르다.

그렇게 직감한 점원들은, 동료 엘프가 갔을 법한 곳을 조금 전까지 분담해 찾아 다녔던 것이다.

"요즘 들어 계속 예민하기는 했지. 보고 있으면…… 위태롭다는 생각이 들 정도로."

"야, 음험 고양이. 말투."

"아차."

루노아에게 지적받은 클로에가 한손으로 입을 막았다. 마치 딴 사람이 된 것처럼 눈을 가늘게 떴던 캣 피플은 인격을 홱 바꾸듯, 손을 치웠을 때는 평소의 웃음을 두르고 있었다.

"냐옹~ 시궁창 청소보다 지저분한 짓을 했던 이 몸께서는, 무슨 일이 있었던 거 아닐까옹~ 하는 걱정이 든다옹. 아니, 무슨 일을 저지를 거 같다옹."

경박한 웃음으로 고양이 꼬리를 살랑거리며 주워섬겨 댄다.

그것은 통찰이라기보다는 예감이었다.

【질풍】이라는, 엘프의 과거를 아는 이 중 하나로서 품은 예감.

"야."

반쯤 농담의 성분이 섞인 그 말을 루노아가 다시 나무랐다.

그녀가 흘끔 쳐다본 가게 구석에는, 입을 꾹 다문 회색 머리카락의 소녀가 있었다.

시르는 골똘하게 생각에 잠긴 표정으로 침묵만을 지킬 뿐이었다.

한번 입을 다물었던 세 사람은, 이내 그 자리의 분위기를 날려버리듯 소란스럽게 대화하기 시작했다.

"백발 소년도 던전에 틀어박혀 있고, 시르는 기운이 빠지기만 한다냥! 이건 분명 백발의 음모다냥!"

"맞다옹! 전부 소년 탓이다옹! 사과의 뜻으로 엉덩이에 얼굴 문대게 해줘야 한다옹!"

"무슨 생트집에 헛소리를 하는 거야, 너희는."

아냐와 클로에가 제멋대로 떠들고 루노아가 딴죽을 거는, 그런 일상의 풍경이 펼쳐져도 시르의 표정은 밝아질 줄 몰랐다.

그 속에서 담담히 지적을 날려줄, 언제나 성실하던 엘프의 자리가 공백이었으므로.

그러는 사이에 안쪽의 문이 소리를 내며 활짝 열렸다.

"뭐 하는 거야, 이 바보 딸내미들! 수다 떨지 말고 냉큼 일이나 해!"

드워프 주인, 미아였다.

그녀의 고함에 점원들은 어깨를 부르르 떨고는 거미새

끼를 흩어놓은 듯 가게에서 나갔다.

눈 깜짝할 사이에 정적에 잠긴 실내.

둘만 남자, 시르와 미아는 시선을 나누었다.

"미아 어머니…… 뭔가 알고 계신 거 없어요?"

"네가 모르는데 내가 어떻게 알아."

그 엘프와 가장 깊은 유대를 맺은 것은 너라고, 드워프 점주는 무뚝뚝하게 단언했다.

소녀에게 등을 돌리고 그 자리를 떠난다.

"나 원, 그놈의 엘프는 손이 많이 간다니까."

그런 말을 남긴 채.

"류……."

중얼거린 시르의 목소리는 조용해진 가게 안으로 사라졌다.

✦

『——괜찮아요?』

그 온기를 기억한다.

회색머리 소녀가 내밀어주었던 그 손을.

격정에 사로잡힌 채, 정의를 잃고, 복수를 다한 후. 살아갈 이유를 잃었던 자신을 빛의 세계로 데리고 돌아와준 그녀의 웃음을.

그녀에게 구원을 받았다.

그녀들 덕분에 살아났다.

막무가내인 드워프 주인, 캣 피플뿐인 점원들. 소란스럽고도 유쾌한 주점은 자신의 몸을 씻어주는 것 같았다.

피와 오수에 찌든 자신의 몸을.

복수의 불꽃에 그을려 회색으로 물들었던 하늘색 눈동자를.

지금, 무엇과도 바꿀 수 없는 것이 있느냐고 누군가가 묻는다면.

그것은 풍요의 주점이라 대답하리라.

그녀들과의 일상은 그만큼 소중한 것이었다.

그러나, 그렇다 해도, 역시 『상처』는 사라지지 않았다.

그 주점과 마찬가지로 소중했던 【파밀리아】의 동료를 잃은 상실감.

사소한 계기로 해묵은 통증이 되어 되살아나는 또렷한 적막감.

눈을 돌리고만 있었던 시커먼 불꽃의 잔재가, 가슴속에서 여전히 연기를 피우는 것도 알고 있었다.

아직도 꿈을 꿀 때가 있다.

비명이 메아리친다.

절규가 퍼진다.

눈물이 붉게 물든다.

아름답고 고결하던 소녀들의 처절한 최후가 눈꺼풀 안

쪽에서 되살아난다.

꿈을 꾼 날 아침은 무시무시한 감정의 소용돌이와 해소할 수 없는 허무감을 견뎌내야만 한다.

격정이 울부짖는 것이다.

동료들의 한은 환청이 되어 몸을 태운다.

몸을 끌어안고, 팔에 손톱을 세운다.

풍요의 주점이 드리우는 따뜻한 빛. 그 빛의 그림자 속에 도사린 조그만 어둠. 두 가지 감정을 품은 채, 지난 5년을 살아왔다.

그러므로.

그것은 계기가 있었다면 어이없이 둑을 무너뜨리고 막을 수 없는 괴물로 변하리라는 것쯤은 지극히 뻔한 일이었는지도 모른다.

어두운 지하미궁.

피어나는 냉기.

햇빛도 들지 않는 『악』의 거름통.

그곳에서 본 광경에, 온몸의 털이 곤두섰다.

"――리, 리온."

절망의 목소리.

공포에 젖은 자신의 이름.

떨리는 남자들의 눈빛.

응축된 한순간이 터져나갔을 때, 마음속에 도사린 『괴

물』은 사슬을 뜯어버리고 포효를 질렀다.

"리온?!"

다시 자신의 이름을 부르는 목소리가 들렸다.

그것은 자신을 막는 마지막 한오라기 실이었는지도 모른다.

그러나 그런 전우의 목소리도 뿌리치고, 몸은 격정의 포로가 되었다.

이리저리 도망치는 사내들의 등을 향해 이를 세우고 달려든다.

끝까지 도망치고자, 이리저리 교차하는 미궁 속에 숨더라도, 반드시 목에 이빨을 꽂아주겠노라는 오기가 절규를 지른다.

시커먼 불꽃의 잔재가 퍼져간다.

그것은 순식간에 겁화로 바뀌었다.

【질풍】. 너는 다시 돌아온다.

마음이, 자신에게, 그렇게 말했다.

그렇다.

그『과거』를 넘어서지 못하는 한——.

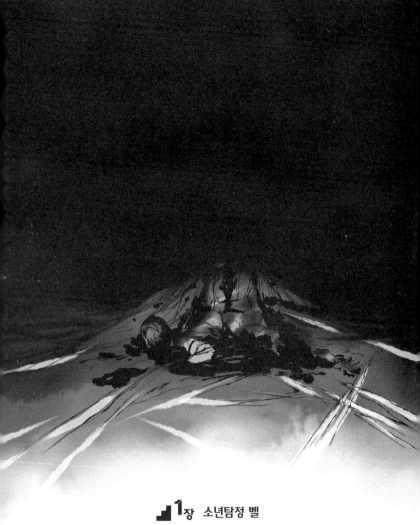

1장 소년탐정 벨

"끔찍하구만⋯⋯."

그 광경을 본 모험자들이 일제히 낯을 찡그렸다.

주위 일대에 흩어진 검붉은 도료.

그 중심에 인형처럼 널브러진 한 구의 주검.

무참히 잘려나간── 아니, 난도질당한, 동종업자의 시체였다.

눈앞의 광경에 발을 멈추고 서 있던 나는 할 말을 잃어버렸다.

"이게 뭐야⋯⋯."

소란을 듣고 달려온 모험자들의 인파 속에서, 한 발 늦게 도착한 벨프와 동료들이 미간에 주름을 지으며 신음했다.

장소는 던전 제18계층.

원정을 갔던『하층』에서 모스 휴지의『강화종』이라는『이상사태』와 맞닥뜨렸던 우리【헤스티아 파밀리아】와『파벌연합』은 간신히 이를 이겨내고, 부상자를 치료하기 위해 이곳 세이프티 포인트까지 돌아왔다. 중간에 만난【모디 파밀리아】의 루비스 씨,【마그니 파밀리아】의 도르무르 씨 일행과 함께, 조금 전까지 무사귀환을 축하하며 잔치라도 벌일까 신나게 떠들고 있었는데.

그것이 갑자기 나타난 한 구의 주검 때문에 뒤집어졌다.

"그렇구만⋯⋯ 정말로『살인』이야. 몬스터의 소행이 아닌, 인위적인 소행⋯⋯."

『리빌라 마을』의 외곽── 호숫가 지대에 있는 거대한 『섬』의 기슭에 모인 모험자들이 술렁거리는 가운데, 리빌라의 우두머리인 보르스 씨는 시체를 내려다보며 혀를 찼다.

그의 말대로, 시체에 새겨진 흔적은 몬스터의 발톱이나 이빨로는 불가능할 만큼 예리한 상처, 모험자의 무기에 의한 검상이었다. 치명상은 아마도 새빨갛게 물든 목의 관통상.

습격이 얼마나 격렬했는지를 말해주는 시체는 온몸에 상처가 있었다. 뼈를 부수고 팔다리를 부러뜨린 둔기의 흔적도 보였다. 핏발 선 두 눈은 크게 뜨여서…… 마치 무시무시한 『무언가』와 맞닥뜨렸다가 속절없이 참살당한 것 같았다.

"욱……."

"보지 마십시오, 하루히메 공……."

입을 막는 하루히메 씨의 두 어깨를 끌어안고 미코토 씨가 그녀의 시선을 시체로부터 가로막았다.

소란을 듣고 모여든 인파 속에 섞여, 릴리와 아이샤 씨는 심각한 표정을 짓고 있었다. 바로 곁에는 입을 굳게 다문 오우카 씨, 낯을 찡그린 다프네 씨가 있었다. 누구보다도 창백하게 질린 사람은 힐러 카산드라 씨였다.

"야, 벨. 너 괜찮아?"

"…………."

벨프가 걱정스레 말을 걸었다.

나는 그 말에는 대답하지 않고, 흔들리는 시선으로 모험자의 시체를 바라보고 있었다.

가슴 속에서 심장이 불길하게 뛰었다.

물론 이것은 동요일 것이다. 마치 전시된 것처럼 놓인 동종업자의 시체는, 인간의 『죽음』은 내 마음과 몸에 큰 충격을 주었다.

하지만 그 동요와 비슷한 정도의 『의구심』이 끈적끈적한 땀방울이 되어 뺨을 타고 흘러내렸다.

"【질풍】이야! 그 자식이 나타났어! 그 자식이 이런 짓을……!"

그 말에 흠칫 고개를 들었다.

그렇다. 지금도 모험자들을 소란스럽게 만드는 것은 다름 아닌 【질풍】이라는 단어였다.

"후드를 뒤집어쓴 엘프가…… 장을, 마치 뭣에 홀린 것처럼 마구 찌르고는 달아나는 걸 내가 봤어!"

시체의 제1발견자인 마을 주민, 웨어울프 남성이 소리 높여 외쳤다.

죽은 지인의 이름을 말하며, 보르스 씨와 다른 모험자들의 시선을 모으고, 그는 자신의 몸을 끌어안았다.

"난 전에 【질풍】을 본 적이 있어. 괴물처럼 강한 【아스트레아 파밀리아】놈들 속에서 계속 얼굴을 숨기고 있던 엘프…… 복면 속에서 봤던 그 하늘색 눈…… 오늘 본 것과 똑같았어!"

당시의 기억을 떠올리는지 몸을 부들부들 떠는 웨어울프 모험자.

그의 말은 분명 그 사람의 특징을 포착하고 있었다.

하지만 믿을 수 없었다.

믿고 싶지 않았다.

【질풍】이—— 류 씨가 이런 짓을 저지르다니!

"틀림없어. 장을 죽인 건【질풍】이야!"

그 단언에 나도 모르게 "잠깐만요!"라고 말하려 했을 때.

"그러고 보니…… 나도 망토로 몸을 숨긴 녀석이 대초원을 달려가는 걸 봤어."

"아, 나도! 그대로 중앙거목…… 아래 계층으로 내려갔지!"

잇달아 들려오는 목격 증언에, 내 말은 나설 차례를 잃어버렸다.

탁 트인 단애절벽에 세워진 역참 마을 리빌라에서, 여러 명의 모험자가【질풍】으로 보이는 사람을 목격했다는 것이다. 나 말고도 류 씨의 정체를 아는 릴리, 벨프, 미코토 씨, 하루히메 씨의 표정이 딱딱하게 굳었다.

그리고 아이샤 씨는 어째서인지 입을 꾹 다물고만 있었다.

"……하지만『질풍 리온』공은 5년 전에 죽지 않았습니까? 운 좋게 살아있었다 한들 어찌 이제 와서 소란을 일으켰겠습니까?"

류 씨의 싸움에 매료되었던 사람 중 하나인 미코토 씨가 마음을 크게 먹고 의문을 제기하자,

"……이건 소문으로 들은 말인데, 『길드』와 【로키 파밀리아】가 조만간 대규모 작전을 벌일 예정이라고 해. 이블스의 찌꺼기들이 잠복한 아지트를 발견했다는 거야."

보르스 씨가 여느 때와 달리 심각한 어조로 말했다.

그 아지트란 곳에는 짚이는 구석이 있었다.

『인조미궁 크노소스』.

비네를 비롯한 『제노스』를 사로잡았던 포악한 헌터들이 근거지로 삼았던, 『악』의 소굴이자 『악』의 온상.

5년 전까지 오라리오에 만연했던 『악』과, 정의의 파벌 【아스트레아 파밀리아】의 일원이었던 류 씨 사이에는 분명 악연이 있다. 다름 아닌 이곳 제18계층에서, 나는 그녀 본인의 입으로 그렇게 들었다.

"만약 살아남았던 【질풍】이, 『길드』의 작전에 편승해 다시 움직이기 시작한 거라면…… 앞뒤가 맞지."

"……!"

"【질풍】은 파벌을 잃은 원한에 사로잡혀서 수상한 놈들을 하나하나 없애고 다녔던 미친 모험자잖아. 미심쩍은 놈들은 죄다 죽였고…… 그 중에는 상인이나 길드 직원도 있었지."

보르스 씨는 팔짱을 끼며 주위의 모험자들을 둘러보았다.

"이 마을 주민 중 나쁜 짓을 저지른 놈들은 얼마든지 있어. 아니, 죄다 뒤가 구린 놈들뿐일걸. 길드가 단속하는 지상에서 살기 힘드니까 이런 던전 속에서『로그 타운』을 꾸려나가는 거잖아."

『길드』의 눈길이 닿기 힘든『리빌라 마을』은 모험자에게 바가지를 씌우는 것은 물론이고, 암시장의 측면도 가졌다고 들었다. 신혈『이코르』를 재료로 한『스테이터스 시프』같은 희귀한 아이템이나 위험한 물건이 거래된다. 물론 한없이 불법에 가까운 것들이다.

계층 공략을 위해 들르는 우리 같은 모험자는 둘째 치고, 이곳 리빌라의 주민들은 하나같이 그런 아슬아슬한 악행에 손을 대고 있다. 보르스 씨의 말에 짚이는 구석이 있는지 주위 사람들 대부분 ──『리빌라 마을』주민들은── 움찔 어깨를 떨었다.

"【질풍】은 그런 우리나, 저기 널브러진 장을 원수라고 판단······했을지도 모르지."

"우, 웃기는 소리 하지 마, 보르스! 그야 뒤가 구린 짓은 셀 수 없을 정도로 저질렀지만, 좀 의심스럽다고 목숨까지 잃는 건 억울해!"

"맞아! 아무리 우리라 해도 이블스하고 손을 잡은 적은 없어!"

여관 주인인 수인이, 아마조네스 장사꾼이 노성에 가까운 목소리로 외쳤다.

이를 시작으로 다른 주민들도 고함을 지르기 시작했다.

눈 깜짝할 사이에 흥분의 전압이, 【질풍】에 대한 분노가 드높아졌다.

"보르스, 우리가 먼저 해치워버리자!"

그 직후 튀어나온 그 호소에 나는 귀를 의심했다.

"장이, 리빌라의 동포가 영문 모를 이유로 죽었잖아! 아무리 『로그 타운』이라 해도 의리는 있다고!!"

"으음……."

같은 마을의 친한 주민이 살해당했다는 분노 때문인지, 제1발견자인 웨어울프가 낯을 시뻘겋게 물들이며 고함을 질러댔다. 그 열기가 차츰 주위에 전파되는 가운데, 굵은 팔로 팔짱을 끼고 있던 보르스 씨는 복잡한 감정이 드러나는 목소리로 말했다.

"네 말도 일리는 있지만…… 난 내 목숨이 제일 소중해. 그야말로 다른 모험자 따위 알 바 아니지. 【질풍】은 블랙리스트에 올라갈 만한 수배범이라고. Lv.4짜리 괴물한테 손을 대는 짓은……."

"맞아, 【질풍】은 현상수배범이었지? 몇몇 상회에서 걸었던 상금이 아직 살아있는 걸로 기억하는데?"

"아, 그러고 보니. 분명 현상금이…… 8천만 발리스던가?"

"——얘들아, 토벌대를 결성하자!!"

부하들이 수군거리던 목소리를 듣고 보르스 씨는 갑자기 힘차게 손을 쳐들었다.

"마을 동료의 원수는 우리가 갚자!【질풍】의 목은 누구에게도 넘겨주지 않는다! 그리고 상금도 우리 거다!!"

"와아아아아아아아아아아아아아아아아!"

아무리 봐도 사리사욕에 사로잡힌 보르스 씨——눈동자가 발리스 금화가 된——에게 나는 얼굴을 실룩거렸다. 그리고 그가 터뜨린 호령에 덜컥 조바심이 났다. 벨프나 미코토 씨도 마찬가지였다. 그곳에 모인 모험자들은 저마다 의도는 있겠지만 혈기왕성하게 고함을 질러댔다.

많은 증언을 통해, 가장 수상쩍은 사람은【질풍】.

유감스럽게도 그 점은 확실하다.

보르스 씨의 말을 듣고, 짚이는 구석이 있는 것 또한 내가 당황하는 이유 중 하나였다.

류 씨는 나에게 이런 말을 한 적이 있다.

『격정에 사로잡혀, 혼자 복수하고자 나섰습니다.』

『그것은 이미 정의라고 부를 수도 없었지요.』

용서할 수 없는『악』을 보았을 때, 만약 류 씨에게서 비정함이라는 이름의 복수심이 되살아났다면…… 동기는 분명히 있었는지도 모른다.

'정말로, 이런 짓을 저지른 게, 류 씨……?'

선혈과 시체의 산더미 위에 서 있는 한 엘프의 모습이 머리에 떠올랐다.

잔혹한 눈빛을 띠고, 시커먼 격정에 사로잡힌 냉혹한 요정의 모습이.

뇌리를 가로지르는 그 불길한 광경을—— 나는 이내 걷어차버렸다.

"잠시만요!"

이번에야말로 목소리를 높인 나를 모두가 돌아보았다.

그 사람이, 류 씨가 그런 짓을 할 리가 없어.

적어도 그 사람의 말을 들었던 나만은 그 사실을 의심해서는 안 돼!

허무함과 애절함이 함께 도사린 그녀의 눈빛을 나는 아직도 기억한다.

"【질풍】의 소행이라고 단정 짓기에는 아직 이르지 않나요?"

"그게 무슨 소리야. 내가 거짓말이라도 했다고?!"

게다가 마음에 걸리는 점도 있다.

나에게 대드는 웨어울프 모험자를 나는 정면으로 마주 보았다.

"어떻게 【질풍】이라는 걸 알았나요?"

"그러니까 내가 말했잖아! 난 【질풍】을 본 적이 있다고! 장을 죽인 범인은 전에 봤던 그놈하고 똑같았어!"

"당신은 언제부터 이곳 『리빌라 마을』에서 살았죠?"

목소리를 높여 주워섬기던 그는 갑자기 기묘한 질문을 하는 나에게 의아한 표정을 지었다.

"아? 벌써 몇 년은 됐지! 네가 못 알아봤을 뿐, 너하고도 몇 번이나 마주친 적이 있어!"

"그럼 당신은 4개월 전의 **그 사건** 때도 있었겠네요?"

"당연하지! 그게 어쨌다고!"

그렇다. 마음에 걸리는 점이 있다. 아니, 지금 그 말을 듣고 또렷한 확신으로 바뀌었다.

이상한 것이다.

정확하게는 3개월 반 전에 일어났던 사건――『칠흑의 골라이아스』가 출현했던 그때, 우리와 있었던 류 씨는 리빌라 마을 주민들과 함께 싸웠다. 사건 당시 있었다고 딱 잘라 말한 이 사람이, 당시 류 씨의 존재를 알아보지 못했다면 앞뒤가 맞지 않는다.

물론 계층 전체에서 극심한 전투가 펼쳐졌으므로 모든 모험자를 기억하기란 불가능할 것이다. 하지만 류 씨는 아스피 씨와 함께 줄곧 계층 터주를 붙들어놓았으며, 심지어 단신으로 강력한 『마법』을 펼치기까지 했다. 기억에 남지 않았다니, 말도 안 된다.

상황이 상황이었던 만큼 아무도 고발하지 않았을 가능성은 있다. 하지만 사건 후에도 류 씨의 정체가 탄로 나는 일은 없었다. 보르스 씨나 다른 사람들의 지금 분위기로 보건대, 제18계층에서 함께 싸웠던 모험자가【질풍】임을 깨달은 사람은 아무도 없었다.

류 씨의 변장이 완벽했다 쳐도, 그렇게나 화려한 활약을 보였던 당시에는 눈치 채지 못했으면서 정보가 한정된 이 상황에서는 알아차렸다니…… 정말 그런 일이 있을 수 있을까?

가능하다면 의심하고 싶지 않다.

의심하고 싶지 않지만……

'이 사람은 거짓말을 하고 있어……!'

험악한 눈초리로 으름장을 놓는 웨어울프 사내를 마주 노려보았다.

이 사람은 【질풍】에 대해 몰라.

모험자의 직감 같은 것이 나에게 그렇게 속삭이고 있었다.

"……【래빗 풋】, 그럼 넌 【질풍】은 범인이 아니라는 거냐?"

주위에서는 수많은 모험자들이 의아하다는 표정을 짓고 있었다.

마을 사람들은 같은 주민인 웨어울프 남성을 믿는지, 나에 대한 회의적인 표정을 짓는다. 내게 질문한 보르스 씨도 마찬가지였다.

수배자인 【질풍】과, 같은 마을 주민들의 말.

어느 쪽을 믿을지는 명백하다. 블랙리스트에 오른 【질풍】을 감싸줄 우리 편은 없다.

하고 싶은 말이 있으면 해봐라. 사방을 에워싼 수많은 눈이 그렇게 말하고 있었다.

몸이 움츠러들 것 같았지만, 그래도 나는 양보하지 않았다.

류 씨는 이제 이런 일을 하지 않아. 그렇게 믿었다.

나는 또박또박, 그 사람은 범인이 아니라고 말하려

했다.

"【질풍】은——."

"관둬."

그런 나를 옆에서 뻗어 나온 아이샤 씨의 손이 저지했다.

"엑……?!"

"찬물 끼얹어서 미안. 얘기들 계속 나누라고."

나와 자리를 바꾸며 앞으로 나온 아이샤 씨가 가슴 밑에 팔짱을 끼며 주위에 말했다. 강조된 풍만한 두 언덕과 깊은 가슴골, 싱그러운 입술에 머금은 요염한 웃음에 보르스 씨를 비롯한 남성진은 금세 게슴츠레한 표정을 지었다. 그러다가 여성진의 혐오 어린 시선과 혀 차는 소리에 흠칫 정신을 차리고는 짐짓 헛기침을 하더니 아무 일도 없었다는 양 대화를 재개했다. 나에 대해서는 깡그리 잊은 것처럼.

무법자들의 대응에 익숙한 아이샤 씨는 내게 말없이 턱짓을 했다. 이곳에서 벗어나자는 신호였지만, 왜 말렸느냐고 힐문하지 않을 수 없었다.

아이샤 씨에게 물으려 했을 때, 이번에는 누군가가 오른쪽 어깨를 감쌌다.

"진정해라, 벨."

"벨프……."

벨프도 나를 타일렀다. 머리 하나 높은 위치에서 바라보는 형님 같은 눈길에, 나는 입을 다물고 간신히 고개를 끄덕였다.

우리 파티는 나란히, 【질풍】토벌에 대한 이야기를 나누는 보르스 씨 일행으로부터 벗어났다.

"뭘 하고 앉았어, 리더."

충분히 거리가 벌어졌을 때, 아이샤 씨는 다짜고짜 그렇게 말했다.

"지금 그 여자를 감싸는 건 좋은 생각이 아니야."

"릴리도 동감이에요. 이렇게 된 이상 다른 분들의 반감을 사는 일은 피해야 해요."

"아이샤 씨, 릴리, 하지만……."

"서툰 짓을 했다간 릴리네까지 사건에 관여한 게 아니냐는 의심을 사고 말 거예요."

"!"

릴리의 그 말에 어깨가 흠칫 떨렸다.

류 씨를 생각한 나머지 그럴 가능성은 고려하지 못했다.

……아이샤 씨 말이 옳다. 파티 리더 자격이 없었다.

그 사람을 감싸려 해도 좀 더 냉정하게 대처했어야만 했다. 하마터면 동료들까지 말려들게 할 뻔했다.

못난 자신이 부끄러워졌다.

"나 원. 좀 성장했나 싶었더니. 역시 넌 아직도 애송이 그대로군."

"죄송합니다……."

땅으로 시선을 떨구고 고개를 숙이며 사과하자…… 갑

자기 아이샤 씨가 웃었다.

"뭐, 그런 것도 좋잖아. 네 뿌리는 그대로여도."

"네?"

"같은 【파밀리아】도 아닌, 친구를 위해 뜨거워질 수 있다……. 다른 놈들은 너의 그런 면이 마음에 들었던 거 아냐? 뭐, 나는 결코 아니지만."

그 말에 정신이 들었다.

주위를 둘러보니, 웃음을 짓는 하루히메 씨와 미코토 씨, 눈을 감은 채 미소를 띤 오우카 씨, 어깨를 으쓱하는 다프네 씨, 부끄러워하며 고개를 숙인 카산드라 씨가 있다.

그리고 릴리와 벨프도 씨익, 만면에 웃음을 띠었다.

"게다가 말이야, 그 벽창호 엘프가 있었다면 이렇게 말 했을걸."

마지막으로 아이샤 씨가 입가를 틀어올리며, 전혀 비슷하지도 않은 목소리로 성대모사를 했다.

"『당신의 그런 점은 미덕입니다』라고."

제18계층 천장, 국화꽃처럼 돋아난 수정의 무리에서 빛이 사라지고 저녁놀 없는 미궁의 『밤』이 찾아왔다.

우리는 일단 『리빌라 마을』로 돌아가 여관의 객실에 모였다.

우리가 빌린 곳은 『빌리의 여관』이라는, 동굴 속에 지어진 싸구려 여관이다. 가격에 비해 리빌라 내에서도 랭크가 높아, 지금 있는 대형 객실도 열 명 이상이 너끈히 쉬어갈 수 있을 정도다. 『강화종』 모스 휴지의 『겨우살이』에 기생당해 조금 전까지 안정을 취했던 치구사 씨도 합류했다.

"상황증거로 보건대 가장 의심스러운 것은 【질풍】……유감스럽게도 그 점은 확실해요."

암반이 그대로 드러난 벽과, 마석등을 비롯한 세간에 에워싸인 채 릴리가 우리에게 말을 꺼냈다.

"하지만 벨 님의 말씀대로 조금 마음에 걸리는 점이 있어요. 지금은 류 님의 동기는 제쳐두기로 하고…… 여러분이 옥신각신하는 사이에 다프네 님과 함께 몰래 시체를 조사해봤어요."

"아, 그러고 보니 너희는 그러고 있었지……."

"나도 그런 짓은 하고 싶지 않았어."

아이샤 씨가 내 발언을 제지했을 때 릴리가 곁에 없던 것을 의아하게 생각했는데, 보아하니 재빨리 의논해 역할을 분담했던 모양이다. 벨프가 혀를 내두르자 다프네 씨는 마지못해 움직였다는 양 한숨을 쉬었다.

내 행동이 주의를 끌어주어 다행이었다고 릴리는 말했지만…… 나는 역시 파티의 참모 역할은 못할 것 같고, 빈틈없는 그녀들을 보며 실감했다.

"난자당한 온몸…… 바꿔 말하자면 거친 검상 속에, 팔다리에만 예리한 상처가 남아 있었어요. 깔끔하다는 표현을 쓰는 데는 거부감이 들지만…… 그야말로 눈에도 비치지 않을 정도의 속도로 벤 것 같았어요."

"그건 다시 말해……."

릴리의 말에 미코토 씨가 긴장한 표정으로 묻자, 아이샤 씨가 설명을 이어받았다.

"그 상처에 한해 말하자면 틀림없이【질풍】짓이겠지. 나도 멀리서 언뜻 눈에 들어왔을 뿐이지만, 전에 봤던 그 여자의 소태도 흔적과 거의 비슷했어. 아마 도망치지 못하도록 팔다리의 힘줄을 끊어버렸을걸."

"어, 어찌하여 그런 일을 하셨을지요……?"

"여기서부터는 추측인데…… 그 여자는 그 모험자를 심문했던 거 아닐까?"

힘줄 절단이라는 매우 충격적인 말에 여우 꼬리를 부르르 떨며 하루히메 씨가 묻자 아이샤 씨가 대답했다. 그러자 그 말을 듣고 있던 벨프와 오우카 씨가 흠칫했다.

"그 엘프가 그놈에게서 뭔가 정보를 얻으려 했다고?"

"그리고 그 말을 들은 후 현장에서 대초원…… 마을 주민들 증언대로, 아래 계층으로 갔단 말인가?"

"뭐, 얘기를 듣고 그 자리에서 숨통을 끊었다고 볼 수도 있겠지만."

다프네 씨가 두 사람의 말에 대답하면서 별 일도 아니라는 양 말했다.

"다만 【질풍】의 분노나 원한을 드러내듯, 그렇게 노골적일 정도로 난자하는 짓은…… 좀 **수상하지** 않아?"

『위장』일 가능성이 있다.

심문을 받고 홀로 남은 모험자를, 나중에 온 다른 사람이 없애곤 류 씨에게 혐의가 돌아가도록 공작을 꾸몄을 가능성이.

다프네 씨는 행간으로 그렇게 지적했다.

"대, 대단해…… 다프네, 꼭 탐정 같아!"

"시끄러워."

"흐규우?!"

카산드라 씨가 신이 나서 목소리를 높이자, 부끄러움을 꾹 억누른 다프네 씨가 그녀를 팔꿈치로 쿡 찔렀다. 비명을 지르거나 말거나 아이샤 씨는 이야기를 재개했다.

"리빌라 놈들은 【질풍】의 목을 따는 방향으로 움직이고 있어. 토벌대 편성은 결정사항이야."

"그럴 수가……."

치구사 씨가 우리의 마음을 대변하듯 중얼거렸다.

한순간 실내가 침묵에 지배당했다.

"만약 류 님의 용의를 풀려 한다면…… 지금 가장 중요한 건, 먼저 그분과 접촉하는 거예요."

그리고 릴리가 이야기를 정리해주었다.

누구보다도 먼저 그 사람을 만나, 무슨 일이 있었는지

진상을 알아내는 것. 우선 그것부터 시작해야 한다고.

릴리의 밤색 눈이 나만을 똑바로 바라보고, 지금 해야 할 일을 제시해주었다.

"…………."

자연스레 모두의 시선이 나에게 쏠렸다. 나는 잠시 주먹에 힘을 주었다.

류 씨가 살해당한 모험자에게 들었던 정보란 무엇일까. 왜 던전으로 갔을까.

그녀는 대체 무엇을 알고 있을까.

애초에 진범이 있다 치고, 【질풍】에게 죄를 뒤집어씌운 이유는 무엇일까.

모르는 것들이 너무나 많았다.

하지만 정말로 그 사람이 이 사건의 한복판에 있다고 한다면…… 해답은 이미 나온 셈이다.

"류 씨를 만나러 가요."

그녀가 모종의 음모에 말려들었다면, 돕고 싶었다.

나의 대답에 릴리도, 벨프도, 미코토 씨도, 하루히메 씨도, 오우카 씨와 치구사 씨도 고개를 끄덕여주었다. 골라이아스와의 사투, 워 게임, 『제노스』를 둘러싼 다이달로스 거리 공방전까지. 우리를 몇 번이고 도와주었던 복면의 엘프에게 이번에는 우리가 은혜를 갚을 차례라고.

다프네 씨와 카산드라 씨 또한 이미 올라탄 배라면서 받아들여주었다.

"좋아, 그럼 냉큼 준비를 시작할까!"

지금까지의 분위기를 바꾸려는 것처럼 벨프가 주먹으로 손바닥을 짝 쳤다. 그에 따라 다들 적극적으로 행동을 개시했다.

"이렇게 되면 리빌라 토벌대에는 우리도 가담하는 편이 좋지 않겠나?"

"네. 그들보다 먼저 이곳을 떠난다 쳐도 던전은 엄청 넓으니까요. 무턱대고 찾아봤자 류 님을 발견할 가능성은 한없이 낮을 거예요."

"어느 계층에 계신지도 모르고……."

"그러면 많은 분들의 힘을 빌려, 일단은【질풍】님의 단서를 발견하는 것부터 시작해야 하지 않겠나이까……?"

"그렇습니다, 하루히메 공. 류 공께 가장 먼저 접촉하려면 어디선가 토벌대를 따돌릴 필요가 있겠지만요……."

오우카 씨, 릴리, 치구사 씨, 하루히메 씨, 미코토 씨가 순서대로 이야기를 나누었다.

벨프와 카산드라 씨, 다프네 씨는 장비를 점검하고 수색을 위한 짐을 꾸렸다.

든든함을 느끼며, 이를 한 발짝 떨어져 지켜보던 나에게 아이샤 씨가 조용히 다가왔다.

"벨 크라넬."

"네?"

"알고 있겠지만, 아까까지 했던 얘기는 전부『추측』이야.

우리, 아니, 너한테 유리할 대로 『해석』한 거지……. 그 엘프가 진짜로 모험자를 죽였을 가능성도 높아."

"…………."

"그것만은 각오해두라고."

아이샤 씨는 그렇게 말하며 다짐을 받아놓았다.

그녀는 무언가를 아는 듯했다. 그야말로 류 씨에 관한 무언가…… 지금 처한 상황 그 자체에 대해.

검은색 장발을 나부끼는 아마조네스의 등을 바라보며, 나는 술렁거리는 가슴 속의 소리를 듣고 있었다.

"난감하게 됐군요……."

안경을 손가락으로 밀어올리며 그녀는 중얼거렸다.

흔들리는 순백색 망토. 마석등의 빛을 희미하게 반사하는 물색 머리카락. 앞머리의 일부만을 구름처럼 하얗게 물들여놓았다. 한손에 든 것은 날카로운 광택을 뿜어내는 은색 단검이었다.

금색 날개 장식이 달린 샌들의 굽을 울리며, 아스피 알안드로메다는 주위를 둘러보았다.

주위에는 냉기가 자욱했다.

햇빛이 전혀 들지 않는, 지하미궁 특유의 냉기였다.

그리고 이는 오라리오 밑에 펼쳐진 『천연』 던전의 것이 아니었다.

『인조미궁 크노소스』.

아스피가 이끄는【헤르메스 파밀리아】는 명공 다이달로스의 저주 받은 혈족이 만들어낸 인공 미궁에 있었다.

"크노소스를 공략한【로키 파밀리아】의 뒤를 따라가기만 하면 된다고, 그들이 청소해준 길을 몰래 조사하는 간단한 일이라고 생각했건만……. 어딜 가나 몬스터밖에 없지 않습니까."

그녀들 앞에는 조금 전까지 격렬히 싸웠던 몬스터의 주검이 켜켜이 쌓여 있었다. 개탄하는 아스피의 한숨에 호응하듯, 『마석』에 금이 간 개체의 몸이 재로 변해 스러져 갔다.

【헤스티아 파밀리아】가 원정 중인 현재, 일부【파밀리아】는 길드 상층부와 연계해 비밀리에『크노소스 공략작전』을 전개하고 있었다. 『길드』는 포악한 헌터 딕스 페르딕스를 필두로 한【이켈로스 파밀리아】의 악행을 통해 밝혀진 이 인공 미궁에 칼을 들이댄 것이다. 방치할 수 없다고 판단했기 때문이다.

『제노스』 사건의 영향이 아직 남은 도시에서 주민들에게 들키지 않도록 한정된 세력만이 극비리에 참가했으며,【헤르메스 파밀리아】도 그 중 하나였다.

"『제노스』를 산 채로 잡고 있었다는 것은 알았지만…… 다른 몬스터까지 풀어놓고 길렀을 줄이야. 아니, 우리가 처들어올 줄 알고 풀어놓았다고 생각하는 것이 타당하 겠지요."

아스피 일행은 주신 헤르메스에게서『제노스』에 대해 듣 고 전모를 파악했다.

그러므로 미궁의 몬스터를 잡아 가둘 장소가 있으리라 상상하기는 어렵지 않았으나, 설마 이렇게 진짜 던전처럼 가는 길마다 잇달아 조우하리라고는 생각도 못했다. 미로 를 이룬 싸늘한 석벽 속에서 아스피는 완전히 버릇이 되어 버린 한숨을 토해냈다.

게다가 그녀를 더욱 골치 아프게 만든 것은…….

"아스피이~! 그 복면 엘프가 눈빛이 바뀌어선 뛰어가버 렸는데~! 원군으로 왔던 거 아니었어~?!"

"저도 압니다…….."

기대했던 인물이 사라져버렸다는 점이었다.

시앙스로프 소녀가 꽥꽥 고함을 지르는 가운데, 아스피 는 이미 오래 전에 사라져버린 엘프를 향해 푸념을 늘어놓 았다.

"단독행동은 계약위반 아닌가요…… 리온."

【헤스티아 파밀리아】가『제노스』귀환작전에 들어가기 전날, 아스피는 류 리온과 약속을 나누었다.

『살아남은『악』의 잔재는 '크노소스'에 잠복한 것으로 보 입니다. 이번 사건이 정리되는 대로 그 미궁을 탐색해, 당 신이 탐낼 만한 정보를 수집해오지요.』

그 말에 류는 훗날 아스피에게 이렇게 청했다.

『저도 그 조사에 참가하겠습니다.』

아스피에게는 예상 밖의 제안이었으나, 동시에 기뻐할 만한 일이기도 했다. 수상하기 그지없는 인공 미궁에 침입해야만 하는 상황에 전력이 많아서 나쁠 것은 없다. 그것이 저 유명한【질풍】이라면 더욱.

물론 그 강력한 도우미는 이미 사라지고 없었지만.

'아이샤는 헤르메스 님의 지시로 벨 크라넬 쪽에 합류했고…… 그녀가 있으면 그나마 좀 달라졌을 텐데.'

서류상으로는 파벌 소속이 아닌 것으로 되어 있는 신참이자 비장의 전력인 아이샤는, 주신의 명령으로【헤스티아 파밀리아】와 행동을 함께 하는 중이다.

이『크노소스 공략작전』에는 절대 소년의 일행이 끼어들어서는 안 되었으므로 보험을 들어놓은 것이다. 아이샤는 아이샤대로, 시키지 않았어도 벨 크라넬을 위해, 그리고【이슈타르 파밀리아】시절부터 동생처럼 아끼던 소녀를 위해 그들의『원정』에 합류했겠지만.

자꾸만 없는 것을 아쉬워하고만 있던 아스피는【질풍】이 사라져버린 통로 저편, 어둠이 도사린 곳을 바라보았다.

"이제는 가라앉은 줄 알았건만…… 그녀가『악』에게 품은 집착을 조금 얕잡아보고 있었나 봅니다."

한순간이었다.

몬스터의 무리가 쇄도하는 통로 저편에서, 도망치려 하

는 모험자의 무리를 시야에 포착했던 류는, **돌변했다.**

하늘색 눈을 부릅뜨고, 아스피조차 겁을 먹어버릴 정도의 위압감을, 살기라 해도 좋을 만한 것을 뿜어내며 곁눈질도 하지 않고 그들의 뒤를 쫓아가버린 것이다.

"과거의 업보, 【아스트레아 파밀리아】의 악연이라……."

크노소스에는 포악한 헌터 외에도 『악』의 잔재가 남아있었다.

오라리오에 암흑의 시대를 가져왔으며, 5년 전에 섬멸되었던 『악』의 잔존세력. 『길드』도 포착하지 못했던 이 크노소스는 그들에게 매우 좋은 아지트가 되었던 것이다.

그리고 그러한 『악』의 잔재와 【질풍】의 악연은 보통이 아니었다.

『정의』를 내세우던 【아스트레아 파밀리아】의 일원, 류 리온에게는.

공포에 질려 도망치던 모험자들…… 그 중에는 어쩌면 그녀의 『원수』가 숨어있었을지도 모르는 노릇 아닌가.

"복수의 불꽃에 사로잡혀…… 다시 추락해버릴 생각인가요, 리온?"

그녀의 중얼거리는 목소리에 대답하는 이는 아무도 없었다.

어두운 인조미궁 속에서, 아스피는 쓸쓸한 표정으로 눈을 가늘게 떴다.

2장 비극의 예언자

© Suzuhito Yasuda

크나큰 재앙이 오리라.

이는 파멸의 화신일진대 다가서지 말지어다. 이는 억만 죽음의 신탁자일진대 접촉하지 말지어다.

어미의 탄식이 화를 부르고 절망이 산성(産聲)을 터뜨리매.

몇 겹의 통곡을 제물 삼아 세워진 붉은 살점의 길.

푸른 물줄기조차 피의 강으로 바뀌어 이형의 존재들은 환희하리라.

나락의 하류는 고이고 넘쳐난 주검을 밀어내 어미에게 모두 환원하리라.

다람쥐는 살점의 꽃을 피우리라.

여우는 덧없이 찢겨나가리라.

메는 부서지리라.

이방의 무사들은 목숨을 희롱당하리라.

피에 젖은 창부는 여우의 유품을 품고 떠나나, 수많은 발톱과 이빨에 능욕당해 애도를 받으리라.

벗은 슬픔을 남기리라.

파멸의 인도자로 약속된 요정은 소용돌이치는 흰 불꽃을 길벗 삼아 가혹을 이으리라.

그리고 절망의 우리는 관으로 바뀌어 그대를 잠식하리라.

잊지 말지어다. 원하던 빛은 되살아난 태양 아래 달리 없을지니.

파편을 모아, 불을 바치고, 해의 화톳불을 구하라.

명심하라. 이는 참혹한 재난의 연회──.

그것은 아무 것도 아닌 『꿈』.
잠에 빠진 소녀가 꾼 『몽상의 산물』.
결국 그것은 단순히 최저 최악의 구역질을 유발할 만큼 전에 없을 정도로 끔찍한 『악몽』이었으며, 소녀가 처음으로 직면하는, 저항할 도리 없이 불가피한 『계시』였다.

　"_____

──아아아?!"

목이 터져라 외치고 눈을 크게 뜨며, 굵은 눈물을 눈가에 맺고.

"헉…… 헉…… 헉……."

숨결의 파편이 귓가를 흔든다.

자면서 흘린 비지땀이 옷을 흠뻑 적셨다.

속이 지독히 울렁거렸다.

카산드라의 눈은 정면에 못 박힌 채였다. 두 눈을 크게 뜬 채, 얕은 호흡을 되풀이하며 넋을 놓고 있었다.

"내가………… 뭘………?"

한동안 혼란의 시간이 흘렀다.

시야에 펼쳐진 것은 암반의 벽. 제18계층, 『리빌라 마을』의 여관이었다.

객실 밖에서는 파도의 술렁임과도 비슷한, 모험자들이 떠드는 소리가 들려왔다. 구깃구깃한 시트는 자신이 빌린 침대에 있던 것이었다.

깨어난 의식의 표면으로 차츰 기억이 떠올랐다.

'맞아, 난…… 토벌대에 가담하기 전에…… 잠을 자고 있

었어…….'

카산드라는 커다란 일을 앞두었을 때는 늘 쪽잠을 자곤 했다.

점을 치듯『꿈』을 꾸기 위해서다.

카산드라는『예지몽』을 꿀 수 있다.

애매한 영상에 따른『예언』의 순간. 그것은 꼭 재앙을 암시하는 것이었으며, 카산드라에게 그것은 다가올 미래나 마찬가지였다. 자기 자신도 별로 좋게 생각하지는 않지만, 『꿈』의 효과는 절대적이어서, 모종의 대국을 맞이하기 직전에는 반드시 계시를 받고자 했다. 【아폴론 파밀리아】 시절에도『원정』이나『워 게임』때 그러했다.

카산드라는 벨 일행이 【질풍】과 접촉하고자 결심한 후, 머릿속 한구석에서 꿈틀거리던 직감에 등을 떠밀려 휴식을 취하기로 했다. 이 방에서 혼자, 침대에 누워.

방에 비치된 모래시계가 잠에 든 지 이제 겨우 반각도 지나지 않았음을 알려주었다.

베갯맡에는 완전히 상비품이 된, 숙면 효과가 있는 알제리카 허브가 놓여 있었다.

"……뭐지, 지금 그거…….."

머리가 욱신거렸다. 현기증도 났다. 입술이 계속해서 떨렸다.

카산드라가 꾼 것은『악몽』이었다.

이번 원정이 시작되기 전, 지상에서 꾸었던 꿈과는 비교도 되지 않을 만큼 끔찍한 꿈.

17행으로 이루어진 『예언』과 선명하고도 처절한 광경. 절망을 본뜬 시커먼 어둠이 모든 것을 유린했다.

붉은색이 솟구치고, 내장이 춤을 추고, 주검이 널브러졌다.

그 속에는 릴리와 하루히메, 벨프, 미코토, 치구사, 오우카, 아이샤, 그리고 친구 다프네까지도 있었으며——

『꿈』의 광경을 떠올린 직후 맹렬한 구토감이 배에서 치밀어올랐다.

"우욱?!"

목을 타고 넘어오려는 것을 열심히 참았다. 하지만 실패하고, 카산드라는 구르듯 침대에서 뛰어내렸다.

방을 뛰쳐나가, 동굴을 이용해 만들어진 여관 안쪽으로. 체면도 잊고, 벽에 마련된 구덩이에 토사물을 뿌렸다. 몇 번이고 게워내, 목구멍 안이 시큼한 맛에 지배당했다.

겨우 구역질이 가셨을 무렵, 떨리는 손을 곁에 놓인 나무통으로 뻗었다.

여관 주인이 길어다놓은 『언더 리조트』의 맑은 물을 떠다 몇 번이고 입을 헹구었다. 몇 번이고 뱃속으로 흘려넣었다.

'추워…… 무서워……!'

어렸을 때, 아직 【아폴론 파밀리아】에 입단하기 전.

고향의 저택에서 무서운 『꿈』을 깰 때마다, 밤늦게 어머니의 침대로 뛰어들어 울며 흐느끼곤 했다. 자신의 머리와 등을 쓰다듬어주던 그 온기에 빠져들고 싶다는 충동에 시달렸다. 하지만 어머니는 없다. 있다 해도 꿈의 『계시』는 사라지지 않는다.

카산드라에게 그것은, 분명히 기다리고 있을 미래였으므로.

"안 돼, 침착해…… 생각해야 해……. 생각하지 않으면, 『꿈』이 현실이 될 거야……!"

아직 『꿈』과 현실을 가늠할 수 없어 생각이 몇 번이나 헛돌았지만, 자신이 꾼 『예지몽』의 내용을 곱씹어보았다.

'【파멸의 인도자】…… 【약속된 요정】…… 엘프? 【질풍】을 말하는 걸까? 모험자들이…… 우리가, 【질풍】에게 인도되면…… 아니, 그녀를 쫓아가면, 꿈이 현실이 되는 걸까?'

【질풍】은 엘프.

현상수배에도 올랐던 5년 전의 정보로 미루어 보면 그것은 틀림없다.

동시에 벨 일행과는 아는 사이인 것 같다. 좀 더 자세히 말하자면, 【아폴론 파밀리아】와의 워 게임에도 참가했던, 그 복면 모험자다.

'우리가 이제부터 해야 할 일은…… 【질풍】을 쫓아 사건의 진상을 확인하는 것…….'

목적의 전모는 그렇다.

다만.

'정말로, 그뿐일까……?'

모르겠어. 모르겠어. 모르겠어.

이건 정말로 단순한 살인사건?

정말로, 그 소년의 친구를 구하는 것이 이 이야기의 전부일까?

지금도 뇌리를 유린하는 『예지몽』의 내용에 카산드라가 낯을 창백하게 물들이고 있으려니.

"나 원, 보르스 자식. 돈에 눈이 멀어선.【질풍】의 토벌대라니…… 응? 야, 넌 거기서 뭐 해! ……어라."

여관 주인, 빌리라는 이름의 수인 사내가 짐을 들고 들어왔다. 투숙객 중 한 사람인 카산드라를 본 그는 눈을 떼지 못하고 있었다.

자다가 흘린 땀 때문에 옷이 몸에 달라붙어 풍만한 라인이 두드러졌다. 불행한 분위기가 풍기는 미소녀는 약해진 모습과도 맞물려 남자의 정복욕을 자극하는 면이 있었다.

아리따운 카산드라의 자태에 여관 주인은 자기도 모르게 마른침을 삼켰지만, 소녀의 낯빛이 너무나도 좋지 않다는 것을 뒤늦게 깨달았다.

"어, 어라, 너, 괜찮아……? 얼굴색이 영 아닌데……."

"……괜찮, 아요……."

당황하는 사내의 걱정을 흘려내며 카산드라는 일어났다.

아기처럼 비틀거리며 걸어나가다, 이내 속도를 높여 뛰

었다.

꿈속의 광경에서 어떻게든 멀어지고자, 다프네와 동료들이 있는 곳으로 서둘러 이동했다.

'내 『꿈』은 확실한 미래는 아니야……!'

카산드라의 행동에 따라 회피가 가능한 미래도 있다.

아직 동료들을 구할 수 있어!

그 마음만으로 그녀는 동굴 여관에서 뛰어나갔다.

"벨프 님, 준비는 다 끝났나요?"

"그래. 무기도 전부 정비했어. 『마검』도 아직 남았으니까, 『하층』에도 한두 번은 더 쳐들어갈 수 있을걸."

"다른 모험자들을 추월해야 한다는 건…… 적이 꼭 몬스터이리란 법은 없단 소리지. 대인전도 있을지 몰라. 그것도 기억해두라고."

그들은 이미 여관 앞에 모여 있었다.

계층의 시간대는 아직도 『밤』.

주위에는 달빛과도 비슷한 백수정의 빛이 드리워져 있었다.

릴리와 아이샤가 중심이 되어 마지막 브리핑을 하는 중이었다.

"아, 카산드라! 뭐 하고 있어, 출발할 때가 다 됐는데!"

"여, 여러분!"

목소리를 높인 다프네와 함께 벨 일행이 그녀를 돌아보았을 때, 카산드라는 입을 열자마자 목소리를 높였다.

"토벌대에 가담하는 건…… 그, 그만 두면, 안 될까요……?"

모두의 시선을 받으며 애원했다.

"……네에?"

"무서운 일이 일어날 거예요…… 그러니까…… 가지, 말아요……!"

떨리는 목소리로 경고한다.

그 뜬금없는 청에 릴리를 비롯해 모두가 눈을 껌뻑거렸다.

가장 먼저 나무란 것은 역시 다프네였다.

"카산드라! 너 또 『꿈』인지 뭔지 이상한 소리 하려고 그러지! 그만 좀 하라니깐!"

"……웃."

【아폴론 파밀리아】 시절부터 알고 지낸 친구는 전혀 상대도 해주려 하지 않았다.

다프네는 『예지몽』을 믿지 않는다. 아니, 다프네만이 아니라 누구 하나 믿으려 하질 않았다. 마치 모종의 저주라도 걸린 것처럼. 【헤스티아 파밀리아】와 싸웠던 워 게임 때도 그랬다.

다른 동료들도 당혹감은 보일지언정, 『무서운 일이 일어난다』는 카산드라의 망언을 믿는 사람은 없었다. 미코토와 하루히메, 치구사는 갈팡질팡했으며, 오우카는 의아한 표정을 짓고, 심지어 아이샤는 던전에 위험이야 늘 있는 거 아니냐는 양 어이없다는 태도였다.

'이제까지는 아무도 믿어주지 않았지만…… 그래도, 지금은……!'

카산드라의 애원하는 듯한 눈빛은 다프네와 다른 이들에게서 떠나, 백발 소년에게 향했다.

"베, 벨 씨……!"

그 누구도 들어주지 않았던 『예지몽』을, 유일하게 믿어준 사람이 있었다.

눈앞에 있는 벨 크라넬이다.

무언가, 그렇다, 소년에게는 『운』이라 불러야 할 만한 『가호』가 있었다. 그것은 카산드라의 저주를 튕겨낼 만한 것이었다. 잃어버린 베개를 찾으러【아폴론 파밀리아】의 옛 홈을 찾아왔던 그날 이후, 자신의 말을 믿어주었던 소년은 카산드라에게는 『특별』한 존재가 되었다.

파티의 리더이기도 한 그에게 떨리는 눈으로 호소했다.

난감한 표정을 지었던 벨은…… 천천히 입을 열었다.

"죄송해요, 카산드라 씨…… 그럴 수는 없어요."

카산드라의 얼굴에 절망의 그림자가 드리워졌다.

"류 씨와 만나야만 해요……. 그 사람을, 돕고 싶어요."

동시에, 그 루벨라이트색 눈을 보고 확신해버렸다.

'아아…… 틀렸어, 이 사람도 멈추질 않아……!'

설령 카산드라의 예언을 믿는다 해도, 이 다정하기 그지없는 소년은 소중한 이를 위해 『예지몽』이 제시한 『약속의 장소』로 가고 말 것이다.

이때 카산드라는 처음으로 이해했다.

확고한 의지는 운명과 같은 뜻임을.

아무리 발버둥을 치더라도 동료들을 막을 수 없다.

그 사실을 깨달은 순간, 무릎에서 힘이 빠져나가 주저앉고 말았다.

"어, 어라, 카산드라?!"

모두들 당황하는 가운데, 다프네가 얼른 소녀의 몸을 지탱해주었다.

괜찮으냐고 물으려던 그녀는, 새파랗다 못해 새하얗게 질려버린 카산드라의 얼굴을 빤히 보고 동요에 빠졌다. 그녀가 아는 카산드라는 평소에도 이상한 언동을 보이면서 창백한 낯빛을 할 때가 많았지만, 이렇게까지 초췌해진 모습은 처음이었기 때문이다.

"……저기, 미안한데. 【질풍】을 찾을 예정이었지만……."

다프네는 카산드라의 몸을 부축하면서 겸연쩍은 태도로 벨 일행을 돌아보았다.

"얘는 몸이 많이 안 좋은 것 같으니까…… 쉬게 해줘도 될까? 미안하지만 나도 같이 여기 남아서——."

그때, 고개를 숙이고 있던 카산드라가 눈을 크게 뜨고 외쳤다.

"안 돼!!"

"?!"

"안 돼, 그건 안 돼! 그것만은, 안 돼……!"

고개를 들고는, 망가진 것처럼 안된다는 말만을 반복하는 카산드라에게 동료들은 물론 다프네까지도 경악했다. 차츰 그 놀라움은 강한 곤혹으로, 나아가서는 기이함의 시선으로 변모했다.

두 손으로 가린 얼굴, 이리저리 흐트러진 장발, 떨리는 가느다란 몸.

동료들에게 전혀 이해받지 못하는 소녀의 모습은 그야말로 비극의 예언자 그 자체였다.

'나만 이 사람들에게서 떨어져선, 절대 안 돼……!'

카산드라의 『예지몽』은 대체적인 줄기는 불가피하지만, 『예언』의 시에서 제시된 길을 벗어나면 결정적인 파멸은 회피할 수 있다.

그리고 『예지몽』과 다른 길로 벗어나려면, 꿈의 내용을 아는 카산드라가 곁에 있어야만 한다.

카산드라가 파티와 함께 가지 못한다면, 벨 일행에게 예언대로 최악의 재앙이 약속되는 것이나 마찬가지다.

'그럴 순 없어, 그럴 순 없어……! 이 사람들이 불행해지도록 내버려두다니, 나는 그럴 수 없어!'

마을에 남으면 카산드라와 다프네는 확실하게 살아남는다. 예전의 카산드라 같으면 분명 친구와 자신의 안전을 우선시했으리라.

하지만 알고 말았다. 모험을 거치며, 그들의 인격을.

릴리는 돈에는 깐깐하지만 동료를 아끼는 파룸이다.

벨프는 무기 정비를 담당한 기술자이면서도, 늘 앞에 나서 파티를 보호하는 멋진 스미스.

오우카와 치구사, 미코토는 의리 있는 극동인답게 존경할 만한 사람들.

하루히메는 착하고, 그러면서도 자신과 성격이 비슷해 좋은 친구가 되었다.

아이샤는 조금 대하기 어렵지만, 든든한 언니 같아 신뢰한다.

그리고 벨은…… 여러 가지 의미에서 『특별』했다.

"카산드라 씨…… 괜찮아요?"

강하게 성장해나가는 그에게 보내는 시선이, 조금씩 바뀌어가는 것을 카산드라도 자각하고 있었다.

지금도 자신을 걱정하는 소년을 보니 자기도 모르게 눈물이 솟아날 것 같았다.

그런 그들을, 카산드라는 위험에 빠뜨릴 수 없었다.

'이렇게 되면, 이젠…….'

카산드라는 힘없는 시선으로 다프네와 동료들을 보았다.

마지막으로, 백발 소년을.

"……떼를 써서, 죄송해요……. 저도, 가겠어요."

의아함이 남기는 했지만, 그 한 마디에 파티의 사기는 원래대로 돌아갔다.

최종확인을 마치고, 다른 모험자들과 합류하기 위해 마을을 떠났다.

대열을 이룬 파티 속에서, 카산드라는 혼자 비장한 결의를 숨겼다.

이 파멸로 향하는 행군에 동행해, 그들을 최악의 운명으로부터 구하겠노라고.

아무도 이해해주지 않는 예언자는 홀로 『반역』을 시작했다.

파멸에 저항하는, 혼자만의 싸움을.

【질풍】토벌이 결정된 후로 약 3시간 후. 준비를 마친 모험자들은 제18계층을 떠났다.

토벌대는 『리빌라 마을』 주민의 거의 절반, 그리고 도시에 들렀던 모험자들로 구성되었다. 정의감에 사로잡힌 자는 얼마 없었으며, 유명한 현상수배범 【질풍】을 해치워 명성을 높이고자 하는 혈기왕성한 자들이 대부분이었다.

"당시의 정보가 확실하다면 【질풍】은 Lv.4다! 그것도 틀림없이 Lv.4 최상위권! 너희만 믿는다, 【래빗 풋】, 【안티아네이라】! 솔직히, 같은 Lv.4인 너희가 없으면 붙잡을 가망이 없거든!"

"아, 네……."

"다 떠넘기겠다는 소리네요……."

보르스의 발언으로 벨을 비롯한【헤스티아 파밀리아】의 참가는 거의 강제적이었다. 출발 전, 제19계층으로 이어지는 중앙거목 밑에서 자신만만하게 외치는 보르스를 보며 벨은 땀을 삐질삐질 흘리고 릴리는 눈을 흘겼다.

그러나 벨 일행에게는 잘된 일이었다.

류와 먼저 접촉하려면 토벌대의 중추가 되는 편이 정보도 얻기 쉬울 테니까.

루비스의【모디 파밀리아】, 도르무르의【마그니 파밀리아】멤버들은 리빌라의 여관에 남기로 했다. 나중에『원정』을 온【헤스티아 파밀리아】보다 훨씬 오랫동안『하층』에 머물며『강화종』의 습격에 시달려왔던 그들의 피로는 벨 일행과는 비교도 되지 않았다. 정신적인 면도 포함해서. 이번에 참가하지 못한 것은 당연한 결과였다.

"난 갈 거야─! 드워프는 이 정도는 끄떡없다고─!"

그렇게 발악하는 도르무르 일행의 파티【마그니 파밀리아】는 따라와도 이상하지 않았지만.

【질풍】이 아니더라도, 광대한 던전에서 사람을 찾기란 지극히 어렵다.

행방불명자를 수색해달라는 퀘스트는 일일이 열거할 수도 없으며, 시신은 고사하고 유품조차 발견하기 힘들다는 사실이 좋은 증거가 될 것이다. 하물며 이번 수색은 목적도 행선지도 알 수 없다. 따라서 이번 토벌은 며칠에 걸쳐 이루어지리라 쉽게 예상할 수 있었다. 인원은 물론이고, 마을에 있던 식량 비축분도 대량으로 투입되었다.

"사람도 사람이지만 수상한 흔적은 절대 놓치지 마라! 다른 모험자와 만나면 정보를 물어봐! 수인들은 이 기회에 자랑스러운 코를 마음껏 살려보라고!"

지휘를 맡은 보르스는 제19계층부터 시작해 각 계층을 될 수 있는 한 꼼꼼히 뒤지고, 계층 사이의 연결통로에 보초를 세웠다. 상부 계층으로 이어지는 유일한 루트에 자리를 잡고 있으면, 설령 흔적을 놓쳤더라도 반드시 목표가 그물에 걸릴 테니까. Lv.4라 해도 일축할 수는 없을 만큼 충분한 전투력을 남겨두고, 제2급 모험자를 다수 포함한 토벌대 본대는 하부 계층으로 진출해나갔다.

"계층을 이 잡듯이 뒤져보고 출입구에 보초를 세워둔다……. 뭐, 넓고 넓은 던전에서 사람을 찾을 때는 그게 정석이지."

"인원이 많아야 비로소 가능한 인해전술이지만, 보르스 님의 판단은 틀리지 않았다고 봐요."

"거저 『로그 타운』의 두목 노릇을 할 수는 없다는 뜻이로군."

현재 위치는 제21계층, 『거목미궁』.

넓은 『룸』에서 모험자들이 휴식을 취하는 가운데, 아이샤와 릴리, 오우카가 무기며 아이템을 확인하는 동안 서로 이야기를 나누었다. 【헤스티아 파밀리아】는 한데 모여 룸의 비교적 중앙, 몬스터의 기습을 덜 받는 꽃밭에 앉아 있었다.

"방법은 합격점이라고 해도 말이야. 애초에 이렇게 대규모로 이동해서 정말 【질풍】을 찾을 수 있겠어? 분담해서 수색할 때는 소대로 움직인다지만…… 우리가 앞질러 가기 전에 내부 분열을 일으켜서 공중분해될 것 같지 않아?"

모험자의 수가 많으면 많을수록 몬스터와의 조우도 당연히 늘어난다. 낯을 익힌 자들끼리라면 그나마 낫겠지만, 실력에 자신이 있는 상급 모험자들은 역시라고나 해야 할까, 연계행동은 아랑곳 않고 각자 알아서 싸웠다. 서로 욕을 퍼붓는 경우도 허다하고, 심지어 서포터들은 백팩에서 꺼낸 예비 무기를 『마석』이나 『드롭 아이템』으로 물물교환하기까지 했다.

지금도 룸에 솟아나는 샘물을 놓고 싸움을 벌이는 것을 멀리서 바라보며, 다프네는 지휘봉처럼 생긴 단검을 빙글빙글 돌리며 탄식했다.

"우리가 움직이기 편해진다면야 그거보다 나은 일이 없겠지만. 그건 그렇다 쳐도…… 주점 엘프는 대체 어디까지 내려간 거야?"

"아직까지 류 공의 흔적은 전혀 발견할 수 없었지요……."

"누군가를 쫓는 것 같다고 했는데요…… Lv.4라면 분명 『하층』까지도 갈 수 있을 테고요……."

벨프의 말에 미코토와 치구사가 대답했다.

토벌대가 움직인 지도 이미 한나절이 지났다. 목에 건 회중시계를 확인하던 릴리도 "앞으로 던전에서 사람 찾는 퀘스트는 맡지 말기로 해요. 수지가 안 맞네요" 하며 조그만 어깨를 으쓱했다. 여기에는 벨과 하루히메도 쓴웃음을 지었다.

"…………."

그런 파티 속에서, 카산드라는 혼자 굳은 표정을 짓고 있었다.

귀중한 휴식시간인데도 긴장을 풀지 않고 묵묵히 생각에 잠겼다.

『예지몽』의 결과는 최악……. 『예언』의 성취는 우리 파티의 전멸이라 생각해도 될 거야. 회피하기 위해서라도, 『계시』가 무슨 뜻인지, 자, 잘 파악해야 해……!'

예언의 내용에 대해 추측과 조사를 거듭했다.

이제까지는 아무도 믿어주지 않는다는 체념을 품었으나, 피할 수 없는 미래를 개탄하기만 하던 소녀는 필사적으로 타개책을 찾아내려 했다.

【크나큰 재앙】, 【파멸의 화신】, 그리고 【어미의 탄식】이 【화】를 부른다……. 재앙, 파멸의 화신, 화는 아마 같은 의미일 거야…….'

카산드라의 『예지몽』은 대부분 서두에서 미래의 대략적인 내용을 말한다.

그리고 그 구절은 늘 카산드라가 간섭할 수 없는 **불가피한 사태**이기도 하다.

'【어미】가 나타내는 건…… 분명 이 던전. 『미궁은 **몬스터의 모체**』라는 건 오라리오에서는 널리 알려진 이야기니까. 그렇다면 어머니, 던전이 불러내는 【화】란…… 【산성】이라는 단어와 함께 생각해보면…… 모종의 몬스터가 태어난다는 뜻.'

카산드라는 배틀클로스 너머로 가슴을 꽉 쥐었다.

'【절망이 산성을 터뜨린】그때부터 참극이 시작되는 거야……. 【몇 겹의 통곡】, 【제물】, 【붉은 살점의 길】, 【피의 강】…… 이제까지의 예지몽 경험으로 보건대, 이런 노골적인 단어는 십중팔구 【죽음】의 암시……. 죽는 건 【파멸의 인도자로 약속된 요정】을 쫓는, 우리 모험자들?'

다시 말해 던전에서 강대한 몬스터가 출현해, 수많은 희생자를 낸다.

아마 틀림없을 것이다.

그리고 여기까지는 **쉽게** 추측할 수 있다.

'하지만 강대한 몬스터란 뭘까? 그 『강화종』보다도 힘든 몬스터가 던전에 나타난단 걸까? 그것도 우리를…… 제2급 모험자인 아이샤 씨나 벨 씨도 있는 우리를, **몰살**시킬 만큼?'

【다람쥐는 살점의 꽃을 피우리라】──『꿈』에서 릴리는 내장을 뿌리며 숨이 끊어졌다.

【여우는 덧없이 찢겨나가리라】── 갈기갈기 찢어진 하루히메는 피바다에 잠겼다.

【메는 부서지리라】── 벨프는 팔다리를 잃은 무참한 모습으로.

【이방의 무사들은 목숨을 희롱당하리라】── 미코토, 치구사, 오우카는 켜켜이 쌓인 주검이 되어.

【피에 젖은 창부는 여우의 유품을 품고 떠나, 수많은 발톱과 이빨에 능욕당해 애도를 받으리라】── 르나르의 시신을 끌어안은 아이샤는 힘이 다해 수많은 몬스터에게 뜯어먹혔다.

"읍……?!

시의 구절과 함께 『꿈』의 광경이 떠올랐다.

카산드라는 얼른 입을 틀어막았다.

『꿈』에서 본 광경은 백일몽처럼 뿌옇게 안개가 끼기는 했지만, 끔찍하게 목숨을 잃은 동료들의 모습은 너무나도 처참하고 끔찍했다. 지금도 충격에서 벗어나지 못했을 정도로.

무엇보다,

'다프네……!'

【벗은 슬픔을 남기리라】── 피에 물든 다프네는 자신의 눈앞에서, 공허한 눈으로 숨을 거두었다.

눈에 눈물이 솟아날 것 같았다.

하지만 카산드라는 필사적으로 참았다.

이것은 아직 현실이 되지 않았다. 이런 참극을 맞지 않도록 카산드라는 지금 싸워야만 한다.

진정해라. 진정해야 해.

울고 있을 틈도, 절망할 시간도 없다.

눈꼬리를 세우고, 카산드라는 자신을 타일렀다.

『꿈』만 보자면, 원정 동료들도, 이곳에 모인 모험자들도 전부 살해당했어. 그런 일이 가능한 몬스터라면……『계층 터주』?'

냉정함을 되찾은 카산드라는 새삼 룸을 둘러보았다.

다종다양한 무기를 가진 상급 모험자들. 대충 헤아려도 70명이 넘지 않을까.

이만한 수의 모험자를 몰살시킬 만한 존재가 있다면, 그것은 『몬스터렉스』말고는 생각할 수 없었다.

"……저, 릴리 씨. 계층 터주가, 어…… 슬슬 태어날 때가 되지 않았나요……?"

"『암피스바에나』 말인가요? 절 뭘로 보시는 거예요, 카산드라 님! 이번 『원정』에서 맞닥뜨리지 않도록 길드에서 출현 시간을 확실하게 조사하고 왔는걸요! 지난번에 토벌된 게 딱 보름 전이었으니 인터벌은 앞으로 보름이 더 남았어요!"

"그, 그렇군요……!"

첫 『원정』에서 계층 터주와 싸우다니 말도 안 된다며 버럭버럭 화를 내는 릴리에게 카산드라는 자기도 모르게 고개를 숙였다.

"『암피스바에나』는 『하층』의 계층 터주잖아? 분명 제 27계층에 나오는 거 아니었어?"

"아이샤 공께서는【이슈타르 파밀리아】시절에 싸워보신 적이 있지 않습니까?"

"맞아. 강한 걸로 따지면 『골라이아스』보다 훨씬 세지. 길드의 추정 레벨은 물 위에서라는 지형도 가미해서 6으로 잡혔지만, 능력 그 자체는 Lv.5라고 보는 게 타당할 거야. 만약 지금 맞닥뜨린다 해도 이만큼 상급 모험자가 많으면 잡을 만해."

벨프와 미코토, 아이샤의 말을 옆에서 들은 카산드라는 다시 고민하게 되었다.

'그랬어. 아이샤 씨는 이미 『하층』의 계층 터주하고 싸워 본 적이 있지…… 이 사람이 하는 말이니 『몬스터렉스』는 꿈에서 본 것 같은 참살은 일으킬 수 없을 거야…….'

이로써 『재앙』의 정체는 더더욱 알 수 없게 되어버렸다고 골머리를 썩었다.

'재앙의 정체는, 몬스터는, 혹시 여럿? 대규모의 『몬스터 파티』라든가……?'

가능성은 있다.

하지만 어쩐지 이거다 싶은 느낌이 오질 않았다.

생각에 잠겼던 카산드라는 이윽고 고개를 가로저었다.

『재앙』의 정체를 고민해봤자 끝이 없다. 이 이상의 추측은 무익하다고 선을 긋기로 하고, 『예언』의 다른 구절에 대해 생각해보기로 했다.

'이번 꿈에 나온 경고는 【되살아난 태양】 부분뿐이었지…… 하지만 【태양】이라니…….'

카산드라의 『예지몽』에는 예언을 회피하기 위한 『경고』가 제시되는 경우가 있다.

대개는 추상적이거나 비유적이라 해독하기가 어려워 카산드라는 재난에 맞닥뜨리는 경우가 많았지만.

'태양의 비유, 상징…… 혹시 아폴론 님? 그분에 관한 물건이 【관】 속에 갇힌 【그대】를 구한다? 아니면 태양이 암시하는 건 『시간』? 낮 시간대에 무언가가 일어난다는 걸까? 하지만 지상의 시간은 던전하고 떨어져 있는걸……. 안 되겠어, 모르겠어……!'

머리를 투닥투닥 두드리다가도 추욱 어깨를 늘어뜨리는 카산드라를 보고 하루히메와 치구사가 깜짝 놀라 질겁했다. 반면 그녀와 오래 알고 지낸 다프네는 이미 익숙하다는 양 어이없어할 뿐이었다.

'【파편을 모아, 불을 바치고, 해의 화톳불을 구하라】……. 이 구절도 아마 【태양】 부분과 이어진 것 같은데, 전후관계를 알지 못하면…….'

카산드라는 무릎 위에 얹었던 손을 꽉 쥐었다.

'……살육이 일어나는 『장소』는 대충 **알 것 같아**……. 일이 벌어졌을 때 그곳에만 없으면, 【재난의 연회】에는 말려

들지 않을 거야…….'

던전에 서식하는 꽃이 독특한 향을 풍기는 가운데, 카산드라가 자신이 할 수 있는 일을 어떻게든 정리하고 있으려니.

"저…… 카산드라 씨."

어느 샌가 눈앞에 앉아있던 백발 소년이 얼굴을 들여다보았다.

"네, 네헥?! …… 벨 씨?"

놀라서 목소리가 갈라져 나온 카산드라를 보고 벨은 쓴웃음을 지었다. 그리고는 조금 고민하는 기색을 보이더니, 천천히 입을 열었다.

"저기…… 뭔가 고민이 있으시면, 의논해주세요."

"네?"

"【파밀리아】는 다르지만, 지금은 같은 파티니까…… 그러니까, 뭔가 힘이 되어드리고 싶어서요. 아, 물론 제가 아니어도 상관없고요, 다프네 씨나 하루히메 씨라도…….."

그렇게 말하며, 시원한 물이 담긴 물통을 건네주었다.

지금도 다툼이 벌어지는 모험자들 틈에서 샘물을 떠와준 것이리라. 심각한 표정만 짓고 있던 카산드라를 걱정해서.

아마 리빌라를 떠나기 전부터, 『예지몽』에 고민하던 것을 눈치 채고.

카산드라는 연신 눈을 깜빡이다가, 뺨을 화악 붉히고 말았다.

'정말로…… 이 사람은, 변했어…….'

얼마 전까지는 곧잘 얼굴을 붉히고, 무슨 일만 생기면 갈팡질팡했는데. 그야말로 카산드라와 마찬가지로.

이번『원정』에서 미코토가 벨을 예시로 거론하며 가르쳐 주었던 극동의 격언이『선비는 사흘을 만나지 않았다면 눈을 크게 뜨고 보아야 한다』였던가.

정말로 그 말이 맞다고 생각했다. 파티의 리더다워졌다.

물론 관록은 아직 부족하지만, 무언가를 알아차릴 때 마다 자신이 할 수 있는 일을 생각하며 실행해나간다.『강화종』모스 휴지 때도『겨우살이』에 당황하던 힐러인 자신의 손을 잡고 격려해주었다.

그때의 온기가 아직도 남아 있는…… 그런 기분이 들었다.

이러고도 자신보다 어리다니, 그것도 눈물이 날 것 같았지만.

"고맙, 습니다……."

가느다란 목소리로 감사를 전하며 물통을 받아들고, 입을 대 목을 꼴깍꼴깍 울렸다.

소년은 뺨을 붉히며 멋쩍게 웃고 있었다.

카산드라는 이렇게까지 변한 소년에게 무슨 일이 있었는지는 몰랐지만.

그의 다정함에 빠져들 것 같았다.

"저, 저기……."

무엇을 말해야 좋을지 전혀 정리를 하지 못한 채 입을 움직이려던 그때.

룸의 출구 방향이 갑자기 술렁거렸다.

"보르스!『맘모스 풀』이 나타났어!"

모험자 한 명이 습격을 알렸다.

시야 저 멀리서도 존재감을 과시하는 그 거구는, 개체의 차이는 있었지만 어깨높이가 6~7M은 될 것 같았다. 완만하게 구부러진 채 뻗은 두 개의 송곳니도 창처럼 길다. 모피는 피를 방불케 하는 다홍색.

이곳『거목미궁』에는 상태이상 공격을 지닌 몬스터, 단단한 껍데기를 가진 몬스터 등 특수능력을 지닌 몬스터가 많다. 하지만『맘모스 풀』은 그런『거목미궁』의 몬스터 치고는 보기 드문, 순수한 파워 타입이다.『중층』의 통상 몬스터 중에서는 가장 커다란 종류이기도 하다.

"대형급이 한꺼번에 몰려왔냐고! 얘들아, 가자!【래빗 풋】너도 따라와!"

도끼를 걸머진 두령에게 직접 지목당한 벨은 그야말로 토끼처럼 달려나갔다.

"아."

카산드라가 반응했을 때는 이미 그의 등은 멀어진 후. 솔선해 몬스터의 무리 속으로 뛰어들고 있었다.

"…………."

네 마리나 되는 대형급 몬스터를 보고 성가신 존재라 판단했는지, 아이샤와 오우카, 그리고 오우카의 보조로 치구사까지 전열에 가담하고자 달려나갔다. 그런 가운데 카산드라는 애절한 표정으로, 싸우는 소년의 등을 바라보고 있었다.

보르스에게 대검을 건네받은 벨은 다리를 베어 몬스터를 쓰러뜨렸다. 불꽃의『마법』도 다루는 모습은 늠름해, 그야말로 동화 속에 나오는『영웅』같았다.

'그래, 저 사람만은…… 명확한『죽음』의 암시가 없었어.'

──【파멸의 인도자로 약속된 요정은 소용돌이치는 흰 불꽃을 길벗 삼아 가혹을 이으리라】.

소년에 해당하는 시는 이【흰 불꽃】뿐.

【요정】은 틀림없이【질풍】, 류를 가리킨다.

이 두 사람이 만나는 것은 피할 수 없는 운명이다.【길벗】이라는 단어가 불길하지만, 다른 이들에 얽힌 예언과는 분위기가 다른 것처럼 여겨졌다.

날개를 파닥이는 작은 요정과, 그 곁에서 요란하게 타오르는 흰 불꽃. 시각으로 파악한『꿈』의 광경도 그런 것이었으며, 칠흑의 무언가에 삼켜지기 직전 끊어지고 말았다.

【재앙】에 저항할 수 있다면.

최악의『예지몽』을 뒤집을 수 있다면── 벨만이 그럴 수 있지 않을까.

카산드라는 입을 꽉 다물었다.

다른 몬스터의 기습을 경계해, 서포터를 호위하고자 미

코토, 다프네, 벨프는 남아있는 가운데, 그녀는『예지몽』과 싸울 첫 한 걸음을 내디뎠다.

"저, 크로조 씨!"

전황을 보고 가세하려던 스미스 청년에게 다가가 말을 걸었다.

"……가문명으로 부르지는 말아줘. 벨프면 돼."

라스트 네임으로 불린 벨프는 나가려다 말고 멈칫 돌아보았다. 한편으로는 카산드라가 자신에게 말을 걸 줄은 몰랐는지 놀란 표정을 짓고 있었다. 황급히 사과한 카산드라는 마음을 굳게 먹고 본론으로 들어갔다.

착실하게 실력을 길러나가는 하이 스미스에게, 어떤『부탁』을 한 것이다.

"…… 뭐, 불가능하지는 않지만. 왜 갑자기 그런 소리를 해?"

"어, 그건……."

"솔직히 말하자면 난 상당히 내키지 않아. 저 녀석에게 들려줄 장비는 꼭 내가 벼린 것이어야 한다고…… 그렇게 결심했으니까."

장인 기질이 있는 벨프는 자신의 의지를 확실하게 전했다.

내향적인 카산드라는 그것만으로도 더럭 겁이 났지만, 다시 한 번 입술을 꽉 다물었다. 청년의 눈을 똑바로 보며, 자신의 뜻을 밝혔다.

"저 사람은…… 벨 씨는, 누군가를 위해 무리를 하는…… 그런 사람이니까요. 그러니까, 저 사람을 돕고 싶어요……."

『예지몽』에 대해서는 말할 수 없었다. 말해도 믿어주지 않을 것이다.

하지만 자신의 거짓 없는 이 마음이라면 믿어줄지도 모른다.

그것은 분명 벨에게 일어났던 것처럼 카산드라에게도 일어난 심경의 『변화』였으며 『성장』이었다.

심약함을 드러내듯 축 늘어진 눈에 강한 빛을 머금은 그녀를 잠자코 살피던 벨프는── 잠시 후 입가를 틀어올렸다.

"알았어. 해줄게."

"저, 정말요?!"

"그래. 내 고집이야 시시하고 성가신, 기술자의 단순한 긍지일 뿐이니까. 아, 맞아. 이것도 『마검』과 마찬가지……. 오기와 동료를 저울질하는 건 관두기로 했어."

스미스 청년은 홀가분하다는 듯이 웃었다.

그것이 갈등 끝에 도출된 웃음임을 어째서인지 카산드라도 깨닫고, 할 말을 잊을 만큼 부럽게 여겼으며, 동시에 공감하기도 했다.

"게다가 나도, 이번 사건은 뭔가 수상하다는 생각이 들거든. 벨이 무리를 할 것 같다는 생각에도 동감해. 그 엘프를 감싸기 위해 여기 있는 모든 모험자를 적으로 돌려도 이상하지 않지. ……사실 전과가 있거든, 나랑 계약한 단 짝 모험자는."

『그 녀석들』 때도 그랬다며, 진지한 표정을 지우고 농담처럼 말하는 벨프에게 카산드라는 힘차게 고개를 숙였다.

"고, 고맙습니다!"

처음으로 자신의 행동이 『미래』에 대해 무언가를 가져다줄 것 같다는 기분이 들었다.

아직 『꿈의 결말』은 전혀 바뀌지 않았는데도, 그저 하염없이 기뻤다.

"릴리돌이, 가져왔던 휴대형 화로 좀 꺼내줘봐. 그리고 네 『그것』도 좀 빌려주고. 길이가 너무 길어서 땅에 끌린다."

"치수를 쟀던 건 벨프 님이었잖아요—!"

발끈해 화를 내는 릴리에게서 스미스용 도구 일습을 받아들었다.

작은 상자 형태의 화로를 눈앞에 놓고, 벨프는 미궁 한구석에 조그만 『공방』을 열었다.

"너도 거들어. 몬스터가 몰려들었으니까 벨 쪽은 아직도 시간이 걸릴 거야. 저 녀석들이 정리해버리기 전에 끝내야겠어."

"아, 네!"

카산드라는 스미스의 조수가 되어 그의 곁에 섰다.

미코토와 하루히메, 다프네는 물론 주위에 있는 후열 모험자들도 그 모습을 보고 고개를 갸웃거리는 가운데,『작업』이 개시되었다.

몬스터와 모험자들이 싸우는 소리를 들으며, 카산드라는 자신이 흥분했다는 사실을 깨닫고 있었다.

"우아～."

헤스티아는 늘어진 목소리를 냈다.

테이블 위에 상반신을 늘어뜨려, 풍만한 두 언덕이 짓눌려 있었다.

장소는 【헤스티아 파밀리아】의 홈,『화덕관』.

"아주 축 늘어졌군. 알바는 쉬는 날인가?"

"응. 헤파이스토스 쪽도 감자돌이 쪽도 기적적으로～. 그래도 기껏 찾아온 휴일인데 아이들이 없으니～."

거실에서 게으름을 피우는 헤스티아에게 말을 건 사람은 짐을 옮기던 미아흐였다.

여러 【파밀리아】가 합동으로 발족한『파벌 연맹』이 원정 중인 현재, 단원이 모두 참가한 【헤스티아 파밀리아】의 홈은 무방비 상태에 가까웠다. 이를 커버하고자, 그녀와 친한 절친신들이 교대로『화덕관』에 단원을 파견해주었다. 오늘은 【미아흐 파밀리아】 차례였다.

주신 미아흐가 직접 찾아와 헤스티아의 말벗을 해주는 가운데, 시앙스로프 나자가 문을 열고 들어왔다.

"헤스티아 님, 청소가 겨우 끝났어요……."

"우와! 정말로 해준 거야, 나자 군? 미안하다, 고맙다!"

"마음에 두지 마세요……. 저녁도 얻어먹는걸요……. 무엇보다 목욕도 시켜주시고."

"그렇게 말하니 더욱 고맙지만."

반쯤 눈꺼풀을 늘어뜨린, 언뜻 졸린 것 같은 눈으로 나자는 미소를 지었다. 허리에서 늘어진 꼬리도 밤이 기대된다는 양 좌우로 흔들렸다.

"그보다 헤스티아, 조금 전부터 뒤뜰이 소란스러운 듯하다만……."

"아…… 헤파이스토스가 경비로 스미스 몇 명을 보내줬는데, 좀 유별난 애들이라. 옛날 단원인 벨프 군의 공방을 보고 싶다고 해서…… 허락해줬더니 마음대로 물색을 하고는 무언가 무기를 만들기 시작하더라고……."

"그럼 저도 릴리루카의 방에 가보고 싶네요……. 희귀한 아이템이라든가, 약이 될 만한 소재를 숨겨놨을 법해서요…… 씨이익."

"참아줘, 제발! 내가 서포터 군에게 혼나!"

주신임에도 권력구조의 하층에 속하고 있음을 암시하는 헤스티아에게 미아흐는 쓴웃음을 지었다.

"아이들이 없어서 불안한가?"

"그야 뭐. 하지만 그 아이들이 돌아왔을 때 잘 왔다고 말해줄 수 있도록 해놔야지."

그렇게 중얼거린 헤스티아는 미아흐에게 되물었다.

"미아흐는 어때? 다프네 군과 카산드라 군이었던가? 둘이나 『원정』에 나갔는데."

"물론 걱정은 끊이지 않고 쓸쓸하기도 하지만…… 이제까지는 계속 나자와 둘뿐이었으니. 원래대로 돌아왔다, 고 하는 것도 이상하지만 간만의 포상이라 생각하고 오붓하게 지내고 있지."

"…………."

"이미 오래 함께 지냈으니 말이야. 나자가 곁에 있어주는 게 가장 마음이 편안해."

미남신답게 산뜻한 웃음을 지으며 미아흐가 말하자, 이쪽에 등을 돌리고 장식장을 정리하던 나자가 덜컹덜컹! 소리를 냈다. 꼬리는 조금 전보다도 훨씬 강한 기세로 열심히 흔들렸다.

무슨 경위로 염장질을 당한 것인지 전혀 이해하지 못했던 헤스티아는 어쩐지 분하기도 하고 속도 느글거려 억지로 화제를 바꾸었다.

"저기, 미아흐…… 카산드라 군 말인데."

표정과 음성도 조심스러워지면서.

"아폴론네에 있었을 때부터, 계속 생각했던 거지만……."

"응······『보이는』거야. 우리 신들에게조차 보이지 않는 것이."

두 신은 고개를 끄덕이고, 그런 그들을 돌아본 나자는 의아한 표정을 지었다.

"아폴론이 무슨 이유로 그 아이를 거두었는지는 모르겠지만······ 그 아이에게도 하계의『미지』가 깃들었다는 뜻이겠지."

"우리도 모르는『미지』라······. 처음 강림한 후로 신들이 하계에 빠져든 이유를 잘 알 것 같아."

헤스티아는 그렇게 말하고는 의자 등받이에 몸을 기댔다.

마치 이 하계 그 자체를 돌이켜보듯, 한동안 천장을 우러러보았다.

"나는 카산드라 군과 별로 이야기를 나눈 적이 없는데, 어떤 아이야?"

문득 생각났다는 듯 묻는 헤스티아에게 대답한 사람은 나자였다.

"카산드라는, 이상한 아이······."

그렇게 서두를 꺼내고, 찬장에서 주전자를 꺼냈다.

홍차를 끓일 준비를 하며 나자는 말을 이었다.

"처음에는 벨처럼, 아니, 벨보다도 훨씬 쭈뼛거렸어요······. 요즘은 좀 익숙해졌지만······ 그래도 그것과는 별개로, 늘 무언가에 달관한 모습······."

"달관?"

헤스티아가 되물었다.

"표현하기는 좀 힘들지만…… 아마 『운명』이라든가, 그런 게 아닐까 해요……."

"『운명』이라……."

"분명히 거짓말일 게 뻔한 소리를 하니까, 이해 못할 부분도 있지만…… 제가 아끼던 컵이 깨졌을 때도, 어째서인지 그 아이가 제일 실망하고……."

의자에 앉지도 않고 서 있던 미아흐는 대화에 끼지 않은 채 그저 듣기만 했다.

"그래서, 이상한 아이……. 우리하고는 다른 세계의 주민 같아요……."

"…………."

"다프네는 다프네대로, 할 말은 하는 아이니까…… 카산드라는 더 자신감을 잃고 더 쭈뼛거리게 되죠……."

김이 피어나는 주전자에 코를 킁킁 울리던 나자는 뺨을 늘어뜨리며 웃었다.

"그래도 저는, 좋아하지만요. 신들께서 말하는 『꺼꾸리 장다리 콤비』라고 하나…… 그런 아이들……. 아무튼 그렇게, 늘 무언가를 고민하고, 굉장히 힘들어하는 표정을 짓는 아이예요……."

"하기야 분위기는 좀 어두워 보였다만…… 그렇게 마무리 짓는 건 좀 아니지 않나, 나자 군?"

"아, 그래도 벨이랑 이야기할 때는, 좀 밝아지는 것 같기도……."

"뭐, 뭐야아~?! 서서서설마, 그 아이까지 벨에게 손을 대려는 건 아니겠지—?!"

"그런 건 아니라고 생각하지만요……."

덜컹! 소리를 내며 헤스티아는 자리에서 일어났다. 여자의 육감 같은 것으로 말한 나자는 미아흐의 몫까지 끓인 홍차를 테이블에 놓았다.

"그런 아이가 모험자를 계속 할 수 있다는 것도, 꽤 놀랄 일이에요……."

"카산드라는 저래 봬도 심지가 강한 면이 있지. 그 아이가 이따금 보이는 미소는 나도 넋을 놓을 정도로 광채가 가득하니까."

"…………."

"으, 나자?! 왜 꼬집느냐, 아프다……!"

"미아흐는 다른 사람한테 넋을 놓을 때가 아닐걸~."

남의 파벌이 보여주는 꽁트에, 다과용 감자돌이를 꺼낸 헤스티아는 무관심한 듯 으적으적 씹어먹었다. 그때.

"……응? 손님인가?"

"제가 나가볼게요……."

저택의 초인종이 울려, 나자가 자리를 떴다.

헤스티아와 미아흐가 기다리고 있으려니, 나자가 편지 한 통을 들고 돌아왔다.

"릴리루카가 보낸, 편지인가봐요……. 어떤 모험자가, 18계층에서 의뢰를 받았다고……."

"서포터 군이? 짠돌이인 그 아이가 편지 한 통을 위해 거금을 투자했을 것 같지는 않거늘……."

던전 내에서 동종업자에게 퀘스트를 맡길 때는 대개 시가 이상의 대가를 요구받는다. 요컨대 아쉬운 사람은 너니 돈을 더 내라는 것이다. 세이프티 포인트까지 갈 수 있을 만한 상급 모험자라면 말할 것도 없다.

금전 관리에 까다로운 릴리가 【파밀리아】의 엠블럼과 증명서까지 구사해, 덧붙이자면 벨을 보낼 경우 시간은 조금 걸리더라도 왕복할 수 있는 제18계층에서, 인편을 이용하다니. 헤스티아는 너스레를 떨면서도 불길한 예감을 받았다.

"……술집 엘프 군의 토벌대가 편성됐다고?! 그걸 어떻게든 해결하려고 토벌대에 가담해?!"

"그게 무슨 소리지, 헤스티아?"

"나, 나도 뭐가 뭔지……."

편지를 훑어본 헤스티아는 갑작스러운 소식에 경악했다.

제삼자가 읽더라도 지장이 없도록 직접적인 표현을 피한 그 문장에는, 『강화종』과의 조우와 『원정』을 중지한 이유도 적혀 있었다.

두 번 세 번 반복해서 읽은 헤스티아는 미아흐와 나자에게도 편지를 보여준 후 아연실색했다.

"대체 던전에서 무슨 일이 일어난 거야……."

만약의 사태를 대비해 ──류가 사로잡혔을 때를 대비해── 그녀를 피신시키기 위한 원군을 제18계층으로 보내달라고 마무리한 참모 릴리의 편지에, 여신은 그렇게 중얼거리지 않을 수 없었다.

휴식 중에 해프닝이 벌어지기는 했지만, 【질풍】 토벌대는 무사히 행동을 재개했다.

보르스의 지시에 따라 각 계층 수색을 마치고, 연결통로 앞에 보초를 남긴 채 마침내 제24계층으로 진출했다.

이미 날짜가 바뀔 만한 시간을 소비했으며, 처음에야 전설의 현상수배범을 잡겠다고 기세등등했던 모험자들도 이무렵이 되자 피로한 기색을 보이기 시작했다.

"이봐, 꾸물대지 말고 빨리 가자고! 【질풍】이 또 무슨 짓을 저지를지 모르잖아!"

"진정해, 터크. 서두르다 단서를 놓치는 게 더 멍청한 짓이지. 뭐, 지쳤다는 것도 부정할 수는 없지만……."

조바심을 내는 자와 그렇지 않은 자의 목소리가 들려오는 가운데, 카산드라는 릴리에게 물었다.

"저, 릴리 씨……. 계층 맵을 좀 빌려주실 수 있을까요?"

"네? 또요?"

"네, 이번에는 다른 계층 것을…… 죄송해요."

동그란 밤색 눈을 의심스러운 빛으로 물들이며 릴리는 백팩에서 계층 맵을 꺼냈다.

이미 다른 것을 가지고 있었던 카산드라는 새로운 지도를 받았다.

"조금 전부터 카산드라 님은 대체 무엇을 하시는지 모르겠나이다……."

"그, 글쎄……. 계속 던진 맵을 보면서……."

힐러의 지팡이를 겨드랑이에 낀 채 맵을 내려다보는 카산드라를 두고, 하루히메와 치구사는 소곤소곤 이야기를 나누었다. 그러나 정작 당사자는 그런 것도 모른 채 잡아먹을 듯이 맵을 바라보았다.

긴박한 눈빛으로, 땀까지 흘려가며.

"야, 카산드라. 너 그러다 넘어져."

다프네의 주의도 지금은 한쪽 귀로 들어와 한쪽 귀로 흘러나갔다.

밑져야 본전이라고 보르스 일당에게 토벌대의 행동을 멈춰줄 수 있겠느냐고 타진해보았으나, 역시 받아들여주지 않아 실패로 끝났다. 역시 자신이 어떻게든 할 수밖에 없겠다는 일념으로, 『예언』이 성취되지 않도록, 최대한 계층의 정보를 머릿속에 집어넣었다.

그 외에도 무언가 단서는 없을지, 구멍이 뚫어지도록 맵을 구석구석까지 살폈다.

"알고는 있었지만 시간이 많이 걸리는군요."

"하지만『중층』도 이제 얼마 안 남았어요. 류 님이『거목미궁』에 있다면 슬슬 흔적 한두 개쯤은 찾아낼지도요…….."

미코토와 릴리의 대화가 귓전을 건드렸다.

그 말을 듣고 카산드라는 마음속으로 고개를 가로저었다.

'아니야…… 그렇지 않아.'

이곳에【질풍】은 없다.

【파멸의 인도자로 약속된 요정】이, 자신을 쫓아온 모험자들을 유인할 장소는 이곳이 아니다.

비극의 예언자는【파멸】이 찾아올『약속의 장소』가 이곳『거목미궁』이 아님을 알고 있었다.

악몽의 형태를 띤『예지몽』은 카산드라에게 이렇게 속삭였다.

──【푸른 물줄기조차 피의 강으로 바뀌어 이형의 존재들은 환희하리라】.

──【나락의 하류는 고이고 넘쳐난 주검을 밀어내 어미에게 모두 환원하리라】.

'17행짜리『예언』속에서, 장소를 언급한 구절은 셋. 그중에서 지금의 상황과 비춰봤을 때, 특정한 장소를 언급한 건 초반부 5행과 6행……!'

【푸른 물줄기】.

【나락의 하류】.

이러한 단어가 나타내는 곳.

그렇다, 그것은 곧──

"앗── 폭발?!"

"아래에서 충격이……『하층』인가?!"

──『물의 미로도시』. 그곳 말고는 있을 수 없다.

지면에서 전해지는 진동, 그리고 귀에 들리는 작열음에 모험자들이 소란스러워졌다.

호흡을 멈춘 카산드라의 손 안에서, 계속 보고 있던『하층』의 맵이 흔들렸다.

마침내『그 때』가 왔음을 소녀는 깨달았다.

『예언』이 움직이는 개막의 종이 울렸다는 것을.

카산드라는 혼자 조용히 입술을 떨었다.

"이놈들아, 가자아!!"

보르스의 호령에 모두가 달려나갔다.

입맛을 다시는 모험자들도, 굳은 표정을 지은 벨 일행도, 간헐적으로 전해지는 폭발에 이끌려 나아갔다. 후방 위치에서 뛰는 카산드라는 더할 나위 없는 불안에 시달리며, 격렬한 가슴의 고동을 억누르느라 필사적이었다.

제24계층에서 이어지는 연결통로, 결정에 뒤덮인 동굴

에 수많은 발소리가 메아리쳤다.

긴 경사면을 따라 내려간 모험자들은 푸른 빛이 스며드는 출구로 뛰어나갔다.

아름다운 에메랄드색을 띤 물을 떨어뜨리는 『그레이트 폴』과 수정으로 이루어진 대공동이 시야에 들어왔다.

벨과 카산드라를 비롯한 『파벌연맹』에게는 두 번째로 보는 『신세계』가 절경을 펼치고 있었다.

"폭발은…… 으헉, 계속 터지네."

"【질풍】이 날뛰고 있는 건가?"

"충격은 더 아래쪽에서 전해지고 있어……. 이거 진원지는 27계층인 것 같은데."

제25계층부터 시작되는 『물의 미로도시』는 『그레이트 폴』이 제27계층까지 관통하고 있다. 대폭포, 그리고 호수처럼 광대한 용소로 구성된 3층짜리 대공동이 계단처럼 이어진 것이다.

현재 위치인 낭떠러지에서 까마득한 아래쪽, 『그레이트 폴』의 종착점인 제27계층을 내려다보는 모험자들 속에서 보르스는 안대를 하지 않은 오른쪽 눈을 가늘게 떴다.

물보라와는 다른 회색 연기.

강한 충격을 받아, 마치 얼음산 한쪽이 무너지는 것처럼 수정 기둥이 용소로 가라앉는다.

어마어마한 물보라 때문에 희뿌연 안개가 피어나는 계층을 점찍었다.

"아까부터 펑펑대는 폭발은 절대 몬스터가 일으키는 게 아니야! 십중팔구 모험자, 아니,【질풍】의 소행인지도 모르지! 27계층으로 갈 파티를 엄선한다! 여기에 들어가지 않은 놈들은 이 연결통로를 감시하고 있어!"

"와아아!"

두목의 지시에 모험자들은 검이며 창, 도끼를 힘차게 들어올렸다.

아까까지는 피곤하다고 축 늘어져 있었던 주제에 다들 간사해져서, 무법자들은 드디어 시작될【질풍】사냥에 의기양양 고함을 질러댔다.

한편, 그들의 무리에서 한 발 떨어진 벨 일행도 재빨리 모여 이야기를 나누기 시작했다.

"이제부터예요. 다른 모험자님들보다도 먼저 류 님을 발견하는 거예요."

"응. 무슨 일이 일어난 건지 그 사람에게서 사정을 듣겠어."

"그건 알겠다만…… 아까까지 펑펑 터지던 폭발은 대체 뭐야? 충격이 상당했는데. 진짜 그 엘프가 『마법』이라도 쏜 건 아니겠지?"

릴리, 벨, 벨프가 이야기를 나눌 동안, 카산드라는 등 뒤의 제24계층 연결통로를 흘끔흘끔 보고 있었으나, 이내 붕붕 고개를 가로저었다.

지금이라면 돌아갈 수 있지 않을까, 하는 미련을 잘라내 버렸다.

그 어수룩한 생각이 자신의 『예지몽』에 통하지 않는다는 것은 18년이라는 짧은 인생 속에서 뼈아플 정도로 겪어 오지 않았던가.

이제부터. 모든 것은 이제부터다.

『예언』을 회피하려면 이제부터 실패는 용납되지 않는다고, 카산드라는 자신을 질타하고 격려했다.

높아져만 가는 심장 소리에 헛구역질이 나오려는 것을 꾹 참으며.

"앞으로의 행동 말인데요, 릴리도 27계층이 수상하다고 봐요. 어떻게든 정예 파티에 가담해서 류 님과 접촉해서——."

"저, 저기요!"

파티의 중심에 선 릴리의 말을 힘차게 가로막으며 카산드라는 몸을 내밀었다.

"우리는, 27계층에 안 가도 되지 않을까요⋯⋯? 많은 인원으로 행동해도, 불편하기만 하고⋯⋯!"

아직 『예지몽』의 내용은 이해할 수 없는 부분도 많았지만, 『장소』에 관해서는 거의 짐작이 갔다.

【나락의 하류는 고이고 넘쳐난 주검을 밀어내 어미에게 모두 환원하리라】.

카산드라는 이 【나락의 하류】를 『그레이트 폴』의 종점, 『물의 미로도시』 최하층역인 제27계층이라 추측했다. 다시 말해 【재앙】이 일어나는 것도 그곳이리라고.

제27계층에만 가지 않는다면 동료들도 『죽음』의 예언은 피할 수 있을 터. 황당무계한 『꿈』에 평생을 시달려온 카산드라는 이제까지의 경험으로 미루어 그 한 가지에 매달릴 수밖에 없다고 확신했다.

갈팡질팡 말을 더듬는 자신의 입을 진심으로 원망스럽게 생각하며 릴리에게 설명하자, 그녀의 곁에서 다프네도 끼어들었다.

"나도 카산드라의 의견에 찬성해. 이 층역에서 싸운다 해도, 아직 한 번밖에 탐색한 적이 없는걸. 익숙하지 않은 계층일수록 뒤통수를 맞을 가능성이 높잖아?"

"다, 다프네······."

"【래빗 풋】이나 【안티아네이라】가 막아주면서 나아간다 해도, 다른 모험자보다 빠르게 사람을 찾을 수는 없을 거라고 봐."

다프네는 카산드라의 의도──『예지몽』의 회피──와는 상관이 없는 의견을 제시했다. 【아폴론 파밀리아】에서 지휘관 노릇을 떠맡았던 그녀는 『하층』처럼 위험이 많은 층역에 여전히 신중한 태도를 보였다.

"뭐, 잘 모르는 상대 때문에 목숨을 걸기는 싫다는 개인적인 생각도 있고."

"······그건 그러네요. 알았어요. 진행속도가 파티의 인원에 반비례하는 것도 사실이고요. 이번에는 신속한 행동이 필요하니, 다 같이 27계층에 가는 건 관두기로 해요."

마지막으로 너스레를 떨듯 덧붙인 스승 다프네의 의견

에 릴리도 고개를 끄덕였다.

　동시에, 카산드라는 한없는 안도감을 느꼈다. 이제 최악의 결말을 향해 치닫는 일은 없을 거라고.

　어깨에서 힘이 쭉 빠져나가 한숨을 내쉬고 있으려니.

　"그러면 27계층으로 갈 팀은 벨 님하고 아이샤 님, 그리고……."

　이내 몸이 뻣뻣하게 굳어버릴 소리가 들려왔다.

　"저, 저저저저저저저, 저기요오?!"

　이번에는 힘차게 오른손을 들고 잽싸게 끼어드는 카산드라. 다른 동료들은 말할 것도 없지만, 명확한 『죽음』의 예언이 나온 아이샤까지도 제27계층에 보내서는 안 된다. 무슨 수를 써서라도 저지해야 해!

　이번엔 또 뭐냐는 릴리의 시선과 아이샤의 의아한 표정을 받은 카산드라는, 아무 의견도 준비하지 않았던 입을 어물어물 움직이다, 쥐어짜내듯 말했다.

　"아, 아이샤 씨는, 25계층에서, 다 같이 있는 편이……."

　"왜?"

　"그건…… 그저께, 마인드 다운에 빠진 하루히메 씨를 업고, 18계층으로 돌아갔을 때요…… 사, 사실은 하루히메 씨가 무거워서……!"

　"캐앵?!"

　거짓말이었다.

　너무나도 가벼웠다.

오히려 골라이아스 로브가 더 무겁게 느껴졌을 정도였다.

　자신과 비교하면 은근히 절망에 빠질 정도로 허리도 가늘었다. 그런 주제에 가슴은 컸다.

　생각지도 못한 불평에 여우 같은 비명을 지른 하루히메는 어깨를 흠칫 떨고는 얼굴을 새빨갛게 물들였다.

　"만에 하나 무슨 일이 생겼을 때, 업고 도망치는 것도 무거워서 한계가 있다고나 할까! 후열인 저랑 릴리 씨만 가지고선 무거워서 보호하기가 힘들지도 모른다는 생각이 들지 않는 것도 아니라고나 할까…… 무, 물론 미코토 씨나 다른 분들도 지켜주시겠지만 역시 아이샤 씨가 없으면 무거운 하루히메 씨는……."

　필사적으로 무겁다 무겁다를 연호하자, 다프네는 카산드라를 '너 하루히메한테 원한이라도 있는 거야?' 하는 표정으로 싸늘하게 노려보았다.

　짐짝 취급을 받은 하루히메는 이젠 눈물까지 글썽이고 있었다. 무슨 표정을 지어야 좋을지 난감해하는 벨을 몇 번이나 바라보며 지금이라도 부끄러움에 정신줄을 놓아버릴 것 같았다.

　"……뭐, 극동에 있을 때보다 잘 자라기는 했지. 특히 흉부가."

　"진짜?!"

　"오우카!! 벨프 씨까지!"

불쑥 중얼거린 오우카와 과도하게 반응하는 벨프, 두 사람에게 화를 내는 치구사에게까지 불똥이 튀어버렸다. 어떡하면 좋을지 몰라 갈팡질팡하던 미코토는 일단은 위로하듯 하루히메의 등을 쓸어주고 있었다.

르나르 소녀의 훌쩍거리는 울음소리는 그레이트 폴의 소리에 묻혀버렸다.

"이 못난이 여우가 무겁든 가볍든 연결통로 보초로 세워놓으면 될 거 아냐. 다른 모험자들도 있고, 진짜 위험해졌을 때는 『요술』을 쓰면 되고."

"으윽……."

"그야 손이 많이 가는 녀석인 건 사실이지만, 내가 없을 때에도 야무지게 할 일은 해야지, 안 그러면 곤란하다는 게 내 생각이야. 【헤스티아 파밀리아】 녀석들도 마찬가지고."

아이샤의 지극히 당연한 의견에 카산드라는 말문이 막혀버렸다.

동시에, 르나르 소녀를 동생처럼 진심으로 생각해주는 그녀의 자세를 보고 안이하게 하루히메를 이용하려 했던 행위가 부끄러워졌다.

그래도, 어떻게든 『예지몽』 속에서 보았던 자들이 제 27계층으로 가는 것만은 막아야만 한다고 카산드라가 조바심을 내고 있을 때.

"……저, 아이샤 씨."

그녀의 옆얼굴을 혼자 바라보던 벨이 입을 열었다.

"카산드라 씨 말대로 25계층에 남아주시면 안 될까요?"

"엑……?"

그렇게 중얼거린 것은 카산드라였다.

놀란 그녀의 시선 너머에서, 벨은 아이샤와 마주보며 말을 이었다.

"왜 그래, 꼬마? 너도 나한테 못난이 여우랑 다른 녀석들 뒤치다꺼리나 하라는 거야?"

"그렇지 않다고 하면 거짓말이겠지만…… 감시해주셨으면 하는 사람이 있어요."

"감시해줬으면 하는 사람?"

의아한 목소리를 낸 아이샤와 다른 동료들에게, 벨은 몰래 어떤 사람을 가리켰다.

"저 웨어울프 남자분은, 계속 류 씨……【질풍】의 소행이라고 말하고 있어요. 몇 번이고 몇 번이고, 마치 다른 사람들을 부추기듯."

"……그건 그래요. 여기 오는 동안에도 빨리 가자고 보르스 님이나 다른 분들을 계속 채근했고요. 지금 생각해보면 좀 부자연스럽기는 했어요."

"응. 난 저 사람이…… 거짓말을 하는 거 같아."

인파 저편에서 다른 모험자들과 함께 소리 높여 이야기를 나누며 팔짱을 끼고 있는 웨어울프 모험자. 일행은 들키지 않도록 그의 모습을 바라보았다.

벨은 그에게 흘끔 시선을 돌린 후, 다시 아이샤를 향해 말했다.

"류 씨가 아무 짓도 하지 않았다면, 저 사람은 무언가 꿍꿍이가 있는 거예요."

"…………."

"수상한 움직임을 보였을 때, 그걸 막아주셨으면 좋겠다……고 하면, 너무 뜬금없을까요?"

막힘없이 생각을 들려준 벨은, 마지막에 가서 자신 없다는 투로 말꼬리를 흐렸다.

"그 말도 일리가 있네. 만전을 기한다면 나랑 너는 갈라지는 게 좋겠지."

"아이샤 씨, 그러면……."

"하지만 내 생각이 맞다면…… 현재의 그 엘프는 너 혼자서는 감당할 수 없을 것 같은데?"

아이샤는 무언가 아는 것이 있는지, 날카로운 눈으로 벨을 노려보았다.

소년은 한순간 당황했지만, 이내 의연한 표정으로 그녀의 눈빛을 받아냈다.

"저는 류 씨를 믿어요."

"……맘대로 하든가."

한숨과 함께 눈을 감은 아이샤는 그렇게 말하고, 제25계층에 남아달라는 부탁을 받아들였다.

벨이 고맙다고 말하는 그 광경에 카산드라는 아연실색했다.

문득 눈이 마주쳤다 싶었을 때, 루벨라이트색 눈이 슬쩍 구부러지며 쓴웃음과도 비슷한 미소를 그렸다.

'아…….'

아이샤와 다른 동료들을 필사적으로 이 자리에 붙들어 놓으려 하는 카산드라를, 벨이 도와주었던 것이다. 물론 그에게도 나름 생각이 있었지만…… 믿어주는 사람이 없어 홀로 싸우던 카산드라의 뜻을 존중해주었다.

가슴속 깊은 곳이 다시 시큰거리듯 뜨겁게 달아올랐다.

"하지만 정말 괜찮겠나? 벨 크라넬을 혼자 둬서."

"그야 여러 모로 문제도 있겠지만요, 그 이상으로 벨 님은 혼자 있는 편이 훨씬 움직이기 편해지기도 하니까요. 다른 모험자님들을 제치고 류 님과 접촉하기에는 오히려 유리할 수도 있어요."

『하층』에서도 솔로 플레이가 가능한 벨과 비교하면서, "릴리네는 집단행동이 아니면 이 계층에서는 공략이 어렵기도 하고요" 하고 릴리는 오우카의 의구심에 대답해주었다.

"그리고 또, 『강력한 방어구』도 마침 준비됐고 말이죠……."

그렇게 덧붙인 릴리는 벨프 쪽을 쳐다보았다.

"벨, 이거 가져가라."

"벨프…… 이게 뭐야?"

"릴리돌이의 로브를 써서 만든 《골라이아스 머플러》야."

벨의 두 눈이 크게 벌어졌다.

벨프가 내민 것은 칠흑색을 띤 목도리였다.

철벽의 방어력을 가진 골라이아스 로브의 일부를 잘라 내 작성한 방어구였다.

로브와 비교해 면적이 작기는 하지만, 그것은 어떤 방어구에도 뒤지지 않는 견고함을 가진 거인의 방책이었다.

"21계층에서 너희가 싸우고 있을 때 몰래 만들었어. 힘들었다고. 제대로 된 설비가 없다 보니, 잘라내느라『마검』까지 썼다니깐."

"어, 벨프…… 그래도 괜찮아?"

가공하지 않은 드롭 아이템의 일부를 계약상대인 벨에게 쓰도록 하는 것은 그의 본심과는 전혀 다르다. 그런 기술자의 자긍심을 잘 아는 벨이 벨프를 올려다보자, 청년은 고개를 끄덕였다.

"그래. 너한테는 내가 만들어준 갑옷을 주고 싶다는 게 본심이지만…… 벨에게 무슨 일이라도 생기면 나는 평생 자신을 용서할 수 없을 테니까."

──오기와 동료를 저울질하는 건 관두겠다고 그랬잖아?

웃으며 그렇게 덧붙인 벨프는, 《골라이아스 머플러》를 건네주었다.

"모양은 좀 안 나지만, 그건 봐줘라."

"아냐, 괜찮아. 하지만 이거 목이 굳을 것 같네."

벨프에게 받은 골라이아스 머플러를 목에 감으며 벨은 농담과 함께 웃었다. 가공할 방어력을 지닌 대신 거인의

『드롭 아이템』은 매우 무거웠다.

형제처럼 웃음을 나누고 있으려니, 벨프는 무언가 떠올랐다는 듯 벨에게 귀띔했다.

"이걸 만들 때 도와준 건 【미라빌리스】였어. 애초에 이걸 준비해달라고 했던 것도 그 녀석이고."

"뭐……?"

어떤 소녀의 별명을 듣고 벨은 우뚝 몸을 멈추었다.

이쪽을 바라보는 시선에 뺨 언저리가 뜨거워진 카산드라는 자기도 모르게 눈을 내리깔고 말았다.

"저…… 카산드라 씨, 고맙습니다."

"…………."

동료들이 지켜보는 가운데, 눈앞에 다가와 웃는 벨에게 카산드라는 고개를 들었다.

감사의 말은 기뻤다. 소년다운 귀여운 웃음도.

갑자기 가슴 속에 떠오르는 마음.

『예언』에 직접적인 『죽음』의 암시가 없다 해서 벨만을 보내도 될까?

보내버렸다간, 그에게는 분명 좋지 못한 일이 일어날 것이다. 그것은 틀림없다.

여기까지 왔으면 욕심을 부려도 되지 않을까?

그런 생각이 떠오른 카산드라는,

'……안 돼. 역시, 이 사람은 말릴 수 없어.'

벨의 눈을 보고 결국 포기했다.

아무리 말을 거듭한들 이 소년은 멈추지 않는다.

확고한 의지는 그야말로 강한 운명과 같은 뜻임을 막 이해했으므로.

'이 사람이 내『꿈』을 믿어주었다 해도, 마찬가지…….'

유일하게『꿈』을 믿어주는 벨에게, 자신이 보았던 것을 모두 털어놓을까도 몇 번이나 고민했다. 그러나 그럴 때마다 카산드라는 망설이고 말았다.

설령 카산드라의 말을 모두 믿는다 한들, 【요정】에게도 【가혹】이 찾아온다는 사실을 알았을 때 벨은 어떻게 할까?

생각할 필요도 없다. 사지임을 알면서도 뛰어들 것이다.

그렇다면 차라리, 아무 것도 밝히지 않는 편이 나으리라는 생각이 들었다.

스스로도 못다 파악한, 황당무계한『예지몽』을 들려주어 판단에 망설임을 주고 싶지는 않았다.

"……벨 씨."

카산드라는 이『예지몽』이『저주』라고 생각한다.

아무도 믿어주지 않는다.

아무도 진지하게 받아들여주지 않는다.

신들이 눈치를 챘는지조차 알 수 없다.

그러나 오직…… 이 소년만은 믿어준다. 그것은 카산드라에게는 구원이었다.

떨어지고 싶지 않아. 곁에 있고 싶어. 잃고 싶지 않아.

만일 그를 자신의 것으로 삼을 수 있다면, 연인이 되어도 좋다는 생각이 들었다. 반려라 해도 상관없다.

　그리고 사모의 감정이 아닌, 구원을 바라는 이 타산의 감정은 일그러진 것이다. 설령 빠른 속도로 끌리고 있다고는 해도, 그것은 역시 소년 자신이 아닌, 『꿈』을 믿어주는 『유일한 이』라는 말에 흔들린 환각에 불과하다. 카산드라는 그렇게 생각했다.

　분명, 그러므로, 자신은 어울리지 않을 것이다.

　하지만 그가 살아있었으면, 언제까지고 만날 수 있다면…… 그렇게 생각하는 정도는 용납될 것이다.

　"살아서, 돌아와주세요."

　다른 사람이 들었으면 호들갑을 떤다고 했겠지만, 카산드라는 마음을 담아 말했다.

　"함께 지상으로 돌아가면…… 더 많은 이야기를, 하고 싶어요."

　이 사람에게 맡길 수밖에 없다.

　『예지몽』으로도 결말을 내다볼 수 없었던 그 하얀 빛에게

　예언자 소녀가 흔들리는 시선으로 부탁하자, 소년은 비극 따위 모조리 날려버릴 것처럼 밝게 웃음을 지었다.

　"네. 약속할게요."

3장 질풍의 진의

© Suzuhito Yasuda

그것은 분노의 불꽃이었다.

가슴을 태우는 충동은 그 이외의 다른 말로 형언할 수 없었다.

그 뒷모습을 보았을 때.

그 옆얼굴을 본 순간.

그 눈을 본 찰나.

마음속 깊은 곳에 잠들었던 그녀의 감정은 역류를 시작했다.

살아있었다!

살아있었다!

살아있었다!

놈들은—— 그 자는!

이를 깨달아버린 그녀의 가슴속에서 타오른 분노의 불꽃을 대체 누가 막을 수 있었으리오.

목검을 쥔 손은 떨렸으며, 무기 자신마저 목이 잠긴 듯 분노의 신음을 흘렸다.

그것이 발화점. 그녀는 정의라는 이름의 옷을 벗어던지고, 그저 짐승이 되어, 공포의 비명을 지르는 수많은 등을 쫓고 또 쫓았다.

그 도중에 번뜩인 은색 섬광은 셀 수도 없었다.

흩어져 날아간 피보라의 양은 기억도 나지 않는다.

그리고『그것』을 알았을 때, 그녀는 의분에 사로잡혔다.

아니, 의분이란 그저 명분일 뿐. 사실은 미친 듯이 날뛰는 격정을 터뜨리고 싶었을 뿐인지도 모른다. 이미 그녀 자신도 진정한 자신이 어느 쪽인지 알 수 없게 되었으므로.

그저 그녀는 등을 떠밀리고 있었다. 분노라는 이름의 충동에. 시커먼 격정에.

사명감이라는 편리한 말로 자신을 속이며.

──이번에야말로. 이번에야말로 반드시.

칼날이 굶주리고 있었다. 그녀의 마음이 날뛰고 있었다.

모든 악연에 결판을 내라고 과거의 기억이 외치고 있었다.

바람이 되어 무엇보다도 빠르게 미궁을 주파하는 가운데, 문득 생각이 났다.

첫 번째 벗은, 냉정함을 잃기 쉬운 자신에게 무언가를 말해주었던 것 같았다.

두 번째 벗은, 과오를 범한 자신을 용서해주었던 것 같았다.

세 번째인 그 소년은…… 지금의 자신을 본다면, 무슨 생각을 할까.

분노와 원한의 목소리가 뇌리와 내장을 태우는 가운데, 그것만이 마음에 걸렸다.

아울러.

벗들의 손을 쥐었던 자신의 손이, 흐느끼듯 시큰거렸던 것을 깨닫지 못한 척했다.

제27계층으로 나아갈 팀은 토벌대 내에서도 실력이 뛰어나며, 또한『물의 미로도시』에서 어느 정도 탐색경험이 있는 상급 모험자로 한정되었다.

　나는 보르스 씨가 지휘를 맡은 정예 파티에【헤스티아 파밀리아】의 대표로 들어갔다. 처음에는 나만 참가한다는 데에 난색을 표했던 보르스 씨도, 이동속도가 어쩌고 변명을 하자 ──그리고 아이샤 씨가 노려보자── 승낙해주었다.

　벨프와 카산드라 씨가 준비해준《골라이아스 머플러》를 목에 감고, 릴리와 다른 동료들의 배웅을 받으며 우리는 제25계층에서 출발했다.

　『워어어어어어어어어어어어어어어어어!』

　솟아오르는 물보라와 함께 흉악한 포효가 오갔다.

　몬스터는 누런 두 눈을 번들번들 빛내며 우리 모험자들에게 달려들었다.

　『머맨』.

　푸른 비늘에 덮인 반어인 몬스터. 사람처럼 두 발로 걸으며, 물갈퀴가 달린 두 손은 능숙하게『랜드폼』── 네이처 웨폰을 구사한다. 온몸이 비늘에 덮인 모습 때문에『물속의 리저드맨』이라는 말이 떠오르기도 한다. 제26계층부터 출몰하며,『물의 미로도시』에서도 강적에 속한다.

통로를 따라 흐르는 물줄기에서 잇달아 상륙하는 반어인 전사는『하층』의 네이처 웨폰인 크리스탈 메이스를 휘둘렀다.

"흐으읍!"

수정 바닥을 부수는 일격을 점프로 회피하고, 머맨의 목으로《하쿠겐》을 번뜩였다. 허리를 트는 탄력을 실어 날린 빠른 참격은 몬스터의 머리를 순식간에 날려버렸다.

하얗게 빛나는 초경량 나이프는 발군의 기동성을 발휘해, 그대로 허공을 헤엄치듯 가르고, 이쪽을 향해 꽂히려 하던 다른 적들의 크리스탈 메이스를 모조리 절단해버렸다.

『?!』

무리 한복판에 파고들어, 곡예사를 방불케 하는 움직임으로 싸우는 나에게 머맨들은 분명 겁을 먹었다.

그 틈을 놓칠세라, 착지와 함께 손을 짚으며 지면을 스치는 회전차기.

다리를 강타당한 몬스터들은 다른 몬스터와 얽히며 넘어졌다.

"보르스 씨!"

"알았어!"

바닥에 쓰러진 몬스터의 무리를 향해 보르스 씨가 이끄는 모험자들이 즉시 무기를 내리꽂았다. 대검이며 배틀해머가 머맨들을 문자 그대로 일망타진해버렸다.

'머맨의 기본 전술은 무리를 짓는 것. 하지만 중심에 있는『머맨 리더』를 해치우면 통제를 잃어버리지!'

『머맨』과 싸운 것은 처음이었지만 에이나 누나와 공부하면서 이미 생태와 공격방법은 파악했다. 교과서에 실린 대처법을 실천하면서, 나는 어레인지를 가미해 적을 빠르게 해치웠다.

시선 저편, 다른 몬스터에게 보호를 받으며『께게겍!』하고 추악하게 울음소리를 내는 머맨 리더에게 돌진했다.

'《골라이아스 머플러》를 장비해서 속도가 조금 떨어졌나? 그래도 이 정도는!'

《하쿠겐》과는 달리 초중량을 자랑하는 머플러가 목 아래를 꾹 누르는 듯한 감각을 맛보면서 나는 속도를 한 단계 높였다. 주위의 몬스터가 반응할 틈도 주지 않고, 두 눈을 크게 뜬 머맨 리더를 향해 허리에서 칠흑의 나이프를 뽑았다.

"흐읍!!"

『께아아악?!』

칼집에서 뽑어져 나간 《주신님 나이프》가『머맨 리더』에게 작렬했다.

검의 대포라고 할 만한 통렬한 일격이 가슴을 도려내고, 몬스터의 두목은 순식간에 재가 되어 허물어졌다.

"젠장, 라이트 퀴츠다!"

"!"

그 직후, 후방에서 솟아난 보르스 씨 일행의 비명에 몸을 돌렸다.

높이가 5M은 되는 통로 안쪽 허공에는 여러 개의 보라색 결정체가 떠 있었다. 버클러 정도 크기를 가진 수정의 중심에는 외눈처럼 보이는 연황색 기관이 보였다.

『라이트 쿼츠』는 무기물 몬스터다. 모험자들의 머리 위를 떠다니며, 외견에서도 예상할 수 있듯 접근전 수단은 아무 것도 없다. 유일하면서도 성가신 공격방법은, 외눈에서 뿜어져나오는 열선!

『!』

"큭!"

가느다란 광선을 피하고자 우리는 일제히 뒤로 뛰어 물러났다.

수정으로 이루어진 던전의 바닥이며 벽면을 태우고 한 줄기 선을 긋는 호박색 광선. 보르스 씨 일행은 황급히 장애물 뒤에 숨어 기회를 엿보았다.

광선을 모두 방출하도록 유도하고, 다음 광선이 충전되는 시간을 노리는 것은 라이트 쿼츠를 쓰러뜨리는 정석이다. 더할 나위 없는 정답이다.

그러나 나는—— 솟구치는 열선 속으로 뛰어들었다.

내가 동경하는 그 사람이라면 분명 멈추지 않을 것이라고, 그렇게 생각했기 때문이다.

"어, 야! 【래빗 풋】!"

소란을 떠는 상급 모험자들의 목소리를 등으로 들으며 가속했다.

허공에 뜬 적.

나이프로는 닿지 않는 거리.

'【파이어볼트】를 써도 되겠지만!'

한번 시험해보자.

영감과도 같은 뇌리의 속삭임에 따라, 목에 장비했던 머플러에 오른손을 가져다댔다.

다음 순간, 《골라이아스 머플러》를 힘차게 풀며 나는 이를 단숨에 **수평으로 펼쳤다.**

"이만한 중량이 있다면!"

나는 그야말로 채찍처럼, 아니, 쇠사슬처럼 그것을 휘둘렀다.

여러 마리의 라이트 퀴츠가 쏘던 광선을 막고 튕겨내며, 직접 부딪친다!

『————?!』

회오리바람처럼 육박한 칠흑색 머플러는 몬스터의 결정체를 산산이 부수고, 혹은 지면에 패대기쳤다.

부서진 라이트 퀴츠는 외눈에서 빛을 잃고 침묵하거나 『마석』을 잃어 재가 되었다.

"해냈다……!"

골라이아스의 드롭 아이템으로 만든 방어구는 특별

하다. 칼날은 물론 화염까지도 막아주는 내구성을 지녔다. 무엇보다도 단단한 방패였으며, 이는 바꿔 말하자면 무엇보다도 단단한 무기이기도 했다.

라이트 퀴츠의 광선까지도 모두 튕겨내버린 머플러에게 훌륭하다고 내심 갈채를 보냈다.

"아야야……."

흥분이 식자마자 웃음을 지으며 오른팔을 문질렀다.

익숙하지 않은 움직임, 그리고 머플러의 중량 때문에 인대를 조금 다쳤는지도 모른다. 숙달될 때까지는 너무 많이 쓰지 않는 게 좋겠다고 생각하며, 포션을 아낌없이 팔에 부었다.

【파이어볼트】와 같은 직선적인 원거리 공격과는 다른, 중거리에서의 『간접공격』.

이거 어쩌면 공격의 베리에이션이 늘어날지도 모르겠다.

방어구로 마련해준 벨프에게는 좀 미안하지만…….

"【래빗 풋】…… 너 진짜 이 계층에 처음 오는 거 맞냐?"

보르스 씨가 그렇게 말하며 나에게 다가왔다.

몬스터를 모두 쓰러뜨려 다른 모험자들도 무장을 해제하는 가운데, 무언가 눈부신 것을 보듯 눈을 가늘게 뜨며.

"뭐랄까…… 강해졌구만. 널 보니까 자신 있게 전열을 맡길 수 있을 거 같다."

"보르스 씨……."

"──그런고로 몬스터를 팍팍 해치워달라고! 귀찮은 건 전부 너한테 맡길 테니까! 아, 레어 드롭 나오면 머릿수대로 나누는 거다!"

"어, 네……."

친근한 표정으로 절절하게 말하다가, 돈벌이 이야기가 나온 순간 악랄한 웃음을 짓는 보르스 씨에게 나는 땀을 삐질삐질 흘렸다.

주위에서는 전투의 뒤처리가 이루어졌다. 『강화종』 같은 이상사태를 미연에 방지하기 위해 서포터들이 재빨리 『마석』을 회수했다. 그동안 나는 이번 파티의 멤버들을 둘러보았다.

악당처럼 생긴 쌍검잡이 엘프.

입을 천으로 가린 수인 도끼잡이.

커다란 방패와 배틀해머를 짊어진 드워프.

『중층』을 지나오면서 그들의 실력은 여실히 보았지만……

'보르스 씨와 저 분들, 【스테이터스】는 벨프나 동료들보다 높을지도 모르지만…… 호흡이 맞는 연계를 취하는 건 아니었어.'

내가 조금 무리를 해 단독으로 몬스터를 상대했던 이유에는 그런 것도 있었다.

급조 파티는 공방의 완급이 생각처럼 잘 이루어지지 않는다. 때로는 서로 방해를 하게 되는 경우도 있다.

나에게 맞춰 지원을 해주는 릴리나 벨프, 그 외의 다른 동료들이 얼마나 대단하고 귀중한 존재인지를 새삼 깨달았다.

'게다가 몬스터도…… 역시『중층』까지하고는 달라.'

『헬하운드』의 화염방사와도 다른 원거리 광선 공격도 성가시지만…… 머맨 리더가 그랬듯 몬스터의 지성이 **높다**. 『상층』과『중층』보다도 훨씬.

아직은 엉성하다고 해도, 몬스터가 무리를 통솔하며 덤벼드니,『하층』의 위협은 헤아릴 수 없다.

절대 자만해서는 안 되겠다고 가슴에 새겨두었다.

"좋아, 여기서부터 다시 파티를 나눈다! 한 덩어리로 움직여봤자 효율이 나쁘니까!【질풍】을 발견하면 어떻게든 대공동까지 몰아붙여! 최악의 경우에는 있다는 것만 파악하고 25계층까지 돌아가도 돼! 거기에 자리를 잡고 있으면 언젠가 그 녀석도 올 수밖에 없으니까!"

그레이트 폴로 이어진 두 번째 대공동. 다시 말해 제26계층의 용소를 우회해 다음 층으로 이어지는 동굴을 나아가던 우리에게 보르스 씨가 지시했다.

단숨에 제27계층까지 답파한 우리는 여기서부터 다시 부대를 나눠서【질풍】…… 류 씨의 행방을 추적하게 되었다.

"좋아.【래빗 풋】, 넌 나하고 가자!"

"어, 아, 네."

보르스 씨는 독재자처럼 Lv.4인 나를 자기와 붙여놓았다. 다른 모험자들이 우우 야유했다.

혹시…… 날 무슨 편리한 도구처럼 쓰고 있는 거 아냐?

아무튼 5인조 파티가 된 우리는 한 갈림길로 들어갔다. 제28계층의 연결통로로 이어지는, 몇몇 정규 루트 중 하나였다.

살짝 줄무늬를 이루는, 진한 푸른색 수정으로 이루어진 미궁. 육로 바로 옆에는 폭이 넓은 물줄기가 나란히 함께 달려간다. 그 흐름은 위쪽 계층보다도 훨씬 빠르다. 백수정 덩어리에서 뿜어져 나오는 소량의 빛이 어둠을 비춰주었다.

우리가 가는 길 앞에서는 이따금 무너진 흔적이 있는 통로가 나타났다. 마치 낙반이라도 있었던 것처럼 수정 무더기가 굴러다녀 앞으로 나아갈 수가 없었다. 이것이 조금 전까지 일어났던 『폭발』의 피해일까?

전열 위치에 서며, 보르스 씨나 다른 모험자들과 함께 몬스터의 경계를 게을리 하지 않았다. 다층 구조를 이룬 계층 내부에서 수많은 계단이며 언덕길을 오르내리고, 통로를 걸으며 앞으로 앞으로 나아갔다.

"야, 벨 크라넬. 전에 골라이아스랑 싸웠던 거 기억하냐?"

"우린 그때 너랑 같이 그 괴물한테 돌진했었다고."

"우리한테도 좀 의지하고 그래!"

"아, 네! 잘 부탁드립니다!"

파티가 지나치게 긴장하지 않도록, 숙련된 상급 모험자들이 농담을 건네고는 했다. 활달한 수인 형제, 서글서글한 아마조네스 전사. 싹싹한 그들에게 나는 고개를 숙여 대답했다.

그 『칠흑의 골라이아스』와 싸웠던 것도 있고 해서, 리빌라 주민들은 대체로 우리에게 우호적이다. 다른 상급 모험자도 오라리오에서 격돌한 미노타우로스——『아스테리오스』씨와의 전투를 거론해서는 이것저것 이야기를 묻기도 하고, 감탄하기도 했다.

모험자 선배들에게 인정을 받는다는 것은 매우 영광이었으므로 나도 모르게 웃음이 나올 정도로 기뻤지만……
나중에는 이 사람들을 따돌려야 한다는 것이 가슴 아팠다.

류 씨를 위해 어쩔 수 없는 일이라고는 하지만.

어떻게든 틈을 봐서 파티를 벗어나는 것이 가장 움직이기 편한 방법일 텐데…….

'무턱대고 찾아봤자 발견할 수는 없을 거야…….'

이곳에 오기까지 그렇게나 빈번히 발생하던 『폭발』도 이제는 뚝 그쳤다.

지금도 멀리서 들려오는 그레이트 폴의 폭포 소리도 있고 해서, 약간의 소리 정도는 감지하지 못할 것 같았다.

하지만…… 짐작 가는 곳이 없는 것은 아니다.

아이샤 씨나 다른 동료들을 설득하고 나 혼자 와버리기는 했지만 나도 대책을 세우지 않았던 것은 아니었다.

그야, 남의 힘에 의존하려는 거지만…….

어떻게 『그녀』가 나를 발견하도록 만들까 생각을 굴리던── 그때.

"보, 보르스?!"

파티의 진행방향 오른쪽, 통로의 옆길을 들여다보던 수인이 목소리를 높였다. 심상찮은 것을 본 듯 떨리는 목소리에 우리도 서둘러 그쪽으로 달려갔다.

"아니……."

그리고 『그것』을 본 순간 나도 말을 잃었다.

"뭐야 이게……."

보르스 씨도, 다른 모험자도 예외 없이 머리 위를 올려다보았다.

그것은 커다란 『구멍』이었다.

위쪽 계층까지 관통하는 수직굴.

『암굴미궁』과 같은 깔끔한 구멍이 아니고, 그야말로 『무언가』가 억지로 파고 나아가며 헤집어놓은 것 같았다. 물줄기는 그곳을 통해 조그만 폭포가 되어 떨어졌다.

"……이 계층에서 이렇게 커다란 구멍은 본 적이 없는데……."

신음하듯 보르스 씨가 중얼거렸다.

『물의 미로도시』를 몇 번이고 넘나들었던 상급 모험자들도 모르는, 던전의 이변.

머리 한구석에서 경종 소리가 조용히 울리기 시작했다.

"남은 것까지는 좋지만…… 한동안은 여길 지키고 있어야겠지."

굳은 근육을 풀듯 벨프는 목에 손을 짚고 이리저리 돌리며 뚜둑뚜둑 소리를 냈다.

제25계층, 최남단에 위치한 낭떠러지였다.

지금 있는 낭떠러지는 조금 작기는 해도 『룸』이라 부를 만한 규모가 있어, 수십 명의 모험자가 들어갈 정도였다. 『강화종』 모스 휴지 때문에 벨과 떨어졌을 때, 릴리가 이곳을 『거점』으로 삼자고 제안한 적이 있다. 그런 만큼 면적은 충분했다. 날개 달린 몬스터에게 맞서 싸우는 데에도 부족함이 없다.

벨을 포함한 【질풍】 토벌대가 출발한 지 몇 시간. 모험자들은 각자의 행동에 여념이 없었다.

그렇다고는 해도 보초를 서로에게 떠넘기거나 휴식을 취하거나 둘 중 하나였지만.

"사기는…… 낮군요. 당연하다면 당연하지만."

"오히려 지금 할 수 있는 일을 찾기가 어렵겠지. 심심풀이로 몬스터를 사냥하다가 비상사태가 발생했을 때 움직이지 못하기라도 해선 큰일인데."

다른 모험자들을 살피며 미코토와 오우카가 말을 나누

었다.

이곳에 남아있는 사람은 보르스가 사견으로 파티에서 제외해버린 자들이었으며, 부루퉁한 표정을 지은 사람도 드문드문 보였다. 자신의 실력으로【질풍】을 이길 거라고 생각하진 않지만, 어떻게든 어부지리를 노리고자 획책하던 자들이다. 눈앞에 보물이 널려있는데도 이곳에서 세월만 보내야 하는 그들의 심경은 헤아리고도 남음이 있었다. 많은 이들이 남아도는 시간을 주체하지 못했다.

물론『물의 미로도시』의 절경이 여전히 신기한 릴리나 미코토, 치구사, 다프네 같은 이들은 절벽에서 내려다보이는 웅대한 그레이트 폴을 바라보기만 해도 지루하지 않았다.

"…………."

그리고 원래 같으면 카산드라도 그 속에 끼었겠지만……『예지몽』에 시달리는 그녀는 하염없이 앞으로의 상황을 고민했으며, 소년이 무사하기를 기도했다.

단애절벽 근처에서 제27계층까지 이어지는 그레이트 폴을 내려다보며.

"……아직까지 수상쩍은 움직임은 없는데."

"너무 쳐다보면 들켜요."

주저앉아 있던 벨프의 말에, 휴대용 식량을 배분하던 릴리가 은근슬쩍 충고했다. 벨프가 쳐다보던 것은 벨이 마음에 걸린다고 말했던 웨어울프 사내였다.

"저 웨어울프 분의 이름은 터크 스레드. 가볍게 물어보고 왔는데요. 분명 3년쯤 전부터 『리빌라 마을』에 눌러 살고 있다고 해요."

"【스테이터스】는?"

"허위 보고가 아니라면 Lv.2. 제2급 모험자 일행에 편승하기는 해도 이 『하층』까지 몇 번이나 왔다고 해요."

소금에 절인 고기를 우물거리는 벨프의 물음에 릴리가 술술 대답해주었다.

리빌라의 주민으로서 일정한 신용이 있다는 뜻이다. 벨프가 복잡한 표정으로 낯을 찡그리자, 드러누운 채 눈을 감고 있던 아이샤가 벌떡 일어났다.

"대충 쉬었고…… 그럼 덮쳐볼까."

"무슨 소릴 하는 거예요?!"

느닷없이 해괴한 소리를 하는 아이샤에게 그 자리에 있던 거의 전원이 고함을 질렀다.

"이것저것 의심만 해봤자 시간낭비잖아. 때려눕히고 불게 만드는 게 제일 빠르지 않겠어?"

틀림없이 이 자리에서 가장 강한 Lv.4 여걸의 폭력적인 소리를 하자 나머지 동료들은 일제히 얼굴을 실룩거렸다.

"우와~ 아마조네스다운 생각……. 진짜 뭔가 숨기고 있다면 고문 같은 걸 해도 입을 열진 않을 것 같은데? 다른 놈들의 반감을 살 수도 있고."

진저리를 치며 다프네가 지적하자,

"하는 수 없지……. 그럼 너희는 망 좀 보고 있어."

"뭐, 뭘 하시려는 겁니까?"

다시 불길한 예감이 들어 미코토가 딱딱한 목소리로 말했다.

"뻔한 걸 묻고 그래. 동굴 안쪽으로 끌고 가서 **먹어치워야지**. 위에 올라타서 혼을 쏙 빼놓으면 입도 가벼워지──."

"으아─! 으아─! 으아아─?!"

아이샤의 무서운 발언에 귀털 끝까지 새빨갛게 물들인 하루히메가 예의범절 따위 내팽개치고 고함을 질러댔다. 두 손을 붕붕 내저어 결사저지의 태세를 보이는 그녀에게, 아이샤는 "쳇" 하고 불만스러운 듯 혀를 찼다.

미코토와 치구사, 카산드라는 물론이고 릴리와 다프네까지도 얼굴을 붉혔다. 단 둘뿐인 남성진 벨프와 오우카는 진심으로 민망한 표정이었다. 소란을 떨어대는 『파벌연맹』에게 여기저기서 시끄럽다는 시선이 쇄도했다.

"여긴 이슈타르 님의 【파밀리아】가 아니옵니다~!"

하루히메는 새빨개진 얼굴을 두 손으로 가리며 당장이라도 울음을 터뜨릴 것 같았다.

"──야, 우리도 가자!"

그때였다.

마크 중이던 인물이 움직이기 시작했다.

"보르스한테만 맡기는 건 역시 참을 수 없어! 죽은 장을 위해 【질풍】을 없애버려야지!"

"……기세등등한 소릴 하지만, 우리끼리만 가봤자 되레 당하기만 할 걸. 게다가 보르스가 여기서 보초를 서라고 했잖아."

"그러고도 모험자냐! 현상수배범을 해치워서 명성을 떨치겠다는 기개도 없어?!"

"……난 터크를 따라가겠어. 이대로 죽치고 앉아서 기다리다니, 말도 안 되지."

사내의 목소리에 반대하는 자와 찬동하는 자, 반응은 둘로 갈라졌다.

그리고 후자가 압도적으로 적었다.

"우리는 보르스한테 야단맞기 싫어. 갈 거면 알아서 가든가."

"그래, 가고말고!"

결국 다음 계층으로 향한 자는 넷뿐이었다.

말리지도 않고 자포자기한 듯 내뱉는 보르스의 부하들과 마치 내부분열을 일으킨 것처럼, 웨어울프 터크는 동의한 모험자들과 함께 서쪽으로 뻗은 낭떠러지길을 나아갔다.

"……가죠."

자리에서 일어난 릴리의 짧은 말에, 벨프를 비롯한 일동은 조용히 고개를 끄덕였다.

카산드라만이 불안을 내비쳤지만, 방치해둘 수도 없어, 제25계층의 미궁구역으로 들어가는 사내들의 뒤를 따라가게 되었다.

위층에서 떨어지는 가느다란 물줄기로 지면이 물구덩이가 된 가운데, 우리는 여전히 그『구멍』에서 눈을 떼지 못하고 있었다.

석상처럼 올려다보던 나는 어떤 사실을 깨닫고 중얼거렸다.

"수복이 시작되고 있어……."

던전의 조성회복 능력으로 구멍이 메워져갔다. 가만히 관찰해야만 알아볼 수 있을 정도이기는 했지만, 슬금슬금 수정 천장이 덮이면서 구멍을 착실하게 막고 있었다.

상황을 보자면 수복은 이제 막 시작되었을 것이다.

따라서 이『구멍』은 최근에 뚫린 것이라 추측할 수 있다.

다시 말해 이 구멍을 뚫은『무언가』는……

"……아직 근처에 있다는 소리야?"

보르스 씨의 말에 주위의 온도가 낮아졌다는 착각이 들었다.

동시에 모험자들이 자세를 잡았다.

주위로 빈틈없이 눈길을 보내고 무기를 고쳐 들며, 모두가 긴장했다.

정체 모를『무언가』, 던전의 암반을 뚫을 만한『이상사

태』가 이 계층에 있을지도 모른다.

쏴아아 물 흐르는 소리만이 울려 퍼지는 미궁 속에서 고막이 떨렸다.

"……【질풍】의 소행은, 아니야……."

"『마법』을 썼다 해도 이렇게는 안 되지……. 파괴했다기보다는 무언가가 위에서 『파고 지나간』 느낌이잖아?"

아무 일도 일어나지 않은 채, 시간을 들여 겨우 경계태세를 푼 모험자들 사이에서 억측이 오갔다. 파티 전체가 술렁거리는 것을 알 수 있었다.

『던전에서 이변이 발생하면 도망쳐라』. 모험자의 철칙이다.

파티의 리더인 보르스 씨는 미간에 큰 주름을 지으며 판단을 망설였다. 목적을 속행할지, 이 계층에서 탈출할지.

무시할 만한 『이상사태』가 아니라고 모두가 직감했다.

'……이제 와서, 왜…….'

이유는 알 수 없었다.

하지만 느닷없이.

계속 무언가를 두려워하던 카산드라 씨의 표정이 뇌리에 떠올랐다.

"……어떡하지, 보르스?"

"보통 탐색 같으면 냉큼 내뺐겠지만…… 우리랑 갈라진 놈들도 있잖아. 【질풍】 탐색을 계속한다 쳐도 일단은 정보를 공유해야지."

그들의 대화를 들으며 나는 속으로 조바심을 품었다.

이 계층에는 류 씨가 있을 가능성이 높다. 만약 모종의 『이상사태』가 숨어있다고 한다면 그녀도 위험에 노출되고 만다.

한시라도 빨리 그 사람을 발견해야겠다고 생각하고 있으려니.

"……?"

이건……『누군가의 시선』?

시선에 민감해진 감각이 누군가의 눈길을 가르쳐주었다.

하지만 언짢은 기분은 아니었다. ……게다가 뭐라 형언할 수는 없지만 이건…… 내가 아는 느낌?

흠칫 고개를 든 직후.

"야, 무슨 소리 안 들려……?"

"뭐야, 이 『노래』는…… 혹시 【질풍】이 부르는…… 아니, 이건……."

"……『미궁에 울려 퍼지는 노래』."

그 아름다운 선율에 수인 형제와 아마조네스는 상황도 잊고 황홀하게 귀를 기울였다. 보르스 씨도 입을 딱 벌린 채, 모험자들 사이에서 소문으로 전해졌던 현상의 이름을 중얼거렸다.

나는 벌떡 튕겨져 나가듯 그 자리에서 달려 나가고 있었다.

"어, 어어?【래빗 풋】?!"

"제가 보고 올게요!"

제지하는 목소리를 까마득히 뒤쪽으로 뿌리치고.

황급히 따라오려는 기척이 느껴졌지만, 나는 질주를 거듭했다.

미안하지만 그들을 뿌리치기 위해 일부러 통로를 마구잡이로 달렸다.

몬스터와 맞닥뜨려도 그저 도망쳤다. 피하지 못할 상대에게만 나이프를 휘두르고, 상대가 겁을 먹으면 강행돌파. 때로는 머리 위를 뛰어넘는 도약으로 전투를 회피했다.

『노래』도 이동하고 있어!'

내가 반응한 것을 보고『상대』도 만나기에 적합한 장소를 찾는 것이다.

노랫소리는 띄엄띄엄 끊어지기는 했지만 여전히 아름다웠다.

달밤의 해안을 방불케 하는 조용한 물가의 노래가 나를 이끌어주었다.

이윽고 도착한 곳은 샘이 펼쳐진 룸.

샘의 중심부, 수정바위에 앉아 지금도 노래를 부르는 것은 눈앞이 아찔해질 정도로 아름다운 머메이드였다.

"마리!"

머메이드『제노스』, 마리의 이름을 불렀다.

마지막으로 만났던 것은『강화종』모스 휴지 사건 때. 지금으로부터 이틀 전이다.

푸른 에메랄드색 긴 머리, 조개껍데기와 진주로 만든 머리장식. 그 모습은 전의 기억과 전혀 다를 바 없었다. 가슴에도 조개껍데기로 만든 속옷을 걸쳤으므로 그 점에는 마음을 놓았다. 처음 만났던 것은 제25계층이었는데, 그녀는 『물의 미로도시』 안에서는 자유로이 이동할 수 있는 걸까?

생각보다 빠른 재회에 이상한 기분을 느끼면서도 샘에 들어가, 허리까지 잠기면서 다가가니, 나를 돌아본 마리는 앉아있던 수정바위를 두 손으로 밀었다. 그리고 힘차게 안긴다.

"벨!"

어린아이처럼 품에 뛰어드는 소녀를 받아 안았다. 부드러운 몸의 감촉에 나도 모르게 얼굴을 붉힐 뻔했지만, 나는 이내 어떤 사실을 깨달았다.

"마리……?"

몸이, 떨고 있어……?

떨리는 몸을 통해 그녀의 공포가 전해졌다. 그 사실에 놀라며 가만히 두 어깨에 손을 얹어주었다.

"왜 그래, 마리? 무슨 일 있었어?"

"…………."

그녀가 마음을 가라앉히도록 최대한 다정한 목소리로 말했다.

나도 류 씨를 찾기 위해 마리의 힘을 빌리고 싶었지만,

왜 그녀가 먼저 나를 불렀던 걸까. 보르스 씨나 다른 모험 자들에게 들킬 위험을 무릅쓰고 노래까지 불러서.

한동안 고개를 숙이고 있던 마리는 조그만 입술을 떨며 말했다.

"여기…… 있어선, 안 되는 것, 있어……."

있어선 안 되는 것……?

흠칫 놀란 내가 금세 떠올린 것은 조금 전의 『구멍』이 었다.

역시 그 현상을 일으킨 『무언가』가 이곳 제27계층에 도 사리고 있는 걸까?

"마리, 뭔가 알고 있어? 대체 뭘 본 거야?"

"몰라…… 언제부터 있었는지도, 어디에 있었는지 도…… 몰라……. 내가, 본 적 없는 거……!"

마리는 비네보다도 언동이 어리고 인간 말에도 서툴다. 자신이 본 것을 잘 전달하지 못해 그녀 자신이 답답하게 여기는 것이 전해졌다.

그래도 충분했다.

마리를 이렇게까지 겁먹게 만든 『무언가』가 이 계층에 있다.

나는 어깨를 안은 손에 힘을 주며 물었다.

"마리, 사람을 찾고 있어. 엘프 여자분 혹시 못 봤어?"

"엘프……?"

"어, 나보다도 귀가 길고, 목검을 들었고, 분명 얼굴을 가렸을 거야……. 그리고, 굉장히 빨라.”

구체적인 정보를 생각나는 대로 열거하며 전했다.

“어떻게든 그 사람을 만나고 싶어.”

마리는 내 얼굴을 한동안 올려다보았다.

잠시 후, 고개를 끄덕여주었다. 그런가 했더니 얼굴을 가슴에 묻고 부비부비 이마를 비벼댄다. 위험하니까 사실은 가르쳐주고 싶지 않다는, 그런 말을 하려는 것처럼 보였다.

“……기다려봐.”

나에게서 조금 떨어져, 눈을 감고 노래를 부른다.

홀려버릴 것 같던 노랫소리가 느닷없이 불협화음으로 바뀐다. 그것은 인간이 아닌 동족을 『매료』시키는 그녀만의 『노래』. 마리는 자신보다 능력이 낮은 몬스터를 조종할 수 있다.

그녀를 중심으로 수면에 파문이 퍼져가는 가운데, 즉시 곳곳에서 먼 울음소리가 들려왔다. 마리의 목소리에 호응해, 찾는 사람에 대해 알려주는 몬스터의 목소리. 마리는 이내 눈을 번쩍 떴다.

“알아냈어, 벨…… 저쪽!”

“고마워!”

샘으로 잠수해 헤엄을 치기 시작하는 마리와 함께 육로로 올라가 달려나갔다.

이틀 전과 마찬가지로, 『머메이드』의 인도를 받아 물과 결정으로 가득 찬 미로를 달려간다.

'류 씨를 만나고…… 그 다음에는 어떡하지? 18계층의 사건에 대해 물어볼까? 하지만 이 계층에는 『이상사태』가 일어나고 있어. 느긋하게 굴 시간이 정말로 있을까? 보르스 씨나 다른 모험자들도 위험한데……!'

수많은 우려가 머릿속을 오갔다.

지금 해야만 할 일에 수많은 고민이 들었다.

그때였다.

강한 충격이 굉연히 계층 전체를 뒤흔든 것은.

"『폭발』?! 또?!"

몸을 흔드는 진동에 비명을 질렀다.

조금 전까지 끊어졌던 『폭발』이 다시 부활했다.

수면에 뜬 마리도 어깨를 흠칫 떨었다. 그녀가 있는 물줄기에까지 파도가 일어나 충격의 크기를 말해주었다.

게다가 이 소리와 진동은…… 가까워!

충격의 여운, 그리고 수정이 무너지는 것으로 여겨지는 소리를 따라 속도를 높였다.

마리가 안내해주려는 곳과 방향이 같은지, 수중을 헤엄치는 꼬리지느러미가 내 앞을 나아간다.

무언가, 목덜미에 불길한 예감이 스치고 지나갔다.

나는 필사적으로 이를 못 알아차린 척했다.

수정의 파편이 흩뿌려진 모퉁이를 돌아, 그 장소에 도착했다.

"헉……?!"

끔찍한 양상이었다.

지면은 원형을 유지하지 못한 채 터져나갔고, 무너진 수정벽은 산사태를 일으킨 것처럼 물줄기 속으로 쏟아져 들어가 흐름을 가로막았다. 천장에 벌어진 균열에서는 눈 깜짝할 사이에 물이 넘쳐났으며 폭포의 기둥을 만들어냈다. 크리스탈 미궁에 새겨진 파괴의 상흔은 그야말로 포격을 작렬시킨 것과도 같았다.

아이템인지, 혹은 『마법』 때문인지 연기가 피어났으며, 그 너머에 보이는 것은…… 인간의 실루엣.

나를 따라온 마리는 황급히 물 밑으로 잠수했다.

몸을 굳힌 내가 응시하기를 몇 초.

일렁이던 연기가 차츰 가라앉고──

"──────."

시야에 비친 광경에, 나는 말을 잃었다.

바닥에는 한 드워프 모험자가 쓰러져 있었다. 벌렁 드러누운 채 경련을 반복하며, 피를 흘린다.

그리고 그런 **그의 어깨를 밟고 서 있는** 한 여성.

망토와도 비슷한 롱 케이프를 펄럭이는 그 모습은, 늘 우리를 도와주었던 『그 사람』의 뒷모습이었다.

드워프의 얼굴 바로 옆에 수직으로 꽂힌 것은 목검.

반대쪽 손에 쥔 것은 피에 젖은 소태도.

얼굴에 쓴 후드 밑에서 드러나버린, 크게 뜨인 하늘색

© Suzuhito Yasuda

눈동자에 나는 얼어붙고 말았다.

　감정이 송두리째 떨어져나간 그 옆얼굴에, 심장이 떨렸다.

　"……류…… 씨……?"

　한 번도 본 적이 없는 표정에, 반신반의하며 나는 이름을 불렀다.

　흔들리는 엘프의 귀.

　흠칫 돌아본 하늘색 눈이 나를 꿰뚫어보고, 시간이 얼어붙은 것처럼 멈추었다.

　다음으로는 경악한 그녀와 시선이 얽혀, 나는 확신했다.

　류 씨다.

　시선 너머에 있는 것은 내가 잘 아는, 잘못 알아볼 리 없는, 그 아름다운 엘프의──

　"류 씨…….."

　"왜 여기 있는 겁니까!!"

　그 순간.

　그 무시무시한 일갈에 나는 호흡을 멈추었다.

　들어본 적이 없는 노성.

　본 적도 없는, 눈꼬리를 틀어올린 두 눈.

　그것은 마치…… 격앙한 살인귀의 표정과도 같았으며.

　"왜, 당신이, 여기에……!"

그 표정은 이내 온갖 감정으로 일그러졌다.

일그러진 눈가에서 넘쳐나는 것은, 괴로움? 혹은 슬픔?

혹은, 후회?

"……크라넬 씨. 이 계층을 떠나십시오. 지금 당장."

한없이 낮은, 감정을 억누른 목소리가 들려왔다.

몸을 움직이는 것조차 잊었던 나는 전류가 흐른 것처럼 손을 부르르 떨었다.

"당신은 이곳에 있어서는 안 됩니다. 가십시오."

"류……류 씨, 그게 무슨——"

"됐으니까 내 말 들어!!"

다시 격앙.

반론조차 용납하지 않고 류 씨는 그저 요구를 들이댔다.

날카로운 안광으로, 경직된 나를 꿰뚫어보며.

"당신은 아무 것도 하지 않아도 돼."

"아무 것도 몰라도 돼."

"관여하지 마."

잇달아 말을 겹친 류 씨는, 목검을 지면에서 뽑더니, 쓰러진 드워프에게서 무언가를 빼앗아 떠나가려 했다.

"류, 류 씨……! 기다리세요, 류 씨! 무슨 일이 일어난 거예요?! 뭘 하시는 거예요?!"

멈춰있던 시간을 부수며, 얼어붙었던 입술을 겨우 벌려 말을 폭주시켰다.

이성을 잃은 채, 무엇을 물어야 좋을지도 정리하지 못하고, 나는 잇달아 질문하며, 마지막에는 그 말을 묻고 있었다.

"그 드워프는 대체……?!"

나의 떨리는 목소리에, 류 씨는 가증스럽다는 표정으로 내려다보았다.

"이딴 놈은 괴물의 먹이나 되면 충분해."

그렇게 내뱉고, 류 씨는 달려나갔다.

상처투성이 드워프를 방치한 채.

남겨진 그녀의 말, 증오에 가득 찬 목소리.

여기에 충격을 받은 나는 움직이지도 못한 채 꼴사납게 혼자 남아버렸다.

'류 씨…….'

당신의 진의를 알고 싶어요.

그런 나의 호소는 닿지 않았다. 아니, 거부당했다.

그녀의 등은 그저 멀어져갔다.

조금 전까지 자신의 눈이 보았던 광경을 아무 것도 이해할 수 없었다.

머리는 헛돌다 못해 공백을 낳아 이제는 전혀 쓸모가 없었다.

아연실색해 가만히 서 있었다.

"벨…… 벨!"

마리의 목소리에 나는 제정신을 차렸다.

몇 초, 아니, 몇 분이나 그러고 있었을까.

귀에 물줄기 소리가 되살아나고 시야에 색이 돌아왔다.

"큭……!"

머릿속이 엉망진창이 된 채 지면을 박찼다.

통로 저편으로 사라진 류 씨, 홀로 남은 드워프. 망설인 끝에 후자에게 달려갔다.

"커……억……!"

드러누운 드워프 모험자는 이미 의식을 잃은 상태였다. 방어구는 반파되고, 짜리몽땅한 몸은 온통 피에 물들었다. 연속으로 베인 것처럼 온몸에는 날카로운 열상이 있었다.

"……!"

내버려둘 수도 없어, 이따금 생각났다는 듯 경련하는 몸을 치료했다.

하지만 그러는 동안에도 나는 류 씨만을 생각했다.

나를 거부하던 뒷모습이 뇌리를 떠나지 않았다. 손이 떨려 제대로 치료를 할 수가 없었다.

나는 자신이 생각했던 것보다도 훨씬 동요했던 것이다.

"류 씨……!"

응급처치만을 마치고, 드워프를 옆구리에 안은 채 달려나갔다.

축 늘어진 드워프의 팔다리를 출렁이며, 그 사람이 사라져간 방향으로 향했다.

무너진 천장과 벽의 수정 덩어리를 뛰어넘었다.

물속에서 나와 수면에 고개를 내민 마리도 내 뒤를 황급히 따라왔다.

"헉, 헉……"

몸에 떠오른 땀을 뒤로 흩뿌리며, 조금 전에 있었던 일을 생각했다.

내가 달려왔던 것은 『폭발』을 느낀 직후였다. 그 『폭발』의 규모 —— 류 씨의 『마법』이라면 분명 통로 일대를 그 정도로 파괴할 수 있다. 상황을 고려해 봐도 일련의 흐름은 앞뒤가 맞는다.

『마법』으로 기습한 걸까?

가차 없이 포격을 날린 걸까?

류 씨는 명확한 『살의』를 품고…… 이 드워프를 습격한 걸까?

'거짓말이야, 아니야…… 그 사람은……!'

믿고 싶다. 류 씨는 그런 짓을 할 엘프가 아니라고.

하지만 지금도 내 팔에 들려 축 늘어진 드워프는 뭐란 말인가.

이 모험자는 몬스터에게 습격을 당했고, 류 씨는 우연히 지나가던 것뿐? 나는 운 나쁘게 그 모습을 목격했을 뿐? 너무 허튼소리라 눈물이 다 난다.

날카로운 검상은 리빌라 마을에서 보았던 시체와 흡사했다.

그 사람이 이 드워프를 이렇게까지 상처 입힌 것은 이미 움직일 수 없는 사실이다.

'왜 류 씨가 이 사람을 습격했지? 대체 무엇을 위해?!'

모르겠다. 아무 것도 모르겠어.

어지러워지기만 하는 마음은 위로 정도밖에 되지 않는 가정조차 세우지 못했다.

나는 리빌라에서 있었던 사건은 무언가 오해가 있었으리라 생각했다.

진위는 아직 알 수 없다.

하지만.

'그때 류 씨의 얼굴은, 감정은⋯⋯『살의』는⋯⋯ 진짜?'

목검을 꽂고 무서울 정도로 싸늘한 눈을 한 채 드워프 모험자를 내려다보던 그녀의 옆얼굴을 떠올리고, 몸을 떨었다.

설령 다른 이의 의도가 개입되어 있다 해도.

무언가에 말려들었다 해도.

류 씨의『감정』이, 『살의』가 진짜라면.

그 사람을 떠미는 충동이 진짜라면, 그것은──.

"크윽!"

생각을 그만두려는 듯 머리를 거세게 가로저었다.

뇌리에 떠올랐다가 사라지는 억측에, 자기 손으로 자기 목을 조르는 듯한 착각이 들었다.

마음을 굳지 않으면 스스로의 상상에 빠져들 것 같았다.

그리고 이렇게 갈등하는 나를 조롱하듯, 미궁 안쪽에서 다시 『폭발』이 발생했다.

"······?! 윽!"

폭발의 방향으로 진로를 바꾸었다.

진동에 섞여 몬스터의 포효도 들려온다. 그 틈에서 미미하게 들려오는 저것은, 사람이 지르는 비명?

불길한 예감이 들었다. 가슴 속이 자꾸만 술렁거렸다. 귀에 거슬릴 정도로 쿵쿵 뛰는 심장을 갈라버리고 싶었다. 나는 옆구리의 드워프를 고쳐 안으며, 폭발음이 울린 쪽으로 서둘러 달려갔다.

초조함에 사로잡힌 나를 따라, 마리 또한 육로와 나란히 이어진 물줄기를 열심히 헤엄쳤다.

"마리, 오면 안 돼!"

"싫어, 싫어!"

위험하다고 설명해도, 마리는 말을 듣지 않는 아이처럼 고개를 가로저었다.

아까부터, 분위기가 이상해진 나를 걱정해주는 것을 절절히 알 수 있었다. 하지만 지금은 그것이 괴롭다. 그녀를 위험에 끌어들일 수도 없었다.

나는 얼굴을 찡그리고, 속이 타는 심정으로 진로를 바꾸었다.

그곳은 육로만이 이어진 통로였으며, 수로는 끊어져 막다른 곳이 되었다.

"앗······."

마리는 멍한 목소리로 중얼거렸다.

비취 같은 그녀의 두 눈에는 눈물이 왈칵 넘쳐났다.

"벨, 바보!"

그녀의 고함을 등으로 들으며, 나는 미안하다고 속삭이고 달려 나갔다.

목적지로 향하는 도중, 마치 몬스터도 『폭발』의 소란을 듣고 달려온 것처럼 조우를 거듭했다. 데블 모스키토며 블루 크랩, 대형급인 크리스탈 터틀까지. 수많은 몬스터가 진로를 가로막았다.

날개 달린 『하피』나 『세이렌』을 제외하면 『물의 미로도시』의 수생 몬스터에게는 화염 속성 『마법』이 잘 통하지 않는다. 나는 【파이어볼트】를 견제로만 사용하며, 쓰지 못하는 왼팔을 대신해 오른손의 《하쿠겐》으로 적을 베어 공격을 펼쳐냈다.

달려드는 몬스터를 피하고 도착한 곳에는…… 조금 전에 보았던 것과 같은 광경이 펼쳐져 있었다.

"……!!"

크게 갈라진 벽면, 균열이 발생해 결정의 비를 쏟아내는 천장.

조금 전과의 차이를 들자면, 수많은 모험자가 고함을 지르고 있다는 것이었다.

"어떻게 된 거야, 이게!"

"여기저기 다 무너지고…… 대체 뭘 하면 이렇게 되는 건데?!"

폭발지점은 아비규환의 양상을 띠고 있었다.

제27계층에서 헤어졌던 토벌대의 모험자들이 폭발음에 이끌려 모여들었던 것이다. 크고 작은 수많은 수정 덩어리가 여기저기 흩어진 넓은 정규 루트 통로에서, 그들은 지면에 쓰러진 모험자들에게 몰려들었다.

"쳇…… 이미 죽었어."

"토벌대에 있던 얼굴은 아니야!"

『죽었다』는 그 단어가 내 심장을 콱 붙들었다.

피에 물들어, 온몸에 깊은 화상을 입은 휴먼과 수인. 불에 타버린 그들이 두 번 다시 눈을 뜨지는 못할 것이다. 살이 타는 냄새가 코를 찔러 구역질이 나려 했다.

팔다리가 싸늘해졌다.

흐트러진 감정이 머리를 이상하게 만들었다.

한순간 몸이 휘청거렸다.

『하층』의 세례를 받는 것 같다는 생각마저 들었다.

『상층』이나 『중층』 때와는 달랐다. 이렇게나 많은 『죽음』을 접하게 될 줄이야.

종잡을 수 없는 생각이 태어났다가는 사라지며 현실도피를 하려 했다.

"큭……."

여기에도 피해자가 있다니?

이것도…… 류 씨의 소행?!

내 팔에 들린 드워프 모험자가 더 무거워진 듯한 착각을 느끼며, 나는 어느 사이엔가 온몸에 땀을 흠뻑 흘리고 있었다.

"【래빗 풋】! 너 이 자식, 어딜 갔다 온 거야!"

"……보, 보르스 씨!"

노성이 오가는 미궁 내에서 한층 커다란 목소리가 나에게 들려왔다.

드워프 모험자를 지면에 내려놓은 나는 이쪽으로 다가오는 보르스 씨와 파티원들에게 물었다.

"죄송합니다, 멋대로 행동해서. 하지만 이 상황은……!"

"……우리도 지금 막 와서 잘 모르겠다. 하지만…… 몬스터의 소행이 아니란 건 분명해. 이런 짓을 저지를 수 있는 건……."

거기까지 말하려던 보르스 씨는 지면에 누운, 검상이 있는 드워프를 그제야 보았다.

"야, 그 드워프는 뭐야?"

"이, 이 사람은……."

"설마…… 【질풍】에게 당한 거냐?!"

"윽……!"

보르스 씨의 물음에 나는 부정도 긍정도 할 수 없었다.

그 사람을 감쌀 수가 없었다.

하지만 무어라 말해야 좋았을까.『이 상처는 전부 류 씨가 입힌 거예요. 하지만 그녀는 잘못이 없어요』. 그런 말이 통할까?

파티원들이 상처 입은 드워프 모험자를 잡고 본격적으로 치료를 시작하는 동안, 나는 그 자리에 뻣뻣이 서 있을 수밖에 없었다.

"안 되겠어. 눈을 뜨질 않아. 무슨 일이 있었는지 말할 수 있는 놈 없나?!"

"보르스! 여기 생존자야, 의식이 있어!"

"!"

혀를 찼던 보르스 씨는 그 보고에 눈빛을 바꾸었다. 나도 마찬가지였다.

소리를 지른 모험자의 곁으로 가보니, 그곳에는 무너진 수정벽 옆에 쪼그리고 앉은 캣 피플 한 사람이 있었다.

"————."

그 사람의 무참한 모습을 보고 내장이 뒤집어지는 듯한 충격을 받았다.

우선, 그에게는 **한쪽 팔이 없었다.**

시뻘겋게 물들어 어깨 언저리까지 찢어져나간 오른쪽 옷소매에는 있어야 할 아래팔이 보이지 않았다.

온통 화상과 검상을 입은 얼굴도 피투성이였으며, 수인의 특징인 머리 위의 귀는…… 한쪽이 없었다.

눈을 돌리고 싶어질 정도의 중상이었다.

"야, 말할 수 있겠어?! 여기서 무슨 일이 있었던 거야!"

보르스 씨가 심문하듯 큰 목소리로 외쳤다.

수인 모험자는 남은 왼손 손가락을 입에 대고 맞물리지

않는 이를 따닥따닥 울리며, 거기 있는 줄 이제야 알아차렸다는 양 보르스 씨를 올려다보았다. 늘씬한 사람이 많은 캣 피플 중에서도 한층 몸집이 가녀리면서도 키가 큰 그는 몸을 한껏 웅크려 둥글게 말았다.

"지, 지, 【질풍】……. 리온 녀석에게……!"

"【질풍】이라고?!"

"『마법』을 맞아서, 눈앞이 번쩍하고, 새하얗게 물들더니……!"

"……!"

보르스 씨는 그 별명에 반응했고, 나는 그 증언에 아연실색했다.

충격이 빠져나가지 않아 움직이지 못하는 가운데,

"그 자식 어디로 갔어?!"

보르스 씨는 몸을 내밀고 물어보려 했지만, 파티 멤버 중 아마조네스가 이를 저지했다.

"기다려봐, 보르스. 먼저 치료를——."

하지만 그녀가 손을 뻗자 수인 사내는 눈을 크게 부릅떴다.

"건드리지 마앗?!"

"?!"

"건드리지 마, 제발, 건드리지 마……!"

아마조네스의 손을 떨쳐내더니, 그 자리에서 도망치려 하다가 바닥에 쓰러져버렸다. 한쪽 팔로 머리를 움켜쥐면서, 무언가에 겁을 내듯 움찔거린다. 그 모습은 처참하다기보다는 숫제 이상할 정도여서 모두들 당황했다.

혼란…… 아니, 마치 공황상태에 빠진 것 같았다.

"……? 잠깐, 네놈 설마…… 【루드라 파밀리아】의 쥬라할마?"

바닥에 몸을 비비다시피 발버둥 치며 머리를 이리저리 흐트러뜨리는 캣 피플의 옆얼굴…… 악취미가 보이는 몬스터의 해골 귀걸이를 보고 보르스 씨가 무언가를 알아차렸다는 듯 한쪽 눈을 크게 떴다. 사내가 흠칫 몸을 떨었다.

"아, 아는 분이에요, 보르스 씨?"

"그래……. 별명은 【슬레이버 캣】. 소속은 이블스의 일당인 【루드라 파밀리아】…… 바로 【질풍】이 있던 【아스트레아 파밀리아】를 함정에 빠뜨려 죽였던 파벌이지…….."

덜컥. 심장이 오늘 최고로 크게 뛰었다.

【아스트레아 파밀리아】의……, 류 씨의 『원수』?

"5년 전, 폭주한 【질풍】은 【루드라 파밀리아】를 궤멸시켰어. 모든 단원을 쳐죽여서 말이야. 전부 죽은 줄 알았는데…… 살아 있었군."

말문이 막힌 나를 내버려둔 채, 보르스 씨는 험악한 눈으로 쥬라라는 사내를 내려다보았다.

"그, 그래…… 나만 살아남았어! 그 자식의 손에서! 리온 그 개자식에게서!"

부들부들 떠는 캣 피플은 자신이 『악』의 일원이었음을

인정했다. 그리고는 갑자기 태도를 바꾸어, 매달리듯 보르스 씨와 우리를 올려다보았다.

"하지만 그 후로는 한 번도 나쁜 짓을 하지 않았어……! 진짜야, 음습한『미궁』에 숨어서 지냈다고……!"

"……!"

"하지만 리온에게 들키는 바람에, 여기까지 도망쳐서……!"

보르스 씨와 다른 모험자들이 예상치도 못한 이 사태에 동요하는 가운데, 나만은 이 사람이 말하는『미궁』이 크노소스를 말한다는 사실을 알아차렸다.

【이켈로스 파밀리아】의 포악한 헌터들이 말했듯『악』의 온상이며 아지트이기도 했던 그 인공 미궁에 몸을 의탁했던 것이다.

하지만…… 아아…… 이제야 한 가지 조각이 맞아떨어졌다.

지금의 나도 예상할 수 있는, 이번 사건의 전모가.

【파밀리아】의『원수』를 발견해, 류 씨는 분노의 불꽃을 되찾아 복수에 몸을 던진 것이다——.

그리고 그녀는 격정의 포로가 된 채 그들을 습격했다.

피도 눈물도 없는, 그야말로 내가 조금 전에 보았던 냉혹한 얼굴을 하고.

"리빌라에서 장이 살해당한 것도 이 녀석하고 이어져 있었나……?"

보르스 씨와 모험자들은 입을 한손으로 막은 채, 이제야 수수께끼가 풀렸다는 표정을 지었다. 누구나 상상할 수 있는 광경을 나 또한 뇌리에 그리고 있었다.

　"부탁이야, 살려줘……! 이제 나쁜 짓은 안 할게, 나를 길드에 끌고 가서, 그 녀석에게서, 그 녀석에게서 지켜줘……!"

　넙죽 엎드리듯 지면에 쓰러져 애원하는 캣 피플.

　연기로는 보이지 않는다. 【질풍】을 두려워해 벌벌 떠는 그의 눈과 몸은, 도저히 연기가 아닌 것 같았다.

　나는 눈앞의 현실과 자신의 상상 틈에 끼고 말았다.

　무엇이 진실인지 확실하지도 않고, 정할 수도 없는 이 상황.

　나는 마음속에 떠오른 그 사람의 뒷모습에, 사실이냐고 묻고 또 물었다.

　"어디까지 따라오려고 그래?"

　"이상한 소리를 하네. 【질풍】을 해치운다며? 당연히 파티가 되어 함께 움직이는 편이 좋지 않겠어?"

　웨어울프 사내 터크가 돌아보며 묻자, 아이샤는 주눅 들지도 않고 희미하게 웃음을 지었다.

　장소는 제25계층.

터크를 비롯한 네 명의 모험자를 따라온 아이샤 일행은 일찌감치 그들과 합류했다.

던전 내에서의 미행이란, 목표에게 들키지 않더라도 몬스터와 조우한 시점에서 거의 실패하게 마련이다. 미궁의 몬스터는 모험자를 발견한 시점에서 울부짖고 날뛰어서 도저히 은밀하게 추적하기란 불가능하다.

솔로로 미행한다면 그나마 달라질 수도 있겠지만, 파티를 분산시키고 싶지는 않았으므로 그것도 불가능했다.

그렇다면 차라리, 이렇게 처음부터 목표 인물과 함께 행동하는 편이 낫다.

상대에게 무언가 켕기는 구석이 있다면 감시와 견제도 충분히 가능하다.

"상대는 Lv.4짜리 현상수배범이잖아."

"…………."

터크는 정론을 들이대는 아이샤에게서 눈을 돌려 정면을 보았다.

다른 모험자들도 수상쩍다는 태도로 이쪽을 몇 번이나 돌아보며 소곤소곤 귓속말을 나눈다.

상대의 파티와 이쪽 일행은 3M 정도의 거리를 두고 미궁을 나아갔다.

"아무리 봐도 우리를 의식하고 있지?"

"그야 이런 식으로 다른 파티가 따라오면 당연히 신경이 쓰이겠지만…… 저렇게 조바심을 내다니, 좀 마음에 걸리는걸요."

벨프와 릴리가 작은 목소리로 이야기를 나누었다. 전방의 터크 일행을 관찰하며, 오우카나 다른 이들은 몬스터의 습격에도 주의를 기울였다. 평소와는 다른 독특한 긴장감이 풍겼다.

그런 가운데 카산드라는 혼자 생각에 잠겨 있었다.

제27계층에 있을 소년을 생각하는 것이다.

『『꿈』을 털어놓는 게 좋았을지, 아직도 잘 모르겠어……. 하지만 『계시』의 내용을 말한다면, 벨 씨는 분명…….'

카산드라가 벨에게 『예언』의 내용을 말하지 못했던 이유는, 운명과도 같은 확고한 의지를 뒤집을 수 없으리라는 사실을 깨달았기 때문이다.

게다가 또 한 가지 이유가 있었다.

'만약【질풍】이 모든 일의 근원이라면…….'

카산드라는 무서운 상상을 하고 있었다.

벨 일행이 감싸려 하는【질풍】이 바로——【파멸의 인도자로 약속된 요정】이 바로—— 불길한 『예지몽』의 원흉이 아닐까 하는 상상. 그야말로 리빌라의 살인사건은 물론,【크나큰 재앙】을 부르는 직접적인 원인까지, 그녀의 소행은 아닐까 하는 상상.

【질풍】이 모든 일의 원흉이었다면, 벨이 그녀를 도우러 가는 행위는 무의미한 것으로 전락한다.

아니, 그는 믿었던 것에 배신당해 무자비한 현실과 직면

할 것이다.

그것은 소년에게는 너무나도 【가혹】했다.

'늘 이래. 늘 고민하고, 망설이고, 괴로워하고, 실패하고…… 후회하고.'

흐르는 미궁의 물줄기를 문득 바라보며, 카산드라는 근심 어린 표정을 지었다.

누구도 깨달아주지 않고, 누구도 이해해주지 않는다.

'나는 그 사람을 위해…… 어떻게 하는 게 좋았을까.'

해답은 나오지 않았다.

꙰

주위는 변함없이 소란스러웠다.

한 자리에 모인 모험자들은 살이 타는 냄새에 낯을 찡그렸다. 작렬한 『폭발』의 위력을 말해주듯 통로 전체가 무너졌으며, 몬스터도 말려들었는지 상반신이 짓이겨진 머맨의 시체가 굴러다니고 있었다.

다른 통로에서 우글우글 몰려온 몬스터를 모험자들이 욕설과 함께 베어 쓰러뜨리는 한편, 한 남성을 에워싼 우리는 무거운 침묵에 잠겼다.

쥬라라 불린 캣 피플은 아직도 무언가를 겁냈다.

【스테이터스】의 영향도 있을 테니 실제 연령은 알 수 없지만, 30대 중반 정도는 되지 않았을까. 피로에 찌들었

는지 시커멓게 물든 눈가는 움푹 꺼졌으며, 가늘고 긴 두 눈은 지금도 공포에 물들었다.

"어, 어떡하지…… 보르스?"

"어떡하고 자시고…… 이 자식을 넘기면 길드가 사례금을 듬뿍 주겠지. 그뿐이야. 【질풍】의 손에 죽으면 이런 짤짤한 수입도 날아가버린다고."

보르스 씨는 우리는 정의의 사도가 아니라며 큰소리를 쳤다.

"우리가 뭣 때문에 여기 왔냐? 리빌라의 동포를 해친 엘프를 없애려고 온 거잖아? 해야 할 일은 변함이 없어. 그저 앞으로 들어올 돈이 더 많아졌을 뿐이야."

흔들림 없는 보르스 씨의 방침에 다른 모험자들의 얼굴에서도 망설임이 사라졌다. 그리고 그것은 나에게 지극히 좋지 못한 결정이었다. 혼자 얼굴을 굳히고 말았다.

하지만 나도…… 갈등하고 있었다.

류 씨의 진의가 보이지 않았다.

그녀는 정말로 복수심에 사로잡히고 만 걸까.

분노에 떠밀린 채 사람을 해치고 만 걸까.

'게다가……'

그와는 별개로, 무언가가 계속 마음에 걸렸다.

이 상황, 흐름…… 뭔지는 잘 모르겠지만, **매우 기분이 나쁘다.**

뇌리가 『위화감』을 호소하는 것만 같았다.

무언가『기억』을 환기시키려 한다.

……안 되겠어. 모르겠어.

생각도 감정도 엉망진창이 되어, 무엇이 옳은지, 무엇을 믿으면 좋을지 모르겠어!

주신님에게 아무리『성장했다』는 말을 들어도, 나는 역시 아직도『벨 크라넬』인 거야.

쉽게 동요하고, 혼자서는 아무 것도 판단을 내리지 못하고, 망설이기만 하는 한심한 나인 채——.

"——?"

실망을 드러내듯 한손으로 머리를 꽉 눌렀을 때였다.

그 바람에 지면을 밟고 있던 부츠에 무언가가 부딪혔다.

"이건……."

그것은 붉은색의 파편이었다.

아마도 던전에서 유래된 조각.

파편으로 보이는 붉은색 결정을 손가락 사이에 끼워 집어든 나는 그것을 빤히 바라보다가…… 이내 두 눈을 크게 떴다.

"지——【질풍】이다앗?!"

그 비명이 울려 퍼진 것은 그와 거의 동시였다.

"?!"

벌떡 튕겨지듯, 목소리가 터져나온 방향으로 돌아보

았다.

시야 저 너머, 수많은 통로 중 한 곳. 물줄기와 나란히 이어진 육로 저편에서.

바람에 나부끼는 롱 케이프가 무시무시한 기세로 이쪽을 향해 달려오고 있었다.

"해치워, 이놈들아!!"

때가 왔다는 양, 보르스 씨는 혈관이 불거질 정도로 얼굴에 힘을 주고 고함을 질렀다.

내가 말릴 틈도 없었다. 그녀의 해명이나 설명을 들어줄 사람도 없었다. 침을 튀기는 두목의 호령 아래 모험자들은 고함을 지르며 단 한 명의 엘프에게 쇄도했다.

그러나.

그녀는 그런 그들에게는 눈길도 주지 않은 채, 귀기 어린 표정으로 곧장 내 쪽에 포효를 터뜨렸다.

"──쥬라아아아아아아아아아아아아아아아아아아아아아아!!"

가녀린 엘프의 몸 어디에 숨겨져 있었는지 알 수 없는, 어마어마한 분노의 성량.

멀리 떨어진 나까지 몸을 벌렁 젖힐 정도였다. 수정 미궁이 쩌렁쩌렁 울렸다.

의도한 것은 아니었겠지만, 그것은 마치 몬스터의『하

울』처럼, 덤벼들려 하던 모험자들을 예외 없이 움츠러들게 만들었다.

한 남자의 이름을 외친 엘프는 기세를 늦추지 않고 돌진했다.

"비켜어!!"

"""크아악?!"""

그리고 눈을 의심할 만한 광경이 펼쳐졌다.

Lv.3 모험자도 섞인 상급 모험자들의 벽을, 질풍의 화살이 쐐기와도 같이 꿰뚫어버렸다.

그녀가 휘두른 목검은 전열 수비수를 맡은 드워프를 후려쳐 날려버리고, 막 달려들려던 수인의 벽도 이어지는 일격에 무너졌다. 돌진을 저지하려던 아마조네스와 휴먼도 속절없이 격파당했다.

비유가 아니라 정말로 **푸른 광채를 뿜어내는** 목검. 하늘색 안광과 함께 번뜩일 때마다 역전의 강자들이 허공으로 떠올랐다.

스무 명은 되는 상급 모험자를⋯⋯?!

"쥬라아아!"

"흐, 흐아아아아아아아아아아아아아악?!"

후드 안에서 무시무시한 표정을 지으며 자신의 이름을 잇달아 외치는 복면 엘프를 보고 캣 피플 남성은 이 세상의 종말이 왔다는 양 낯을 새파랗게 물들인 채 등을 돌리고 달아났다.

흠칫 놀라 그 뒷모습을 눈으로 좇던 나와는 반대로, 무기를 든 보르스 씨네 파티는 모험자의 벽을 강행돌파한 【질풍】을 보고 입맛을 다셨다.

"뭔가 『마법』이나 『스킬』을 썼구만! 발을 묶어! 기세만 없애버리면 그 다음에는 숫자의 힘으로 엎어버릴 수 있어!! 기어오르게 놔두지 마라!"

리빌라의 두목이자 Lv.3 상위의 관록을 보여주는 보르스 씨의 적확한 지시. 이 물량이라면 이길 수 있다고 확신하는 그의 명령을 받아, 수인 형제와 아마조네스가 기염을 토하며 접근했다.

그러나.

"——————."

접촉하기 직전, 가공할 기세로 돌진하던 엘프의 몸이 급격히 회오리를 일으키며 회전했다. 몸에 감기는 롱 케이프로 펄럭펄럭! 바람을 두들기는 날카로운 소리를 내며 팽이와도 같이 돌며 수인 형제와 아마조네스의 옆을 화려하면서도 선드러진 모습으로 빠져나갔다. 여기에서 그치지 않고 스쳐 지나가며, 허를 찔려 아연실색한 그들의 뒤통수에 목검의 회전 참격을 꽂아, 세 사람은 멀리 날아가며 정신을 잃어버렸다.

호흡을 잊을 정도로, 상황도 잊고 넋을 잃어버릴 정도로 날카로운 기술.

"쳇! 네가 무슨 【로키 파밀리아】야?!"

마침내 마지막 한 사람이 된 보르스 씨가 요란하게 투덜 거리며 침을 튀기더니 무기인 거대 도끼를 쳐들었다.

그야말로 질풍노도를 몸으로 보여주듯 차원이 다른 엘 프 전사에게 도끼를 내리치기 직전.

"——? 너 이 자식, 설마 그때 그…… 끄에악?!"

마치 무언가를 떠올린 것처럼 ——제18계층에서 함께 싸웠던 누군가를 떠올린 것처럼—— 한순간 움직임을 멈 추었던 보르스 씨의 뺨에, 무자비한 목검이 꽂혔다.

코피를 뿜으며 벽에 얼굴을 처박는 거구를 보고 내 얼굴 도 실룩거렸다.

"윽…… 잠깐, 잠깐만 기다려요!"

멀쩡하게 서 있는 모험자가 나만 남은 가운데, 이쪽으로 달려오는 그 사람에게 외쳤다.

싸우고 싶지 않아. 이야기를 듣고 싶어요. 당신의 입으로. 그 일념으로 그녀의 앞을 가로막았다.

"비켜."

하지만 그럴 시간은 없다는 양.

후드 안에서 하늘색 두 눈을 가늘게 뜨더니, 다음 순간, 부츠를 신은 가느다란 다리가 바닥을 박찼다.

"흡?!"

그리고 류 씨는 굳어버린 내 머리 위를 뛰어넘었다.

——당했다!!

수그러들지 않은 가속력으로 머리 위를 빼앗은 그녀에

게 아연실색했다.

내 뒤에 착지한 류 씨는 돌아보지도 않고, 바람의 화신이 되어 질주했다.

"래, 【래빗 풋】! 쫓아가아아!"

벽에서 얼굴을 떼어낸 보르스 씨가 외쳤다. 토벌대 중에서 가장 『민첩』이 높은 나에게 추적을 명령하고 노성으로 내 등을 후려친다.

나 또한 보르스 씨의 말이 떨어지기가 무섭게 수정 바닥을 박차고 그녀의 뒤를 따라가고 있었다.

"큭?!"

벌써 희미하게밖에 보이지 않는 롱 케이프를 맹렬히 추격했다.

그리고 캣 피플 남성을 쫓는 그녀의 등은 모퉁이를 돌았는지 시야에서 갑자기 사라졌다.

무수한 갈림길 앞에 걸음을 멈추고 망설이던 나는, 이내 한 통로를 선택했다. 그쪽에서 몬스터의 위협성과 비명이 들렸기 때문이다. 아마도 류 씨와 맞닥뜨린 괴물의 울음소리일 터. 그 소리에 의지하며 달리고 또 달렸다. 내 추측이 옳았음을 증명해주듯, 몸이 베여 괴로워하는 몬스터며 주검이 된 재의 무더기가 발자취처럼 이어졌다.

그러나 여기에도 한계가 있었다.

광대한 던전 속에서, 너무나도 빠른 그녀를 완벽하게 잃어버리고 만 것이다.

"어디로……."

조바심이 더 큰 동요를 불러 비지땀을 흘리던 그때.

"【지금은 머나먼———— 무궁한 밤하늘에————】."

『노래』가 들려왔다.

"———."

한순간 몸을 멈추고 말았다.

그러거나 말거나, 노랫소리의 단편은 어디선가 계속해서 들려왔다.

"【어리석은 나의 목소리에———— 그대를 저버린 자에게————】."

동시에 부풀어오르는 『마력』.

그릇에서 물이 넘쳐나는 것처럼, 거리가 멀어도 전해지는 『포격』의 여파가 모험자의 본능을 움츠러들게 만들었다.

그리고 너무나도 쉽게 그 『마력』은 임계점을 맞았다.

"【——별빛을 담아 적을 쳐라】!"

——설마?!

그 직후, 나의 예감은 적중했다.

"【루미노스 윈드】!!"

굉음에 이어, 눈앞의 통로가 터져나갔다.

"~~~~~~~~~~~~~~~~~~~~~~~~~~~~~~으윽?!"

전방을 가로지르는 형태로, 바람을 두른 거대한 빛의 덩어리가 폭풍을 일으켜 벽을 관통했다.

얼굴을 팔로 가린 내 시야 오른쪽에서 왼쪽으로 유성우와도 같은 포격이 흘러갔다.

미친 듯이 날뛰는 『마력』의 포성과 함께, 미궁이 비명을 질렀다.

"……던전 벽을, 뚫었어?"

터무니없는 위력에 아연실색했던 나는, 이내 흠칫 정신을 차리고 『마법』이 뚫은 『수평굴』로 나아갔다. 의도치 않게 대포격의 궤적이 그 사람에게 나를 안내해준 셈이다.

산산이 부서진 수정벽을 뚫고 지나가기를 네 차례, 거대한 룸에 도달했다.

벽의 면적이 넓기는 했지만 수많은 물줄기가 이곳으로 흘러들고 있었다. 마법의 여파 탓인지 물이 증발해 희미하게 안개를 이루었다.

무너진 벽을 통해 뛰어든 나의 바로 곁에서는, 지면에 널브러진 채 벌레처럼 몸을 둥글게 만 캣 피플의 모습이 있었다.

"당신은……."

"……래, 【래빗 풋】?! 사, 살려줘! 저 녀석한테서 구해 줘!!"

그가 말한 『저 녀석』이 누구인지는 묻지 않아도 명백했다.

전방, 룸의 중앙.

희미한 안개 너머에서 일렁이는 사람의 모습이, 단숨에

다가와 모습을 드러냈다.

목검을 들고 험악한 눈빛을 띤, 한 명의 엘프.

"류 씨……!"

눈을 가늘게 뜨며 나는 그 사람의 이름을 불렀다.

"……따라오셨군요, 크라넬 씨."

지금에야 깨달았다는 양 류 씨는 날카로운 시선을 나에게 돌렸다.

그것만으로도 나는 말문이 막히고 압도될 것 같았다.

"……왜, 당신은 늘."

그러므로 그녀가 복면 안에서 중얼거린 그 조그만 목소리를 놓치고 말았다.

"──비켜라, 방해 되니. 그곳에 있으면 그 자를 없앨 수가 없다."

그대로 그녀의 시선은 나를 지나쳐, 바로 뒤에 있는 그에게 향했다.

"히이이익……!!"

피에 물든 목검을 허공에 휘두르고, 저벅저벅 롱 부츠의 굽을 울리며 천천히 다가왔다. 그 광경에 아직도 일어나지 못한 채 지면에 웅크리고 있던 캣 피플 남성이 비명을 질렀다.

"나의 유일한 과오는, 쥬라, 너를 완전히 해치우지 못했던 것이다. 제대로 확인조차 하지 않고, 그저 해치웠다고 확신했던 그 오만은 아무리 후회해도 모자랄 지경이다."

자신의 소행을 저주하는 듯한 류 씨의 목소리는 원념으로 가득했다.

　독백처럼 말을 이으며, 두 눈은 지금도 캣 피플 남성을 꿰뚫어보고 있었다.

　"……그때 확실히 죽였어야 했다."

　그녀의 입에서 떨어진『죽인다』는 단어에 시야가 소리를 내며 일그러졌다.

　싸늘하게 흐려진 눈과 함께, 이제 류 씨의 얼굴은 돌변했다.

　주점에서 일하던 성실한 점원의 얼굴도, 우리를 몇 번이고 구해주었던 늠름한 모험자의 얼굴도 아니었다.

　『복수자』의 얼굴.

　정말로, 이게 류 씨?

　아니, 이것이 바로…….

　'……이게, 【질풍】?'

　류 씨 본인이 제18계층에서 들려주었던 과거의 이야기.

　그야말로 이야기 속의 인물이 눈앞에 실체로 나타난 것 같았다.

　내가 모르는, 또 한 사람의 요정이.

　"그러나 그것도 이 자리에서 청산하겠다. 너의 계략과 함께, 모조리."

　복면을 걷은 류 씨가 결연히 선언했다.

　걸음을 멈추지 않고 다가오는 그녀에게, 캣 피플 남성이 견디지 못하고 고함을 질러댔다.

"【래빗 풋】?! 저 자식을 해치워줘, 부탁이야! 이젠 싫어, 온몸이 아파, 피가 멈추질 않아……! 저 놈에게 베인 팔이……!"

피가 흐르는 몸을 하나 남은 팔로 끌어안으며 캣 피플 남성이 신음했다. 어깨를 흠칫 떤 나는 류 씨가 든 소태도를 빤히 바라보았다.

"저……정말이에요? 이 사람이 팔을 베었나요……?"

"……그 사내의 한쪽 팔을 벤 것은 틀림없이 나다. 귀를 자른 것도 나다. 그게 어쨌다는 거지. 그게 뭐 어쨌다고!"

한데 뒤섞인 노기와 증오. 확실하게 자신의 행위를 인정하는 그 말.

휘청 자세가 흔들리려 했으며 무릎이 꺾일 것 같았다.

"거기서 비켜, 어서!"

"류, 류 씨──."

"비키라고 했을 텐데!!"

목검 끝이 마침내 나를 겨누었다.

Lv.4가 된 나를 움츠러들게 만들 정도의 노기.

귀를 두드리는 심장 고동이, 얼굴을 타고 흐르는 땀의 기세가 정점에 이르려 했다.

"방해하겠다면 당신이라도 베어버리겠어. ……시간이 없으니."

그 말에 나의 목구멍이 얼어붙었다.

"부탁이야, 【래빗 풋】…… 살려줘어어어……!"

그 비명이 나의 조바심을 자극했다.

마치 희곡의 한 장면 같았다. 피에 굶주린 『범인』, 이와 대치한 『탐정』, 도움을 청하는 『피해자』.

그리고 압도적으로 궁지에 몰린 것은 탐정인 나.

이렇게 역부족일 수가. 신들의 표현을 빌린다면, 참으로 지독한 미스캐스팅.

이런 건 눈 뜨고 봐줄 수가 없어.

"……가르쳐주세요."

상황에 짓눌려버릴 것 같은 정신을 총동원해 입을 열었다.

확인해야만 한다. 간파해야만 한다.

이번 사건의 전모를.

이 사람의 진의를.

그렇지 않고서는, 나는 계속 『답』을 내지 못한다.

더할 나위 없는 중압 속에서 그녀에게 물었다.

"리빌라 주민을 해친 것이 당신인가요?"

"문답에 어울릴 틈이 없어!"

"리빌라 변두리에서 사람이 죽었어요! 달려가던 당신을 본 사람도 있고요!"

"몇 번을 말해야 알아듣나!!"

신경을 곤두세운 류 씨에게 지지 않겠노라 목소리를 높였다.

"류 씨, 부탁이에요! 대답해주세요!!"

당신의 말을 들려달라고, 마음을 목소리에 담았다.

"당신이 죽였나요?!"

"——내가 아니야!!"

마치 말다툼을 하듯 서로 고함을 질러댔다.

냉정함을 잃은 하늘색 눈과 시선을 교차시켰다.

마치 범인이 이성을 잃고 분노한 것과도 같은 고함.

변명도 해명도 아닌, 그저 감정에 몸을 맡겨 터뜨렸을
뿐인 격렬한 말.

하지만—— 그것만으로도 충분했다.

"……알았어요."

적어도 나에게는.

"【래빗 풋】, 뭐 하는 거야! 빨리 구해줘! 빨리 저 여자
를…………?"

온몸에서 힘을 쭉 빼는 나에게, 캣 피플 남성이 고함을
지르려다 말았다.

아직도 류 씨와 대치하는 자세이기는 했지만, 나의 마음
은 이미 그녀에게 향하지 않았다.

쥬라라는 이름의 모험자도 『그것』을 깨달았다.

이미 이 자리의 상황은 범인과 탐정, 피해자 세 사람의

관계가 아닌.

『탐정 두 사람과 진범』.

이런 도식으로 바뀌고 있음을.

"상처를 좀 보여주시겠어요?"

나는 조용한 목소리로 그렇게 말했다.

"무, 무슨 소릴 하는 거야……."

"베였다는 그 팔의 상처를 보여주세요."

나는 때마침.

그렇다. 정말로 때마침, 한쪽 팔을 잃어버렸던 사람을 최근에 보고 말았다.

『강화종』모스 휴지에게 습격을 당했던 엘프, 루비스 씨를.

직접 보고 싶지는 않았지만, 몬스터에게 한쪽 팔이 뜯겨 나갔던 그 사람의 상처는 정말로 참혹했다.

그치지 않는 출혈, 새빨갛게 물든 장비, 너무나도 강렬한 선혈의 냄새.

팔꿈치께의 단면을 한순간 보았는데도 얼굴에서 핏기가 가서버렸을 정도였다.

하지만, 이 사람에게는 **그것이 없었다.**

옷이나 장비가 피에 물들기는 했지만, 어깨 아래쪽이 괴사해버릴 정도로 돌이킬 수 없는 출혈량도, 코를 찌르는 비릿한 피 냄새도 존재하지 않았다.

그것을 나의 『기억』이 줄곧 호소하고 있었다. 『위화감』이라는 글자를 연신 깜빡거리면서.

당황하는 바람에 조금 전까지는 깨닫지 못했다.

하지만 지금이라면 알 수 있다.

이 사람의 잃어버린 한쪽 팔은——

"그 상처…… **오래 묵은 상처 아닌가요?**"

사내가 눈을 크게 떴다.

분명 류 씨는 말했다.

이 사내의 팔을 자른 것도, 귀를 자른 것도 자신이라고.

하지만 만약 과거의 류 씨가, 제18계층에서 슬픈 표정으로 옛 과오를 들려주었던 것처럼, 복수자로 전락했던 류 씨가 이 사람을 습격했던 것이라면?

앞뒤가 맞는다. 설명도 된다.

이 사람은 동요하는 기색을 보이며 치료의 손길도 거부했다. 그것 또한 남에게 몸을 보여서는 안 되는 무언가가 있었기 때문 아닐까. 그야말로, 그 상처가 옛날 것임을 들킬까와 두려워해서.

다시 말해 지금 이 사람이 입은 새로운 상처는 전부 **자신이 낸 것.**

류 씨는 아직 이 사람을 습격하지 않았다.

이상한 점은 있었다.

부자연스러운 일도 많았다.

류 씨가 『마법』을 쏘아 『폭발』을 일으켰다고 하면, 습격을 당했던 사람들은 모두 화상을 입었어야만 한다. 하지만 딱 한 사람, 여기에 들어맞지 않는 사람이 있었다.

내가 목격한 드워프다.

그에게는 소태도로 베인 검상밖에는 없었다.

류 씨가 행방을 파악했던 것도 아마 그 드워프 하나뿐이었을 것이다.

그녀는 저항하는 사내를 위압하고자 무기를 뽑았으리라.

"계속 생각했어요……. 당신이 하는 말은 어딘가 이상하다고."

"뭐, 뭐라는 거야, 난 정말로……!"

"그럼 왜 당신은 지금 **살아 있죠**?"

"……?!"

"팔을 베이고, 귀도 잘려나가고, 『마법』에까지 당했으면서…… 어떻게 아직 죽지 않았죠?"

상대는 【질풍】.

혼자서 거대 파벌을 궤멸시켰던, 전설의 Lv.4 현상수배범.

한번 잡혔다가는 끝장. 그녀의 손에서 벗어날 방법은 없다.

"처음에는 착란에 빠졌던 걸까 생각했어요……. 우리 일행이 모였던 그곳에서, 당신의 일행을 습격한 류 씨가 한번 멀어졌다가 다시 돌아왔다는 것도 말이 안 되니까요."

습격을 당했다고 주장하는 이 사람의 말이 옳다면.

왜 류 씨는 『폭발』을 한 번 퍼부어놓고는, 굳이 숨통을 끊지 않았을까?

——애초에 그녀는 습격을 하지 않았기 때문이다.

조금 전과는 달리, 영창은 고사하고 발산된 『마력』의 파편도 감지하지 못했던 것은 어째서일까?

——애초에 그녀는 계층 내부를 『폭파』시키지 않았기 때문이다.

이 사건의 전모는?

——미스캐스팅 탐정인 나도 알 수 있다.

해답은 단순명료.

모든 것은 이 사람들의 『자작극』.

"이거, 저쪽 통로에 떨어져 있었어요."

나는 손가락으로, 조금 전에 주웠던 붉은색 파편을 튕겼다.

지금도 열기를 뿜어내고 있는 그것도 나는 본 적이 있다.

"『화염석』, 맞죠?"

벌써 4개월 전, 벨프와 막 만났을 무렵.

나의 전속 스미스는, 『공방』에서 화로에 발화제로 쓰기 위해 가공된 『화염석』을 보여주었다.

던전의 광물을 단련하기 위해, 화력을 늘리기 위한 강력한 『화약』을.

사내의 얼굴이 경련을 일으키듯 실룩거렸다.

"류 씨는 아무도 죽이지 않았다고 했어요……. 나는 그 말을 믿어요."

내가 유일하게 몰랐던 것은 제18계층에서 일어났던 살인사건.

정말로 격앙에 사로잡혀 류 씨가 그 사건을 저질렀다고 한다면——

그 사건의『해답』만은 알아야만 했다.

그녀가 피에 젖은 복수자로 다시 돌아왔다고 한다면, 나의 추측 따위 압도적인 살의 앞에서 모조리 파국에 이르고 말 테니까.

——그것은 이미『정의』라고 부를 수도 없었지요.

후회와 함께 말해주었던 류 씨의 말 그대로.

"크라넬 씨……."

그래도 류 씨는 아니라고 했다.

거짓을 혐오하고, 의리와 인정이 있으며, 엘프의 긍지가 담긴, 한 점의 티도 없는 눈으로 단언했다. 내가 아는 그 하늘색 눈으로.

그것이라면 충분했다. 충분하고도 남았다.

나는 캣 피플 사내에게 등을 돌린 채, 옆얼굴만으로 돌아보며 노려보았다.

"『폭발』이 류 씨의 소행이 아니라면…… 남은 것은 당신들밖에 없죠."

이제까지의『폭발』은 모두 이 자들이 일으킨『파괴공작』이었다.

그들이 이 계층을『폭파』했던 이유는 모르겠지만.

겨우 많은 점이 하나의 선으로 이어졌다.

"팔의 상처를 보여주세요."

그 상처를 보면 모든 것이 확실해진다.

류 씨에게 베였던 상처를, 그녀가 저지른 『죄의 증거』를 증명해보라고 말했다.

자신의 눈이 싸늘하고 붉게 빛난다는 것을 알 수 있었다.

눈꼬리를 틀어올리며, 가차 없는 말투로 힐문했다.

류 씨는 그녀를 믿은 나에게 눈을 크게 뜨고 있었다.

눈앞의 사내는 숨을 멈추고 있었다.

"——쳇."

그리고 그는 분명히 혀를 찼다.

약해졌던 중상자의 얼굴에서 흉포한 악한의 얼굴로 바뀌더니 나를 노려본다. 그리고 다음 순간 허리에 벗었던 손을 번뜩였다.

"들켜버렸구만!"

"윽!"

비스듬히 허공을 가르는 붉은 사선을 창졸간에 뒤로 뛰어 물러나 피했다. 사내의 왼손에는 붉은색 채찍이 들려 있었다.

"리빌라 놈들도 너도 전부 쓸모가 없어! 리온을 죽이지는 못하더라도 발을 묶는 정도는 가능할 줄 알았더니!"

"쥬라……!"

공교롭게도 류 씨와 어깨를 나란히 하는 형태로 상대와 대치했다.

사내는 채찍을 어깨에 걸치는가 싶더니, 품에서 엘릭서를 꺼내 한손으로 능숙하게 뚜껑을 따고 머리부터 끼얹었다. 최고급 아이템이 스스로 입혔던 상처에 스며들자 연기를 내며 부상을 치유해나갔다.

"터크 그 자식은 잘 하다가 마지막에 실수를 했어. 리온 너한테 쫄아서 『폭발』을 너무 서둘렀거든."

사내는 트릭을 밝히듯, 숨겨놓았던 수많은 『화염석』을 주위에 후둑후둑 던졌다. 대충 스무 개는 넘지 않을까. 이 정도라면 던전을 그렇게나 파괴할 수 있었던 것도 수긍이 간다.

"미안해요, 류 씨. 잠깐이라도 의심해서……!"

"……아닙니다. 저야말로 머리에 피가 쏠린 나머지 사려가 부족했습니다. 당신을 생각한 나머지 멀리 하려고만 했는데…… 제 생각이 짧았습니다."

둘이 어깨를 맞대고, 시선을 마주하지 않은 채 말을 나누었다. 눈은 정면의 사내에게 고정한 채 류 씨는 가느다란 목소리로 속삭였다.

"어리석은 저를 믿어주어서…… 고맙습니다, 크라넬 씨. 당신에게 감사를."

기쁨 같기도, 즐거움 같기도 한 따뜻한 무언가가 내 가슴에 퍼졌다.

"저놈을 막고 싶습니다……. 부디 저를 도와주십시오."

"네!"

앞을 본 채, 나는 웃음을 지으며 고개를 끄덕였다.

빈틈없이 적을 노려본 채 《주신님 나이프》를 들었다.

"쥬라, 포기해라. 아마 리빌라 주민들을 선동해 나를 토벌하고 싶었겠지만, 네 잔꾀는 이미 무너졌다. 동료도 남지 않았고."

이성의 힘으로 격앙을 억누르며, 류 씨는 최후통보처럼 말했다.

날카로운 눈빛으로 쏘아보며 슬금슬금 간격을 좁혀나간다.

반면 사내는 입가를 틀어올렸다. 붉은 채찍을 쳐들고, 자세를 잡은 우리를 향해 웃음소리를 터뜨렸다.

"크히, 크히히하하하하하……! 웃기고 앉았네!"

"……."

"잊어버렸나, 리온~?!"

류 씨의 원수── 아니, 『숙적』 사내는 큰 목소리로 비웃었다.

그 직후, 붉은 빛을 뿜어내는 채찍이 바닥을 후려쳤다.

"나는──『테이머』라고!"

다음 순간.

천장을 뚫고 거대한 『뱀』이 떨어져내렸다.

""우옷?!""

류 씨와 함께 땅을 박찼다. 좌우로 뛴 우리의 바로 한가운데에 그 거대한 몸이 격돌했다.

룸 전체를 뒤흔드는 충격, 그리고 사방으로 흩어지는 수정의 파편. 나는 팔로 얼굴을 감싸 이를 견뎌냈다.

"이게 지금 내가 아끼는 애완동물이지."

나는 경악이 깃든 눈으로, 꿈틀거리는 그놈을 올려다보았다.

온갖 것들을 집어삼킬 만큼 거대한 입.

팔다리가 존재하지 않고 그저 꿈틀거리는 긴 몸.

얼굴에 해당하는 장소에는 세 쌍의 안광.

그것은 겹눈을 가진, 거대한『뱀』이었다.

"──뭐 하는 수작이야?"

말투와는 달리 아이샤는 대담한 웃음을 짓고 있었다.

발검과 동시에 덤벼든 터크 일당을 노려보았다.

"그랬군. 수상했던 게 하나가 아니라……"

"전부 범인이었단 말이지."

적의 집단, 4인 전원이 무기를 뽑아들고 살기를 날리는 모습에 벨프와 오우카도 마찬가지로 무기를 겨누며 입가를 틀어올렸다.

휴먼 2명에 수인 2명.

대형 백팩을 짊어진 동료들과 함께, 웨어울프 터크는 본성을 드러냈다.

"시간이 없는데 방해만 하고 앉았다니…… 네놈들은 여기서 죽여버리겠어! 쥬라의 계획을 위해!"

그 직후, 재빨리 뽑아든『붉은 채찍』으로 그 존재를『소환』했다.

"?!"

벽을 뚫고 나타난 길다란 몸을 보고 아이샤와 일행은 순식간에 땅을 박찼다. 릴리를 다프네가, 하루히메를 미코토가 끌어안고 파괴된 통로에서 후퇴했다.

일행은, 그리고 카산드라는 우연찮게 같은 시각, 벨과 류가 대치한 것과 같은『대형 뱀 몬스터』를 보게 되었다.

"저건……!"

"『램톤』……!"

거대하면서도 긴 몸통은 초대형급, 그야말로『계층 터주』에 필적할 정도였다.

높이는 5M, 길이는 10M도 넘을 법한 대형 뱀 몬스터.

그 압도적인 몸을 앞에 두고, 내 머릿속은 한순간의 공백에 휩싸였다.

이만한 위용을 자랑하는데도 지금 대치 중인 몬스터의 정보가 떠오르질 않았다. 명칭으로 여겨지는 단어를 입에 담은 류 씨의 신음소리를 들었어도 마찬가지였다.

『하층』으로 가는『원정』을 위해 그렇게나 에이나 누나에게서 몬스터의 지식을 배웠는데도——.

"─────아."

　하지만 금세.

　머릿속 저 깊은 곳, 기억의 밑바닥에 있던 정보를 끄집어낸 순간, 나는 숨을 멈추고 말았다.

　"설마……?!"

⚓

　"우라노스."

　손에 쥔 구형 수정을 보며 흑의인물이 말을 걸었다.

　"당신 예상대로 몬스터의 보관고를 발견했어."

　『제노스가 사로잡혀 있었나?』

　"아니, 없어. 일반 몬스터뿐이야."

　우라노스의 오른팔이자, 800년이라는 세월을 살아온 『현자』의 말로, 펠즈였다.

　몇몇 세력이 크노소스를 공략하는 틈을 타 극비리에 침입했던 메이거스는 매직 아이템『오쿨루스』를 보며 보고를 하고 있었다.

　"역시『제노스』이외에도 던전에서 포획한 몬스터를 옮겨놓았던 모양이야."

　『수는?』

　"셀 수도 없다……고만 말해둘게."

　싸늘한 석제 룸에는 크기가 다른 검은색 우리가 여기저

기 흩어져 있었다. 내부에는 다양한 몬스터가 사로잡혀 있었다. 황록색 가죽을 가진 식물계 몬스터, 무리와 함께 포획당한 대형급, 무수한 이빨 사이에서 타액을 줄줄 흘리는 인펀트 드래곤…… 무언가 매직 아이템이 쓰이고 있는지, 모두들 얌전했으며, 펠즈가 아무리 다가가도 둔중한 반응만을 보일 뿐이었다.

한손에 든 마석등으로 몬스터를 하나하나 비추던 메이거스는, 이미 산 자의 육체를 잃었음에도 스산한 감각을 맛보았다.

『리드 일행은 거기 있나?』

"그들과는 따로 행동하는 중이야. 제노스 중에는 이렇게 사로잡혔던 아이들도 있어. 동포는 아니라고 하지만 이런 걸 보고 기분이 좋을 수는 없을 거라 생각해서…… 그리고 적의 공세가 극심하기도 하거든."

『처리는 가능하겠나?』

"솔직히 어려워. 숫자도 숫자지만, 성가신 몬스터도 많이 섞여있거든."

아무렇게나 놓여 있던 괴물의 리스트를 발견하고 훑어보던 펠즈는 자신의 의견을 단적으로 말했다.『중층』에서 『하층』까지, 상대하기 벅차다는 평가를 가진 몬스터는 거의 갖추어져 있었다. 보아하니【이켈로스 파밀리아】를 비롯해『악』의 잔당들은 모종의 실험을 되풀이했던 모양이라고, 문헌을 읽으며 추측해보았다.

그리고 룸 가장 안쪽에 있던 거대한 우리 앞에서 발을 멈추었다.

"그건 그렇다 쳐도, 설마……."

검은 옷 안쪽에서 펠즈는 신음하듯 중얼거렸다.

"**심층 몬스터**까지 끌고 왔을 줄이야……."

눈앞에는, 창살이 안쪽에서 밖으로 찌그러진 거대한 우리 두 개가 있었다.

4장 COUNTDOWN

© Suzuhito Yasuda

"하하하하하하하하하하하하하하하하하!!"

사내의 웃음소리가 룸에 메아리쳤다.

나와 류 씨가 나란히 바라보는 곳, 거대한 뱀 몬스터의 뾰족한 이빨에서는 커다란 점액이 뚝뚝 떨어지고 있었다.

거대 뱀 몬스터『램톤』.

레어 몬스터에 속하는 **심층 출신** 몬스터. 머리는 끄트머리로 갈수록 뾰족해지며, 위아래로 크게 벌어지는 턱은 대형급 몬스터인 오크도 한 입에 삼켜버릴 수 있을 만큼 거대하다. 입의 양쪽 끝에는 다른 몬스터에게서는 찾아볼 수 없는 기관, 아홉 개의 구멍이 뚫려 있다.

가장 눈길을 끄는 것은 머리 아래에 달린 인공의 목걸이였으며, 마치 테이머에게 사육당하고 있음을 드러내듯 붉은 보석이 빛나고 있었다.

몸의 색은 짙은 푸른색. 호박색으로 빛나는 안구가 연신 뒤룩뒤룩 움직여 나와 류 씨를 노려본다.

"『심층』 몬스터를, 어떻게 하층에……?!"

까마득한 심층 영역에 서식하는 몬스터가『물의 미로도시』에 출현했다는 특급『이상사태』.

믿을 수 없는 상황에 내가 동요하고 있으려니, 캣 피플 사내가 비웃듯 입가를 틀어올렸다.

"크노소스에서 데려왔지. 거기 녀석들이 포획해놓은 몬스터 중 한 마리였어, 그놈은. 기분 나쁜『말하는 몬스터』나 이켈로스 파벌 녀석들하고 관련이 있었던 너라면 알겠지, 이게 무슨 말인지."

"……!"

『제노스』와 【이켈로스 파밀리아】의 사건에 말려들었던 나에 대해서도 정확하게 안다는 듯 말한다. 그의 말대로, 크노소스가 관련이 있다면 배경은 이해할 수 있다.

그렇다 해도 이렇게 거대한 몬스터를 어떻게 모험자들 눈에 뜨이지 않게 숨겨왔을까. 오늘까지 모험자들 사이에서 목격정보는 고사하고 소문조차 나지 않았는데, 그건 뭔가 이상해!

그런 내 마음 속의 절규가 시선에 드러났는지, 사내는 재미나다는 자세를 무너뜨리지 않은 채 말을 이었다.

"들어본 적 없냐, 【래빗 풋】? 수많은 몬스터 중에서도 『윔 웰』에게만 있는 습성."

"……!"

"『램톤』이란 건 모험자의 별명하고 마찬가지야."

──그랬다.

원정 전에, 에이나 누나와 공부를 하면서 혹시 몰라 『심층』에까지 손을 뻗었던 도감의 항목. 이미 조사되었던 심층 영역 몬스터의 정보를 되살려보았다.

원래 『램톤』이란 모험자들이 붙인 별명.

정식 명칭은 우물 속의 거대 뱀, 『윔 웰』.

이 이름의 유래를 떠올려 흠칫하는 내 곁에서, 류 씨가 눈가를 일그러뜨리며 말했다.

"『램톤』은 땅속에 구멍을 파고, **계층 사이를 이동하는 몬스터……!**"

　"계층을 이동하는 몬스터?!"

　아이샤의 설명에 벨프는 상황도 잊고 고함을 쳐 대답했다.

　"그래. 『램톤(흉조)』 같은 거창한 별명으로 불리는 이유가 그거지."

　제25계층의 통로. 아래 계층에 있는 벨과 마찬가지로 『웜 웰』과 대치한 그들 속에서 아이샤는 여유를 잃어버린 웃음을 짓고 있었다.

　『램톤』이라 불리는 이 『웜 웰』이 서식하는 장소는 제37계층.

　모험자들에게는 두려움의 대상이 된 이 능력은 말 그대로 계층과 계층 사이에 구멍을 뚫어 우물과도 같은 수직굴을 만들어내, **위쪽 계층에 출현하는 것이다.**

　"아래 계층의 몬스터가 위쪽 계층에 진출하다니……?!"

　그것은 『웜 웰』에게는 『이상사태』가 아닌, 단순한 『습성』.

　층역의 규칙을 무시하고, 계층과 계층 사이를 자유로이 오간다. 그것이 얼마나 무시무시한 일인지 이해할 수 있는 모험자인 미코토와 치구사는 낯이 창백해졌다.

　상상의 범주 밖에 있던 몬스터와 예상치 못하게 마주쳐, 릴리도 삐걱거리는 듯한 목소리로 말했다.

　"그러면, 저 몬스터의 힘은……!"

　길드가 규정한 퍼텐셜은── Lv.4.

보기 드물게『하층』에 출현해서는 모험자들에게 전멸이라는 결말을 가져다주는『흉조』인 것이다.

"웃기고 있어!!"

대도를 든 벨프가 내뱉듯 외쳤다.

붉은 채찍을 든 터크가 모는 대로, 으르렁거리던『웜 웰』은 천천히 돌격의 태세를 취했다.

파티에 긴장감이 내달리는 가운데 아이샤가 외쳤다.

"무슨 일이 있어도 저 몬스터에게 붙들리지 마라! 다른 계층으로 끌려간다!"

그야 그 전에, 땅속으로 끌려갔다간 암반과 몬스터의 거구 사이에 깔려 잘게 다진 고기가 되어버리겠지만—— 아이샤도 그런 말은 입 밖에 내지 않았다.

결국, 저 거구에 붙들린 시점에서 끝장인 것이다.

"해치워라,『램톤』!"

웨어울프 터크가 높은 소리를 내며 채찍을 바닥에 후려쳤다.

거대 뱀 몬스터는 포효하며 단숨에 달려들었다.

『아아아아아아아아아아아아아아아아아아아아아!!』

"큭?!"

머리부터 짓쳐드는『웜 웰』을 크게 회피했다.

높이 20M, 폭 50M은 되는 이 특대 룸 속에서 벽 끝까지 순식간에 도달해 몸을 부딪치는 몬스터를 보고 나는 전율했다.

이리저리 사행하는 긴 몸에 깎여나간 바닥의 수정이며 클러스터의 덩어리가 파편이 되어 흩어지고, 거친 물줄기가 파도마저 일으켜 이를 고스란히 뒤집어쓰고 말았다.

머리부터 흠뻑 젖었지만 그래도 나는 시야 저편에서 꿈틀거리는 몬스터에게서 눈을 뗄 수 없었다.

"27계층의 몬스터와는 능력의 차원이 달라도 너무 달라요……!"

『웜 웰』은 서식지인 제37계층을 기점으로 위쪽 계층에 신출귀몰하게 출현한다. 반대로 서식지보다 아래 계층으로 내려가는 일은 없다. 아래로 가면 갈수록 강한 몬스터가 출현하는 던전에서, 다음 층으로 가는 것은 자살행위나 마찬가지이기 때문이다.

계층에 맞지 않는 퍼텐셜을 가지고 나타나는 이 몬스터에게 수많은 상급 모험자 파티가 전멸했다고 들었다. 『심층』에 서식하면서 하층 영역을 탐색하는 모험자에게 가장 두려움의 대상이 되는 것이 『웜 웰』이라는 말도 있다.

지면을 뚫는 독특한 소리는 『재앙』의 전조.

그야말로 『흉조』를 알리는 몬스터다.

'하지만 아무리 그렇다 쳐도, 『물의 미로도시』에까지 『웜 웰』이 나타난 적은 없어!'

이 몬스터의 출현이 확인된 계층은 가장 높은 곳이 제29계층. 10개 계층을 넘어 암반을 파고 나타나는 일은 있을 수 없다고 에이나 누나도 분명 말했는데.

　그 사실에 깨닫고 말았다.

　보르스 씨 일행과 발견했던 그『구멍』의 정체는 이 몬스터였어!

　이『웜 웰』──『램톤』이 계층을 이동했던 흔적!

　"뛰어라,『램톤』!"

　테이머인 캣 피플 사내가 채찍을 바닥에 후려친 순간.

　『램톤』은 포효하며, 느닷없이 허공으로 날아올랐다.

　"이럴──."

　높이 10M 이상의 허공에 그려지는 거대 뱀의 아치.

　진남색으로 빛나는 몸, 허공을 헤엄치는 길다란 몸. 몬스터라고는 하지만 그 압도적인 광경에 눈을 빼앗겨, 시간이 흐르는 것조차 느려진 가운데, 뇌리에서는 본능이 무시무시한 경고를 발하고 있었다.

　몸을 꿈틀거리며 천천히, 위협의 덩어리가 중력에 사로잡힌다.

　천장의 흰 수정을 차단하는 시커먼 그림자. 내가 있는 곳만이 어두워졌다.

　아연실색 올려다보는 머리 위에서 거대 뱀의 몸이 회전하며 떨어졌다.

　"피하세요, 크라넬 씨!"

　류 씨의 고함에 등을 떠밀리면서 온 힘을 다해 회피를 시도했다.

『━━━━━━━━━━━━━━━━━━━━━━━━━━━아아아!!』

　룸, 아니, 미궁 전체를 요란하게 뒤흔들며 『램톤』은 내가 1초 전까지 서 있던 지면을 산산이 부수고 떨어졌다. 충격에 휩쓸려 날아가며 그 광경을 보았다.

　긴 몸을 회전시키며 암반을 헤집고 뚫는 거대 몬스터.

　내 몸이 수정 위를 튀는 동안, 길다란 몸은 모조리 지면 속으로 빨려 들어가고 말았다.

　몸의 반동을 이용해 재빨리 일어나고 어떻게든 자세를 추슬렀지만, 『구멍』이 생겨난 룸을 보고 얼굴에서 핏기가 가셨다.

　"큭……?!"

　"……!"

　나와 류 씨는 지면을 향해 무기를 겨누었다.

　발밑에서 끊임없이 전해지는 진동. 뱀 몬스터가 땅속을 파고 나아가며, 사냥감을 통째로 삼키려 한다.

　어디야, 어디서 나오려는 거야?

　육지── 아니면 물속에서?!

　"틀렸지롱!"

　지면을 경계하는 우리에게 캣 피플 사내가 비웃음을 날렸다.

　그리고 다음 순간, 분쇄음을 내며 거구가 나타난 곳은 **측면**.

　룸의 서쪽, 류 씨에게 가까운 벽면에서 수정 파편이 터져나오며, 커다란 입을 벌린 『램톤』이 급습을 가했다.

"류 씨!!"

"크윽?!"

짓쳐드는 뱀에게 류 씨는 신들린 반응을 보였다. 한 발 늦었던 초동을 만회하고자 땅을 박차고 롱 케이프를 휘날리며 허공으로 몸을 날린다. 몬스터의 긴 몸이 시야 아래를 순식간에 가로지르는 가운데, 공중으로 긴급회피해 이를 멋들어지게 피했다.

내 옆에 착지한 그녀와 함께, 룸의 중앙지대에 격돌하는 몬스터를 노려보았다.

"『램톤』이란 저렇게 무지막지한 몬스터인가요……?!"

"레어 몬스터이므로 저도 한 번밖에 만나본 적이 없습니다. 그러니 딱 잘라 뭐라고 말할 수는 없습니다만……."

이렇게까지 큰 몬스터는 골라이아스 이외에는 처음인 것 같았다. 나는 숨을 헐떡이고, 류 씨도 목검을 겨눈 채 말꼬리를 흐렸다.

공격방법도, 규모도 무지막지하다.

이것이 『심층』의 몬스터……!

"이젠 끝났냐, 리온! 【래빗 풋】하고 오손도손 이 녀석의 뱃속에 들어가라고!!"

캣 피플 사내가 깔깔 웃어젖혔다.

그러거나 말거나, 류 씨는 내 어깨에 얼굴을 가져다 댔다.

"적의 곡예에 어울려줄 필요는 없습니다."

흠칫 놀란 나는 이내 고개를 끄덕였다.

의논이라고도 할 수 없는 짧은 말을 나누고, 즉시 달려나갔다.

나와 류 씨는 평행을 이루며 이동했다.

포효를 지르며 달려드는 『램톤』에게 나는 오른손을 내밀었다.

"【파이어볼트】!"

허공을 가르는 염뢰가 적의 얼굴, 입가에 뚫린 아홉 개의 구멍 중 하나에 꽂혔다.

『마법』으로 펼친 위협사격. 물론 초대형급인 상대에게는 제대로 된 대미지를 입힐 수도 없다.

하지만 핏발이 선 세 쌍의 겹눈이 나를 조준했다.

──걸렸다!

분노의 포효를 터뜨리며 달려드는 거구를 보고 식은땀을 흘리면서도 주먹을 쥐었다.

테이머와 싸우는 것은 이번이 처음이지만, 조종당하는 몬스터가 아니라 테이머 본체를 노리는 것이 득책이라는 사실은 나도 안다. 테임이라는 기술을 익혀야만 하는 이상 테이머는 순수한 모험자보다 능력이 떨어지는 경우가 많다.

테임 몬스터를 멀리 떨어지게 해 놓고, 무방비해진 테이머를 친다. 이번 작전의 경우 테이머를 꿰뚫는 『창』의 역할

은 류 씨가, 몬스터를 끌어들이는『미끼』역할은 내가 맡게
된다.『램톤』의 주의가 나에게 쏠린 틈에 류 씨는 속도를
높였다.

땅을 활공하는 솔개와도 같이 몸을 앞으로 한껏 숙인 채
질주한다.

뱀의 거대한 몸과 지면 사이에 생긴 아슬아슬한 틈을 빠
져나가, 몬스터가 길을 막고 있던 테이머에게 달려간다.

"쥬라!"

"히익?!"

류 씨가 큰 목소리로 이름을 부르자 캣 피플 사내는 한
심한 목소리로 비명을 질렀다. 그러나 얼굴을 실룩거리면
서도 웃음을 지으며, 외팔에 들린 채찍을 바닥에 내리
친다.

『!!』

"엇?!"

나를 주목하는 줄 알던『램톤』이 휘릭! 고개를 돌렸다.
놀라는 내 앞에서 급격히 방향을 전환한 뱀 몬스터는 류
씨의 등을 향해 돌격했다.

"류 씨!"

"?!"

테이머에게 목도를 꽂기 직전, 짓쳐드는 몬스터를 본 류
씨는 이탈하지 않을 수 없었다. 뱀의 이빨을 아슬아슬하게
피하는 그녀의 옆에서 사내의 웃음이 비릿하게 일그러

졌다.

『램튼』은 테이머에게는 상처 하나 입히지 않고 그의 주위를 휘리릭 선회하더니, 마치 그를 지키려는 듯 똬리를 틀었다.

"하, 하하하……! 그야 당연히 나를 노리겠지! 하지만 대책도 세워놓지 않았을 줄 알았냐?"

"큭……!"

"이런 움직임은 집요하리만치 심어놨다고."

사내는 아직도 뻣뻣한 웃음을 지으며, 입술을 깨무는 류씨에게 큰소리를 쳤다.

반면 나는 경악을 드러내고 있었다.

나는 테이머라는 직업이나 기술은 잘 모른다. 【가네샤 파밀리아】의 몬스터필리아조차 보지 못했으니, 『테임』이 얼마나 만능인지는 전혀 이해하지 못했다.

하지만…… 테임 몬스터가 이렇게까지 정확하게 움직일 줄이야!

에이나 누나에게 배운 지식에 불과하지만, 몬스터를 『테임』한다는 것은 원래 『복종시키는』 것이 아니라 『거역하지 못하게 만드는』 것이라고 한다.

테이머와의 역량 관계를 깨닫게 해 굴복시키는, 말하자면 예속의 기술이다.

그 증거로, 테임이 끝난 몬스터라 해도 테이머 이외의 인간은 습격하고, 복잡한 명령을 익히게 하기는 매우 어렵다고 들었다.

그런데도 저 사내는 몬스터를 자신의 수족처럼 다루는 것이다.

"류 씨…… 저 사람이 그렇게 대단한 테이머인가요?"

"아닙니다……. 분명 실력은 좋은 편이지만, 적어도 【가네샤 파밀리아】의 테이머만은 못했습니다. 제가 아는 5년 전의 쥬라 할마는."

파벌 사이의 악연도 있고, 숙적이기도 한 류 씨도 그가 【가네샤 파밀리아】 이상으로 몬스터를 잘 다룰 거라고는 생각하지 못했는지, 놀라움을 감추지 못하는 듯했다.

테이머 사내는 매끄러운 뱀의 표피를 사랑스럽다는 듯 쓰다듬고 있었다.

"아아, 젠장…… 어떻게든 될 거라고 믿고 있었는데 도…… 역시 무섭구만! 리온, 이 가증스러운 【질풍】 자식!"

사내는 떨리는 목소리를 감추지 않고 고함을 질렀다.

"보라고, 이 떨리는 손을! 부들거리잖아!! 날 한번 죽였 던 네놈이 무서워서 견딜 수가 없어!"

나는 그때 깨달았다.

아까부터 사내가 보여주는 뻣뻣한 웃음은 억지로 짓고 있는 것임을.

"옛날 생각 나는데, 리온! 아니, 잊어버릴 수도 없지. 어 떻게 잊어버리겠어!"

"…………."

"너한테 습격당했던 우리 홈에서, 그 피바다 속에서! 미친 듯이 날뛰던 네놈의 모습이 아직도 눈꺼풀 뒤에 새겨져서 떠나질 않아! 지금도 꿈에 나온다고! 매일! 오늘까지 제대로 잠을 잔 적이 없어! 믿겨지냐?! 지난 5년 동안 계속이라고!!"

"큭⋯⋯?!"

"난 그때, 겹겹이 쌓인 동료의 시체 밑에서 오락가락하는 정신으로 열심히 숨을 참고 있었어! 네 괴물 같은 포효를 들으면서, 『마법』에 홈이 몽땅 날아가던 그 때까지! ⋯⋯살아남은 게 신기할 정도다."

감정을 토로하는 사내에게 류 씨는 침묵을 지켰으며, 나는 갈팡질팡했다.

움푹 꺼진 두 눈을 크게 뜬 사내의 모습에서는 병적인 감정이 드러났다. 잃어버린 오른팔은 물론이고 왼팔까지도 【질풍】의 존재에 과도하게 반응해 경련하고 있었다.

나는 겨우 깨달았다.

『자작극』과 『파괴공작』으로 나와 보르스 씨 일행을 속일 때, 그는 계속 겁먹은 기색을 보였다. 그것은 『연기』가 아니었다. 내가 저 사람의 공포를 의심하지 못했던 것은 그것이 『진짜』였기 때문이었다.

그에게 류 씨는 트라우마의 상징이다.

자신의 팔을 베고, 귀를 자르고, 죽기 직전까지 쫓고 또 쫓았던 【질풍】을 누구보다도 두려워했다.

"나는 너랑 대치하면 오줌을 지릴 것 같아. 상대도 안
되지── 그러니까! 제대로 싸우지 못하는 나 대신 몬스
터를 부리는 거야! 나보다 강하고, 엄청나게, 귀엽고도 귀
여운 애완동물을!"

공포를 극복하지 못했던 테이머는 떨면서도 채찍을 내
리쳤다. 『램톤』이 다시 우리에게 달려들어 이빨을 드러
냈다.

사내의 웃음소리가 연신 울려 퍼졌다. 우리는 그의 명령
에 따르는 몬스터를 상대로 수세에 몰렸다.

공수 어느 면을 봐도 빠른 동작, 테이머를 우선시하며
움직이는 정밀한 몸놀림.

이것이 가능한 이유는, 아마도 저 테이머의 재능이 아닐
것이다.

몬스터의 목에 감긴 서클, 그리고 저 붉은 채찍──『매
직 아이템』이다.

"해치워, 『램톤』!"

채찍을 울리는 웨어울프, 터크의 목소리를 시작으로 『윔
웰』이 약진했다.

가차 없는 그 돌격에 아이샤가 선택한 방법은 회피뿐이
었다.

"옆길로 빠져!"

현재 위치의 좁은 통로를 파괴하면서 밀려드는 질량의 덩어리에, 일행은 아슬아슬하게 옆쪽 길로 도망쳤다.

콰르르르릭! 섬뜩한 소리를 내며 청백색 몸이 통로를 지나간다. 이내 울려 퍼진 울음소리는 그 거대한 몸에 깔려 죽은 몬스터의 비명이었을까.

생리적 혐오감도 포함해, 하루히메를 비롯한 일행은 낯을 새파랗게 물들었다.

"야, 저런 게 달려들었다가는……!"

"전멸할걸!"

통로 입구에까지 균열을 새기는 적의 돌격을 보고 벨프와 오우카가 외쳤다.

이내 돌아온 『램톤』은 갈팡질팡하는 모험자들을 추격했다.

"여기선 제대로 싸울 수도 없어! 다들 내빼자고!"

현재 위치에서는 초대형급과 맞붙기에는 지극히 불리했다. 【이슈타르 파밀리아】가 원정을 갔던 곳——『심층』에서 오랫동안 싸운 경험이 있는 여걸은 즉시 포기하고 도망치기로 했다.

"꼬마돌이, 『밭』을 찾아!"

"『밭』?! 무슨 말씀이에요?!"

"25계층에 있는 막다른 길의 룸 말이야! 그런 데는 물이 흘러들지만 않으면 반드시 『밭』이 있어! 우릴 거기로 데려가!"

낯빛을 바꾸며 되받아치는 릴리에게, 아이샤는 맵에서 목적지를 찾아내라고 명령했다.

미코토와 치구사가 화살로, 다프네가 단검형 『마검』을 휘둘러 사격을 거듭 되풀이해 어찌어찌 『램톤』의 움직임을 둔하게 만든 다음, 파티는 최대 속도로 질주했다.

"이봐, 적이 따라오질 않아! 아니, 사라진 건가?!"

"아닙니다, 벨프 공…… 아직 있습니다!"

"땅속으로 들어갔어! 아래에서—— 아니, 옆이다! 피해!!"

벨프가 뒤를 돌아보자, 스킬【야타노쿠로가라스】를 발동한 미코토가 경계를 촉구하고, 진동을 감지한 아이샤가 있는 힘껏 외쳤다. 1초도 지나지 않아 파티의 측면 벽을 뚫고 『램톤』이 돌격을 감행했다.

『워어어어어어어어어어어어어어어어!!』

"흐아아아아아아아아아아아아아악?!"

"이건 말도 안 돼!"

"『심층』에는 이런 몬스터가 널려 있나?!"

아슬아슬하게 회피한 파티. 하루히메의 비명이, 다프네의 자포자기한 외침이, 오우카의 전율 섞인 목소리가 터졌다. 아이샤는 이럴 때 짐밖에 안 되는 르나르 소녀에게 백팩을 버리게 하고는, 그녀를 오른쪽 어깨에 짊어진 채 뛰며 몬스터를 돌아보고 혀를 찼다.

'이제 저 모험자 놈들은 절대 추격하지 못하게 됐군. 벨 크라넬에게 부탁을 받는데 체면이 말이 아니잖아!'

마음속으로 자신을 욕하면서, 유일한 제2급 모험자는 상황을 타개해고자 생각을 굴렸다.

"후, 후후후후……?! 대단하구만, 이 매직 아이템!『심층』몬스터도 말을 듣게 만들다니…… 이블스 최고야!"

한편, 아이샤 일행이 도망친 통로에서는 웨어울프 터크가 환희에 넘쳐 소리를 지르고 있었다.

끝에 보옥이 달린 붉은색 채찍을 내려다보며 거짓된 전능감에 도취되었다.

채찍의 정체는 크노소스에 도사린『악』의 잔당이 만들어 낸 매직 아이템이었다.

그것은 헌터들, 다시 말해【이켈로스 파밀리아】가 자금 대책으로『제노스』를 비롯한 몬스터를 밀렵할 때, 구매자가 만족할 만큼『안전한 물건』을 만들어내기 위해 고안한『신비』의 결정── 아니,『저주』그 자체였다.

실력이 부족한 테이머라도, 애초에 테이머의 능력이 없어도 몬스터에게 목걸이를 채우면 예속시킬 수 있는 금단의 매직 아이템.

그 가공할 효과 때문에 양산에는 이르지 못했던『악』의 재산을, 쥬라는 이번 크노소스 사건을 틈타 모두 가지고 나왔던 것이다.

"쥬라의『계획』을 들었을 때는 머리가 이상해진 거 아닌가 생각했는데⋯⋯ 할 수 있어, 이거라면 할 수 있어!"

【루드라 파밀리아】의 유일한 생존자인 캣 피플 밑에서 콩고물을 얻어먹던 웨어울프 청년──원래는『악』과의 접점은 없었던 소악당 중 하나──은 그 매직 아이템의 효과를 보고 충성을 맹세했다.

쥬라의 숙적인【질풍】을 함정에 빠뜨리는 것은 물론이고, 그의『계획』을 반드시 완수시키고 말겠다고.

"이 틈에 가자! 쥬라의 명령대로 움직여!"

백팩을 짊어진 다른 동지들이 고개를 끄덕였다.

『램톤』을 남겨놓고, 터크 일당은 그 자리를 이탈했다.

"하루히메,『레벨 부스트』! 영창을 시작해!"

"아, 아홉 꼬리로 말씀이옵니까? 여러분 전원에게?"

"두 개면 돼! 지금 네가 쓰러졌다간 나중에 지장이 와!【이그니스】하고【마스라타케오】를, 전열의 레벨을 올려!"

릴리의 길안내에 따라 막다른 골목으로 된 룸에 도달하자마자, 아이샤는 벨프와 오우카 두 사람의 별명을 외치더니 잇달아 지시를 날렸다.

심층 영역의 탐색 경험을 가진 유일한 모험자인 그녀는 원래 릴리와 다프네에게는 간섭하지 않았다. 하지만 지금은 그럴 수 없었다. 지휘관 포지션과는 다른 곳에서 파티 전체의 균형을 항상 가늠하던 그녀가 목소리를 높일 만큼 다급한 상황이었으므로.

"저번의『강화종』도 그렇고⋯⋯ 너희하고 있으면 지루할

틈이 없다니까."

"바벨라에게 그런 말을 들을 줄은 꿈에도 몰랐는데."

"그래, 억울…… 아니, 영광이라고 해야 하나."

아이샤는 푸념을 늘어놓으면서도 입가를 틀어올려 웃음의 형상을 띠고 대형 박도를 겨누었다. 『레벨 부스트』의 빛에 휩싸인 벨프와 오우카는 너스레를 떨며 대도를, 도끼와 대형 방패를 들고 그녀의 양 옆에 섰다.

전열에 힘을 집중시켜 『심층』의 몬스터와 대치했다.

"……이게, 【재앙】이야?"

"카산드라, 넋 놓고 있을 때가 아냐!"

예언자 소녀가 아연실색한 가운데, 전투의 막이 열렸다.

『────────────────────!!』

목에 달린 특제 서클이 공명하듯 빛을 뿜어내고, 거대 뱀 몬스터 『램톤』은 몸을 떨었다.

"아주 성가셨지. 이 자식을 이 계층까지 옮기느라."

지면에서 꿈틀거리는 채찍에 반응해 긴 몸을 이리저리 움직이는 『램톤』의 맹렬한 공세. 나와 류 씨는 열심히 이를 피했다.

"아무리 이 자식이 구멍을 파고 이동할 수 있다지만, 몸집이 이렇게 크잖아. 들킬 때는 들키거든. 그래서 이놈을 본 모험자들은 모조리 삼켜버릴 수밖에 없었어."

"……!"

"크노소스에서 나올 때가 제일 힘들었다고."

사람을 해쳤다고 아무렇지도 않게 말하는 사내를 보고 주먹을 꽉 쥐고 있자, 그가 나를 흘끔 보았다.

"【래빗 풋】. 네가 이켈로스 놈들하고 싸운 다음 나는 크노소스가 끝장났다고 봤어. 너 때문에, 아니, 딕스 그 자식이 실수한 시점에서 몸을 숨길 아지트에 길드의 손이 뻗칠 거라 생각했거든!"

——아니나 다를까 그렇게 됐지!

사내는 그렇게 외쳤다.

"필사적으로 숨을 죽이고 있었던 아지트가 사라질 거라면, 더 이상 우리의 안전을 보장해줄 사람은 없었어……. 그때부터『계획』을 시작했던 거야."

충격의 여파에 얻어맞고 날아간 나는 착지와 동시에 돌아보며 되물었다.

"그때라뇨?!"

"그야 그렇지. 리온에게 쫓기면서 어제오늘 사이에 몬스터를 끌고 나올 수는 없었을 거 아냐. 우선 이 계층에『램톤』두 마리를 숨겨놨어."

"뭣……."

"물속에 가만히 있게 하면 다른 모험자에게 탄로 날 일은 없으니까. 아, 맞아. 혹시 공연한 짓을 하는 모험자가 있으면 터크가 『램톤』으로 습격할지도 모르겠는데? 그 자식들한테도 『채찍』을 줬거든."

"큭······!"

내 마음을 흔들어대며 그는 말을 이었다.

"그리고 이틀 전, 드디어 【파밀리아】 연합이 크노소스에 쳐들어왔을 때, 『계획』을 앞당겨 실행해 다른 놈들하고 빠져나오려 했을 때····· 그 자리에 있던 리온에게 들켰던 거야."

그리고는 진심으로 가증스럽다는 듯 류 씨를 노려본다.

"쫓아오는 저 여자를 어떻게든 해보려고, 나는 장과 터크에게 말했어. 우리가 이 계층으로 이동하면 리온은 반드시 쫓아올 테니, 그 사이에 리빌라 놈들을 부추겨서 어떻게든 발을 묶어놓으라고."

류 씨를 잠시 따돌려 크노소스에서 제18계층으로 도망치면서, 먼저 부하 둘을 리빌라로 보냈다는 뜻이다. 그 중 한 사람은 추격해온 류 씨에게 붙잡혀 심문을 받고, 그녀는 서둘러 제27계층으로 갔다.

그리고 그녀에게 들키지 않고 화를 피한 터크라는 웨어울프······ 심문을 받은 동료를 이용했을 것이다. 【질풍】의 소행으로 보이도록, 쓰러진 동료를 살해하고, 리빌라에 있던 나와 보르스 씨에게 소식을 알린 것이다.

그리고 쥬라의 지시대로, 【질풍】 토벌대가 결성되도록 유도했다.

억측에 불과한 자신의 상상에 속이 울렁거리려 했다.

하지만 분명 틀림없을 것이다.

"27계층까지 함께 온 놈들은 리온, 널 꼬드길 미끼로 삼으려고 했는데! 리빌라 놈들이 겨우 나타나서 폭발로 한꺼번에 날려버리려고 했더니!"

"······!"

리빌라 주민들을 같은 편으로 삼아, 【질풍】에 대한 경계심을 높이기 위해 희생양으로 삼았다고 자기 입으로 말하는 상대에게, 류 씨의 얼굴이 분노로 물들었다.

수단을 가리지 않는 상대에게 나도 두려움과 혐오감이 느껴졌다.

하지만······ 왜 이제 와서 사건의 전말을 들려주는 거지?

여유의 어필? 아니면 우리의 마음을 어지럽히고자? 혹은······ 시간을 끌고자?

내가 당혹감을 느끼고 있으려니, 머리 위에서 떨어진 꼬리가 한층 강한 충격을 퍼뜨리며 지면을 파괴했다.

"큭?!"

크게 뛰어 물러나며 거리를 벌렸다.

조금씩 가빠지는 호흡을 고르고 있으려니 류 씨도 내 곁에 착지했다.

"역시 쥬라는 이 몬스터에게 『마석』을 섭취시킨 듯합니다. 『강화』되었군요."

"······!"

그 말에 나는 장기전을 각오했다.

적은 이렇게나 몸집이 크니, 체내에 묻힌 『마석』을 노리기란 거의 불가능할 것이다. 이판사판의 일격필살은 통하지 않는다. 막대한 마인드를 희생해 『마법』을 쏘아 균형을 무너뜨리는 것이 가장 타당한 전술일 것이다.

모든 것을 날려버리는 육탄돌격 앞에서는 전열수비수를 자청해봤자 도움이 안 되고…… 『병행영창』과 『병행 차지』를 하면서 우리 둘 다 포대가 되어야 할까? 하지만 그런 노골적인 작전을 저 테이머가 과연 용납할까?

이제까지의 경험을 살려 최선의 작전을 쥐어짜내려 했다.

하지만 류 씨가 다음으로 입에 담은 말은 경악할 만한 내용이었다.

"그러나 놈의 명령과 몬스터의 움직임은 이미 **파악했습니다.**"

테이머가 심어놓은 공격 패턴——『채찍』의 움직임과 연동된 『램톤』의 동작을 모두 밝혀냈다고 말하는 그녀를 보며 나는 눈을 깜빡거렸다.

이미 파악했다니…… 이렇게 짧은 시간에?!

"저 매직 아이템을 파괴해도 되겠지만, 속박에서 해방되어 폭주했다가는 나중이 귀찮아질 겁니다. 힘으로 무력화해야 합니다."

"어, 아, 네! 하, 하지만 어떻게……."

"저의 『마법』은 쥬라가 경계하고 있을 겁니다. 그러니 이것으로 끝내야지요."

당황하는 나를 내버려둔 채 류 씨는 가만히 목검을 손가락으로 훑었다.

"크라넬 씨, 당신은 양동작전을 맡아주십시오. 제가 해치우겠습니다."

"아, 알겠어요!"

"단 한 가지, 땅속으로 구멍을 파고 들어가면 대책이 별로 없습니다. 파고들려는 기미를 보이면 크라넬 씨의 마법으로 저지해주십시오. 당신을 믿습니다."

압도적인 몬스터를 앞에 두고, 역전의 상급 모험자는 딱 잘라 단언했다.

"『램톤』과는 한 번 싸워본 적이 있습니다── 질 이유가 없습니다."

길드에 등록된 류 씨의── 아니, 【아스트레아 파밀리아】의 계층 도달 기록은 제41계층. 그녀는 심층 영역에서 싸워본 적이 있는 진정한 강자다.

관찰력과 통찰력, 흐트러짐 없는 작전을 고안하고 제안하는 영민함, 무엇보다도 결단력과 실행력을 겸비한 각오.

역시 모험자로서의 『격』은 아직도 이 사람에게 미치지 못한다는 생각이 들었다.

"당장 정리하고, 쥬라를 사로잡겠습니다."

아직도 타오르는 분노의 불꽃을 가슴에 담고, 요정은 질풍의 화살이 되었다.

"흡!!"

동시에 나도 반대 방향으로 달렸다.

몬스터의 겹눈이 뒤룩뒤룩 서로 다른 방향으로 움직여 좌우로 흩어진 사냥감을 포착한다.

나는 다시 주의를 끌기 위해 공격을 가하고, 최대한 『민첩』을 살려 상대를 교란했다.

"하앗!"

『꼐아악?!』

그 틈에 류 씨는 과감하게 적의 품으로 파고들었다.

움직임을 간파했다는 말은 사실인지, 그녀는 몬스터가 긴 몸으로 펼치는 반격을 모조리 아슬아슬하게 피하곤 돌격의 기세를 실은 목검을 휘둘렀다. 허공으로 솟는 비늘, 너덜너덜해지는 가죽. 마치 거대한 해머로 내리친 듯한 충격과 고막을 두드리는 상쾌한 소리가 터져나왔다.

한편 나는 왼손에 장비한 《하쿠겐》을 칼집에 넣었다. 그리고 빈 왼손이 향한 곳은 왼발.

강화 렉 홀스터에 담아두었던 아이템을 몰래 확인했다.

하이 포션, 매직 포션, 해독제, 그리고 비장해둔 하이 듀얼 포션이 두 병.

──아끼지 말기로 하자.

나는 결심하고, 차임 소리를 울리기 시작했다.

【아르고노트】.

왼손에 집속되는 순백색 빛의 입자, 개시되는 병행 차지.

이만한 대형급 몬스터를 물리치려면 2분 이상의 차지가 필요할 것이다.

하지만 내가 지금 해야 할 일은 격멸이 아니다.

어디까지나 류 씨를 엄호하는 것!

"쳇! 땅 속으로 들어가, 『램톤』!"

류 씨 혼자만의 파상공세에 거대 뱀이 괴로워하는 것을 보다 못해 테이머의 『채찍』이 울렸다.

예상했던 명령. 나는 즉시 왼손을 내질렀다.

20초 분량의 차지. 자면으로 뛰어들려 하는 머리 부분을 향해 포성을 올렸다.

"[파이어볼트]!"

흰 빛의 입자를 두른 거대한 염뢰가 수정 지면과 『램톤』 사이에 작렬했다.

『워어어어어어어어어어어어어어어어어?!』

폭발에 휩쓸린 거대 뱀 몬스터가 발버둥쳤다.

지면으로 구멍을 뚫고 들어가려다 실패해 괴로움에 몸부림치는 그 틈을 놓치지 않고 류 씨가 가속을 시도했다.

"엑?!"

정면, 왼쪽 대각선, 옆, 다시 대각선.

돌격했다가는 떨어지고, 질주에서 이어지는 일격을 잇달아 이어나가는 류 씨에게 나와 캣 피플 사내는 눈을 크게 떴다. 속도는 떨어지기는커녕 올라가기만 했으며, 이제는 잔상이 보일 정도에 이르렀다.

초고속 히트 앤드 어웨이. 머리 위에서 내려다보면 그것은 분명 마치 오망성의 중심에 몬스터를 가둬놓은 질풍의 궤적처럼 보이지 않을까.

연격에 이은 연격이, 쉴 새 없이 이어지는 목검의 강타가 적의 거구를 지면에서 띄우기 시작했다.

틀림없어—— 속도가 올라가면서 위력도 올라가고 있는 거야!

"하아아아아아아아아아아아아아아아아아아아아아아아아아아아!!"

목검을 에워싼 저 푸른 섬광은 스킬의 빛일까.

류 씨는 결정타 대각선 베기를 몬스터에게 내리찍어, 그 거대한 몸을 벽에 꽂아버렸다.

『————————————————————우우우?!』

내 눈은 놀라움에 번쩍 뜨이고, 사내의 눈은 악화된 상황을 깨달은 것처럼 공포에 물들었다.

초대형급의 거구를…… 날려버렸어?

머리 위에서 괴로움의 포효를 터뜨리며 경련하던 몬스터는 풀썩 고개를 떨구었다.

숨이 끊어졌는지, 아니면 기절했는지. 무너지는 수정 덩어리 사이에 묻힌 뱀의 거대한 몸.

초대형급을 무기로 날려버린【질풍】의 기술에 나는 갈채

를 보내기보다는 아연실색하는 마음이 앞서고 말았다.

그것은 뻣뻣하게 서 있던 캣 피플 사내도 마찬가지였으리라.

"쥬라, 남은 것은 너뿐…… 이제는 끝났다."

목검을 휘둘러 붕 소리를 내며, 류 씨는 정적에 잠긴 룸을 가로질러 사내의 앞으로 다가갔다. 정신을 차린 나도 뒤를 따랐다. 하이 듀얼 포션을 재빨리 보급하고 그녀의 곁에 나란히 섰다.

동료도, 테임된 몬스터도 없다. 트라우마를 가진 그는 류 씨에게 대적할 수 없다.

그녀의 말대로 이제는 끝났다.

날카로운 눈빛을 보내는 엘프에게, 사내는 하나 남은 왼팔을 떨며 고개를 숙였다.

그리고.

앞머리로 눈가를 가린 사내는—— 천천히 입가를 틀어올렸다.

"전열, 버텨! 이제 하나 남았어!"

아이샤의 목소리가 터져나왔다.

벨프와 오우카는 온 힘을 다해 이를 악물고 거대 방패를 비스듬히 들어, 몬스터의 돌격 궤도를 흘려내는 데 성공

했다. 그것만으로도 두 사람의 온몸은 삐걱삐걱 소리를 냈으며 상처에서는 피가 솟아났지만, 『레벨 부스트』의 입자에 휩싸인 팔다리는 결코 무너지지 않았다. 『백강석』으로 만든 방패도 견뎌냈다. 그리고 지체 없이 힐러인 카산드라의 회복마법이 날아든다.

아무리 필살의 몸받기를 펼친다 해도 가공할 배짱, 단순하면서도 섬세한 『기술』로 전선을 유지하는 전열수비수를 상대로 『램톤』은 당혹감에 찬 포효를 질렀다.

놈의 입가에는 화살을 비롯한 사격무기가 박혀 있었다.

입 위쪽으로 좌우 9개씩 뚫린, 합계 18개의 『구멍』. 그곳을 중심으로 작살이며 쿠나이, 나아가서는 박도에 입은 상처가 새겨져 있었다.

『웜 웰』은 우수한 열 감지기관을 지녔다. 그것이 입 위에 뚫린 『피트』라 불리는 구멍이다.

땅속에 파고든 채 정확하게 모험자를 포착할 수 있는 것도 이 피트가 있기 때문이다. 『마석』의 반응으로 동족도 구별할 수 있는 이것은 『마법』이나 『마검』의 발동도 민감하게 포착하므로, 『램톤』은 그때마다 땅속으로 몸을 숨겨버리곤 하니 감당할 수가 없다. 실제로 일행은 『마검』을 쓰려다 상대가 땅속에 들어가버리는 바람에 몇 번이나 포격을 실패하고 말았다. 발동과 마법의 초동이 『속공마법』 수준이 아니고서는 적확하게 명중시키기란 어려울 것이다.

그러므로 아이샤는 우선 피트를 노렸다.

벨프와 오우카가 문자 그대로 몸을 바쳐 적의 공격을 막아내고 주의를 끄는 동안, 미코토를 비롯한 중견과 연계해 피트를 파괴하는 것이다.

릴리의 유도에 따라 도달한 곳은 입구 외에는 모두 벽이면서도 크고 작은 수정기둥이 우뚝우뚝 솟은, 그야말로 『수정의 밭』이라 할 만한 룸이었다. 던전에 구멍을 뚫을 수 있는 『램톤』에게 장애물이라는 개념은 없지만, 거대한 수정의 밭에서는 움직임도 둔해진다. 이동속도가 현저히 떨어진 몬스터를 향해 미코토, 치구사, 릴리, 다프네는 사격의 비를 퍼부어댔다.

땅속으로 몇 번이나 도망쳐, 수정의 숲이 펼쳐진 룸도 일부를 제외하고는 평지로 바뀌어가려 하는 가운데, 남은 피트는── 앞으로 하나.

"크으으으으으으으으으으으아!!"

"지금입니다, 치구사 공!"

오우카와 벨프가 몬스터의 궤도를 흘려내자, 이미 화살통이 비어버린 미코토가 외쳤다.

눈가를 가린 치구사의 앞머리 틈에서 왼쪽 눈만이 드러났다.

무신 타케미카즈치에게 단련된 치구사는 미코토와 같은 올라운더. 모험자를 하기에는 심약한 성격인 그녀가 유일하게 미코토를 능가하는 무기── 그것이 『활』이었다.

"필살필중── ."

무신이 전수해준 집중법에 따라 중얼거리며, 치구사는 집중의 실과 함께 시위를 해방했다.

　상급 스미스가 혼신의 힘을 다해 만들어준 화살 『코쿠토바(黑土兎)』가 으르렁거리는 소리를 내며 허공을 가로질러, 『램톤』의 마지막 피트를 한 치의 오차도 없이 꿰뚫었다.

　『~~~~~~~~~~~~~~~~~~~~~~~~~~~~~~~~~~우우우?!』

　"잘 했어!"

　치구사에게 갈채를 보낸 아이샤는 방어전에서 벗어나 공세에 나섰다.

　『램톤』에게 피트가 사라졌다는 것은 『눈』을 잃었다는 것과 마찬가지다. 수적 우세, 그리고 지리적 이점을 살린 아이샤의 책략이었다. 모두 정밀도 높은 사격공격을 펼쳐준 우수한 중견을 신뢰했기에 가능했다.

　『램톤』은 이제는 땅속으로 들어갈 수도 없었다. 발버둥을 치며 괴로워하는 몬스터를 전열 위치에서 붙잡아두며, 흐트러짐 없는 『병행영창』을 완성시키킨 아마조네스 여걸은 크게 뛰어 뒤로 물러난 동시에 박도를 땅에 꽂았다.

　"【헬 카이오스】!"

　아이샤가 혼신의 힘을 다한 『마법』이 터져나갔다.

　대량의 마인드를 쏟아부은 참격파는 4M이 넘는 거대한 단두대로 변해 약진했다.

　적의 측면에서 터져나간 필살기는 붉은 돌로 만든 서클에 정확히 명중하고 그대로 지나가, 매직 아이템과 함께 머리를 절단당한 거대 뱀 몬스터『램톤』은 단말마의 절규를 터뜨리지도 못한 채 숨이 끊어졌다.

"좋았어!!"

"『심층』 몬스터에게, 이겼어……!"

"우리 전열은 이미 만신창이다만…… 해냈네."

"오우카! 괜찮아?!"

"만세,『드롭 아이템』이 나왔어요!"

"넌 정말 억척스럽구나, 릴리루카……."

심층 영역의 레어 몬스터를 격파하는 쾌거에 벨프가 자기도 모르게 주먹을 부르쥐고, 미코토도 피에 젖은 얼굴을 닦으며 활짝 웃었다.

벨프는 물론이고, 전열수비수로서 몬스터의 화살받이가 되었던 오우카는 가장 많은 부상을 입었으며 방패도 너덜너덜해졌다. 그런 그에게 치구사가 회복 포션을 가지고 달려가는 가운데, 순도 높은『마석』에다『웜 웰의 예리한 이빨』과『머리갑각』을 회수한 릴리는 환호성을 질렀다. 그 모습에 진저리를 쳤던 것은 다프네였다.

아이샤도 이제야 체면이 섰다는 양 눈을 감으며 웃음을 지었다.

"카산드라 님, 제 백팩은 아이템이랑 같이 버려버렸사온지라, 모두에게 회복마법을 걸어주실 수 있으신지요. ……우~ 아무 것도 못해서 죄송하오니다……."

그리고 혼자 부끄러워하며 하루히메가 파티의 유일한

힐러에게 도움을 청했을 때,

"……카산드라 님?"

그 소녀는 아무 것도 들리지 않는다는 양 가만히 서 있었다.

'이게……【재앙】?'

카산드라의 시선 너머에는 승리에 들끓는 동료들, 그리고 이미 높다란 잿더미가 된 몬스터의 주검만이 있었다.

'이런 게?'

『예지몽』에서 보았던 【재앙】의 존재.

카산드라도 조금 전까지는 『심층』에서 올라온 이 몬스터가 『예언』의 정체라고 생각했지만, 그것은 뿌리째 뒤집어졌다.

위협이 부족하다.

공포가 부족하다.

절망이 부족하다.

너무 쉬웠다.

【파멸】이라고 하기에는 너무나도 어울리지 않았다.

"아니야……."

카산드라는 단언했다.

이런 것이 『예지몽』의 『성취』일 리가 없다고.

『예언』의 내용이 겨우 이 정도였다면 얼마나 마음을 놓았을까.

카산드라가 『꿈』에서 보았던 그것은 훨씬 잔혹하고, 구제의 여지가 없었으며, 흉흉한 것이었다.

'이건【재앙】이 아니야⋯⋯.'

그렇다.

진정한 절망은, 이제부터.

"히, 히히⋯⋯ 히얏하하하하하하하하하하하하하하하하?!"

팔을 잃은 어깨가 들썩이고, 입에서는 망가진 듯한 웃음소리가 넘쳐났다.

발작을 일으킨 것처럼 몸을 구부리며, 중간에서 끊겨나간 고양이 꼬리가 이리저리 뛰었다.

궁지에 몰린 사내가 보이는 광기에 나는 말을 잃고, 류씨는 눈을 크게 떴다.

"끝났다고오? 아니지, **시작이야아**!!"

눈꼬리에 눈물까지 머금고 사내는 홍소를 터뜨렸다.

"왜 내가 『의식』의 장소로 여기를 선택했는지⋯⋯ 알고 싶냐아, 리온?!"

"뭐⋯⋯?"

"이 층역은! 『물의 미로도시』는 서로 이어져 있어! 『그레이트 폴』로 이어진 이 층역은 하나의 계층이나 마찬가지야! 손상도 뭣도 전부 공유한다고! 던전은 그렇게 **착각을 해**!"

사내의 그 말에 류 씨는 벼락을 맞은 것처럼 몸을 떨

었다.

'손상? 공유? 던전이…… 착각을 해?'

나만이 상황을 따라잡지 못하는 가운데, 사내의 야비한 웃음이 울려 퍼졌다.

"27계층에서『폭발』을 일으키든, 25계층에서『폭발』이 일어나든…… 던전에게는 전부 같은 층역에 입은『상처』라는 소리야!"

류 씨의 표정이 확 바뀌었다.

"네가 쐈던『마법』도 이용했지!"

"설마……!"

"이 정도『상처』라면 괜찮다고, 그렇게 생각했냐?!"

사내가 씨익 비웃음을 지은 순간.

쿠궁!

룸의 천장이 흔들렸다.

"네가 필사적으로 쫓아왔던 나는──『미끼』였어!"

후둑후둑 떨어지는 수정 파편.

마치 위쪽 계층에서『폭발』이 일어난 것 같았다.

마침 이곳 제27계층에서 몇 번이나 일어났던『폭발』를 대체하듯.

제25계층이 비명을 질렀다.

"그만……."

경악한 내 곁에서, 머리 위를 올려다보던 류 씨가 입술을 떨었다.

"그만둬!!"

처음으로 듣는, 냉정함을 잃은 포효.

다른 사람도 아닌 류 씨가, 초조함에 사로잡힌 절규를 질렀다.

"――시작해, 터크."

그리고 사내는 무정히 내뱉었다.

"헉, 헉, 헉……!!"

미궁 안을 달리며, 동료의 백팩을 찢어발기고 그 안에 있던 새빨간 구슬을 후둑후둑 통로 안에 뿌린다.

웨어울프 사내와 일당은 몬스터에게 쫓기면서도 전부 무시하고, 붉은 구슬을 떨어뜨리며 달리는 데만 집중했다.

"조, 좋아…… 점화한다. 시작한다고!!"

모든 구슬을 다 떨어뜨린 사내들은 모퉁이 뒤로 몸을 날리며 『마검』을 꺼냈다.

목소리가 떨리는 그들의 시선 너머, 통로 바닥에 놓인 새빨간 구슬의 정체는 『화염석』.

심층영역의 몬스터 『플레임 록』에게서 얻을 수 있는 『드롭 아이템』이며, 가공하지 않은 상태로도 강한 발화성과 폭발성을 가졌다.

"쏴!"

몬스터가 들끓는 제25계층의 통로에서, 터크 일당은 붉은 구슬을 향해 『마검』을 내리쳤다.

뿜어져 나가는 화염, 불이 붙어 빛을 발하는『화염석』.

대폭발이 일어났다.

『＿＿＿＿＿＿＿＿＿＿＿＿＿＿＿＿＿＿＿＿＿

＿＿＿＿＿＿＿아아아아?!』

터크 일당을 쫓아오던 몬스터들이 폭발에 휩쓸렸다.

그것만으로 그치지 않았다.

마구잡이로 통로를 달려오며 수없이 떨어뜨렸던『화염석』은 그 자체가 마치 **도화선**인 것처럼 폭발과 착화를 되풀이해, 온 통로를 박살내고 있었다.

불에 탄 몬스터들이, 녹아버린 수정기둥이, 파괴의 소용돌이에 휩쓸렸다.

"우웃?!"

"뭐지?!"

그 충격은 같은 계층에 있던 아이샤 일행에게도 미쳤으며,

"보, 보르스!!"

"뭐야, 무슨 일이 일어났어?!"

두 계층 아래, 제27계층의 모험자들에게도 굉음으로 전해졌다.

수정 벽면이 잇달아 터져나가고, 바닥이 폭발하고, 천장이 무너졌으며, 질서를 잃은 물줄기가 범람했다.

다층구조를 가진 제25계층의 일부가 지지점을 잃은 듯 무너져내렸다.

"바닥이 무너졌……!!"

"뛰어, 뛰어!!"

붕괴에 말려들지 않고자 맹렬히 그 자리에서 벗어나는 벨프 일행.

대공동에서는 『그레이트 폴』이 수많은 수정의 파편과 몬스터의 주검을 노도처럼 토해내며 으르렁거렸다.

미궁의 비명은 그치지 않았다.

『폭발』이 더더욱 이어졌다.

충격에 따라 룸의 수정이 떨리며 위아래로 진동해 빛이 일렁이는 가운데, 사내는 우리 앞에서 웃고만 있었다.

"네가 나를 죽을 둥 살 둥 쫓아다닌다는 건 이미 알고 있었어! 그래서 내가 『미끼』가 됐지! 27계층을 거의 『파괴』한 후에는 25계층에 있는 터크 일당이 이어받도록!"

이런 상황에서도 홍소를 터뜨리는 사내를 보며 등줄기가 싸늘해졌다. 나는 전혀 이해할 수 없었다.

화염석?

제25계층을 파괴해?

대체 뭘 하려는 거지, 이 사람들은?

"내가 아까 화염석을 버려서 방심했지? 방심했겠지? 그렇겠지, 리온?! 하하하하하하하하, 냅다 낚였구만!"

그 순간.

아연실색 머리 위를 올려다보던 류 씨가 눈꼬리를 틀어올리며 사내에게 달려들었다.

"쥬라아아아아아아아!!"

멱살을 잡고 밀어 넘어뜨린다.

"네가 무슨 짓을 한 건지, 무슨 짓을 저지른 건지 알기나 하나?!"

꽉 쥔 손은 동요를 억누르려는 듯 부들부들 떨렸다.

등을 땅에 호되게 부딪혔음에도 사내의 비웃음은 가실 줄을 몰랐으며, 그녀에게 대답하지도 않은 채 그저 웃기만 했다.

"너한테 당한 후로 지난 5년 동안 내가 아무 짓도 안 한 줄 알았냐?! 다 알아봤다고, 내가!! 그『절망』을 일으키려면 어디가 좋을지, 어떻게 하면 가능할지!"

"큭!!"

"너의 그 예쁘장한 얼굴을 어떻게 하면 울상으로 만들 수 있을지 계속 생각했단 말이야!"

"——아아아아아아아아아아아아아아아아!!"

그리고 이성을 잃은 류 씨는 소태도를 뽑아 그대로 사내에게 내리치려 했다. 나는 얼른 그녀를 말렸다.

"안 돼요, 류 씨!!"

"놔! 이거 놔!"

두 겨드랑이에 팔을 감아 제지하는 나를 무시무시한 힘으로 뿌리치려 한다.

그러거나 말거나, 천천히 일어난 사내는 큭큭 웃음을 짓고 있었다.

대체 뭐지, 이게.

왜 이기고 있었던 우리가 궁지에 몰린 거야?!

그리고.

"우웃?!"

한층 강한 대폭발이 결정타처럼 발생한 다음 순간.

던전이, **통곡했다.**

"_____."

몬스터를 낳는 균열의 소리도 아니었다.

이상사태를 일으키는 지진도 아니었다.

비유가 아니라, 정말로 울고 있었다.

지극히도 무기질적인 고음.

마치 팽팽하게 당긴 백은의 활시위에 칼날을 미끄러뜨리는 듯한, 고막을 꿰뚫는 높은 소리.

만약 여성이, 세계 그 자체에 필적할 정도로 커진다면 이런 소리를 낼 수 있지 않을까 싶은 그런 음역의 소리.

그것은 본능이 새빨갛게 깜빡거릴 정도로, 터무니없는 무언가가 『우는 소리』였다.

"아……아아아……?!"

귀도 막지 못한 채 온몸을 딱딱하게 굳히고 있으려니,

나에게 붙들린 류 씨의 몸에서 힘이 빠져나갔다.

"똑같아, 그 때와…… 그것이, 또…… 아아, **알리제**……!"

"류 씨? 류 씨?!"

쓰러지려 하는 그녀의 몸을 황급히 지탱했다. 당황스러웠지만, 얼굴이 파랗게 질리다 못해 새하얗게 되어버린 그녀를 열심히 불렀다.

몰라. 이런 류 씨는 몰라.

마치 트라우마가 되살아난 것처럼, 공허한 눈을 보이는 이런 사람은 몰라!

"도망쳐…… 도망쳐요!!"

"웃……?!"

그런가 싶었더니, 류 씨는 고개를 번쩍 들고는 목이 터져라 외쳤다.

이마와 이마가 맞닿을 것 같은 거리에서, 내 옷을 붙잡은 채.

"얼른, 여기서! 당신만이라도 도망치십시오── 어서!!"

나는 이때 깨닫고 말았다.

이 계층에서 처음 만났을 때.

그렇게나 류 씨가 나를 밀쳐내며 떠나라고 호소했는지를.

지금부터 일어날 『무언가』를 두려워했음을.

"이미 늦었거든!"

자리에서 일어난 사내가 외쳤다.

잃어버린 한쪽 팔을 내밀듯 머리 위로 쳐들고.

"나도, 너희도, 이미『절망』속에 있어!"

뻣뻣한 웃음── 사내 자신도 창백해진 웃음을 지은 채.

"자, 와라!"

마치 일생일대의 도박에 목숨을 칩으로 던지듯,

"모습을 보여줘!"

사내는 환희의 비명을 질렀다.

"다시 한 번── 우리 앞에!!"

"────────."

비극의 예언자는 그때, 지면에 무릎을 꿇고 있었다.

"카산드라?!"

"카산드라 님!"

다프네의 목소리도 들리지 않았다. 달려오는 하루히메의 모습도 보이지 않았다.

머릿속에 섬광이 내달리며, 『그때』가 왔음을 소녀는 깨달았다.

"아…… 아아."

미궁이 우는 그 소리는【탄식】이었다.

같은 시각, 두 계층 떨어진 곳에 있던 요정의 모습과 마찬가지로 낯을 창백하게 물들인 채 머리를 두 손으로 끌어안고 얼어붙은 소녀는 떨리는 입술로『선언』했다.

"【재앙】이…… 와요."

찌적.

제27계층의 대공동에서 균열이 발생했다.

그것은 넓고, 길고, 깊었으며.

커다란 폭포와 대치하듯, 세로로 내달렸다.

균열에서 처음으로 튀어나온 것은 액체.

고열을 내포해 수증기를 뿜어내며, 혈액처럼 솟아난 보라색 액체는 푸른 에메랄드색 물줄기를 폐수와도 같이 더럽혔다.

마치 스스로 자궁을 벌리고 나오듯, 수정의 파편을 흩뿌리며 균열은 더욱 커져가고.

마침내.

그 안에서 번뜩인 것은 진홍색 안광.

【절망】이 산성(産聲)을 질렀다.

5장 재앙이 오다

© Suzuhito Yasuda

"보르스, 이거 아무리 봐도 위험하다니깐!"

"던전에서 이런 소리는 들어본 적이 없어! 얼른 이 계층에서 내빼자고!"

【질풍】에게 한 차례 나가떨어졌던 모험자들은 그녀와 벨을 쫓아 집단으로 이동하고 있었다.

전설의 현상수배범을 반드시 이 손으로 해치워주겠노라고 용기를 쥐어짜낸 것이다. 기습을 받아 놓치기는 했지만 이 숫자로 가면 반드시 쓰러뜨릴 수 있다고.

하지만 상황은 돌변했다.

제25계층에서 발생한 어마어마한 『폭발』, 그리고 결정타로 던전이 아직까지 지르고 있는 비명. 귀를 막을 수밖에 없는 강렬한 고주파를 『이변』이라고 받아들이지 않을 사람은 없었다.

더할 나위 없는 무언가가, 이상사태가 일어나려 한다고 확신한 상급 모험자들은 입을 모아 리빌라의 두령에게 이 계층에서 이탈하자고 호소했다.

"응? 보르스, 보르스?!"

"……잠깐만."

"응?"

목소리를 높이던 모험자들은 눈앞에 불쑥 튀어나온 손바닥에 입을 다물었다.

거한에 애꾸눈인 두목은 귀에서 손을 떼고 중얼거렸다.

"소리가, 그쳤어……."

그 인어는 물속에서 자신의 몸을 끌어안고 있었다.

'싫어…… 이 소리, 싫어……!'

물줄기의 밑바닥, 푸른 어둠에 휩싸인 장소.

마리는 물에 잠긴 채 어머니가 지르는『목소리』에서 필사적으로 멀어지고자, 숨고자 했다. 태아처럼 몸을 말고, 귀에 해당하는 머리 양 옆의 지느러미를 두 손으로 꽉 붙든 채.

'무서워, 무서워, 무서워……!'

마리는 이『목소리』를 알고 있다.

전에도 **딱 한 번** 있었다.

그렇다, 그것은 분명 5년 전.

더 깊은 계층에서 일어난 어머니의『통곡』을 마리는 분명히 들었다.

그래봤자『물의 미로도시』를 나가지 못하는 마리와는 관계없는 이야기. 그래도 무서워서 견딜 수가 없었다.

그때도『좋지 않은 것』이 태어났다. 아무 것도 모르겠지만 알고 있다. 이해해버렸다.

마리는 귀를 막고 눈을 감았다.

무서운 현실을 차단하듯, 깊은 물 밑바닥에 잠기려 했다.

하지만 그때 눈꺼풀 안쪽에서, 친구이자 가족이기도 한『제노스』들의 모습이 떠올랐다.

그리고 이 던전에서 최근에 만난 소년의 뒷모습도.

가족과 마찬가지로 소중한 존재가 된 소년이, 이곳에 있다.

마리는 이미 소중한 보물 속에 그 소년까지도 포함시키고 있었다.

'벨……!'

공포를 떨치고 애써 눈을 떴다.

넘쳐나는 눈물을 물속에 녹이며, 꼬리지느러미로 물을 박찬 머메이드 소녀는 빛이 드는 수면을 향해 떠올랐다.

"위험했어요……."

턱을 타고 흐르는 땀을 닦지도 않고 릴리는 중얼거렸다.

눈앞에는 무너져내린 수정 바닥. 그리고 까마득한 아래쪽에서는 물줄기가 범람하고 있었다.

연속으로 이어진 『폭발』에 제25계층의 미궁지역이 붕괴되기 시작해, 길이란 길이 모조리 가로막히기 시작하는 가운데, 릴리 일행은 아슬아슬하게 화를 면했다.

피해의 정도는 알 수 없었다. 하지만 아무튼 컸다. 그도 그럴 것이 몬스터를 상대할 때가 아니었으며, 그것은 몬스터 쪽도 마찬가지였으므로.

물의 낙원은 이제 붕괴된 도시로 변했으며, 어떤 길은 제대로 지나갈 수조차 없었다.

그 모습을 보며 릴리는 걱정이 들었다. 던전의 수복이 완료될 때까지는 제24계층의 연결통로로 돌아가지 못할지도 모른다.

"여기서 일어난『폭발』도 마음에 걸리지만……!"

"아까부터 들리던 그 끽끽 찢어지는 소리는…… 27계층에서 나온 거야?!"

"만약『이상사태』라면 벨 공은?!"

아이샤와 벨프, 미코토도 혼란스러워했다.

"카산드라! 카산드라?! 정신 차려, 응?!"

"카산드라 님!"

하지만 가장 큰 착란을 일으킨 것은 저 소녀일 것이다.

다프네가 무릎을 꿇고 열심히 어깨를 흔들어댔으며, 하루히메도 필사적으로 그녀의 이름을 불러댔지만, 카산드라는 그저 지면에 주저앉아 있었다.

두 다리에서는 힘이 빠져, 손으로는 머리를 감싸쥐었으며 낯은 창백하게 물들었다. 사람이 저렇게까지 절망할 수 있을까 싶을 정도로 핏기가 없었다.

기괴했다.

릴리는 무슨 일이 일어났는지 이해할 수 없었다.

마른 침을 삼키는 오우카와 치구사도 분명 마찬가지였을 것이다.

혼돈에 빠진 상황에 머리회전이 둔해진 가운데.

릴리의 귀는 그것을 들었다.

"……망……쳐……."

소녀의 입에서 흘러나오는, 연신 되풀이되는 그 비명을.

"도망쳐요……!"

🔥

수정의 벽을 때려부수는 소리를 드높이 울리며.

『그것』은 조용히, 균열에서 모습을 드러냈다.

대공동 벽면에서 태어나, 떨어져, 어마어마한 물보라를 일으키며 용소에 착지했다.

산성은 미지근한 숨결이었다.

그레이트 폴의 무시무시한 소리가 몸을 두드리는 가운데, 흰 안개가 그 실루엣을 뿌옇게 만들었다.

포효도 절규도 없이, 긴 꼬리를 구불거리며, 두 다리로 물에 파문을 일으켰다.

그런 가운데, 눈구멍 속에 깃든 진홍색 빛이 번뜩였다.

호수와도 같은 광대한 용소의 끝에서, 관절을 구부리고 무릎을 꿇었다.

다음 순간, 그것은 **사라졌다.**

수면을 폭발시키며 계층의 미궁구역으로 침입했다.

"이봐, 보르스네 파티랑 합류하지 않아도 될까?"

"멍청아, 자기 목숨이나 생각해!"

그것은 모험자들의 소규모 파티였다.

제27계층 곳곳으로 흩어져, 보르스 일행의 본대와 합류하지 못하고 있던 소대 중 하나. 휴먼과 수인으로 구성된 4인 파티는 왔던 길을 서둘러 돌아가고 있었다. 던전의 『이변』에 겁을 먹었기 때문이다.

미궁 탐색을 생업으로 삼는 무뢰배들의 입장에서는 당연한 결과였으며, 재빠른 행동이었다.

하지만.

"……? 이 소리는 뭐야……."

──두두두두두두.

등 뒤에서 기묘한 소리가 들려왔다.

마치 무언가가 튀는 듯한 소리의 연속.

모험자들은 발을 멈추고 돌아보았다.

소리는 매우 빠르게 다가왔다.

통로 저편에서 그림자가 일렁거렸다.

"어?"

"뭔가 오──."

퍼엉!

시원한 소리와 함께 **머리가 터져나가**, 모험자들은 마지막 한 마디조차 남기지 못했다.

최후의 순간을 맞이한 후로도, 무슨 짓을 당했는지 이해하지 못한 채.

말 못하는 고깃덩어리가 되어, 분수처럼 피를 뿜으며 무릎을 꿇었다.

그런 것이 4인분.

전멸이었다.

『그것』은 『손톱』에 묻은 선혈을 내버려둔 채 모험자들의 주검을 짓이겼다.

미궁에 거대한 그림자를 드리우며, 몸을 날렸다.

다음 사냥감의 곁으로.

"으, 으아아아아아아아아아아아아아아아아아아아!!"

절규가 메아리쳤다.

눈물을 흘리는 창잡이의 비명이었다.

파티는 느닷없이 습격한 『그것』에게 유린당했다.

가장 먼저 엘프 마도사가 목숨을 잃었다. 이번에도 동포의 수치인 【질풍】을 숙청하겠다고 열변을 토했듯, 입만 열면 긍지를 내세우던 아니꼬운 그녀는── 그래도 솔직하지 못하고 이상한 데서 배려심이 있어 꽤 귀엽다고 생각했던 그녀는, 『손톱』의 먹이가 되었다. 상반신과 하반신이 분리되었다. 내장을 뿌리고, 공허한 눈에서 붉은 눈물을 흘리면서. 자긍심 높은 엘프에게는 용납되지 않는 비참한 죽음이었다. 그러므로 사내는 이성을 잃고 창을 내질렀다. 하지만 그곳에는 이미 아무 것도 없었으며, 사내의 시야는 어둠에 물들었다. 머리가 부서져나갔다.

쓰러진 그의 손은 피눈물이 흘러내리는 그녀의 뺨에 닿았다.

"뭐야, 이 자식은. 이런 건 몰라…… 모른다고. 대체 뭐냐고 년————?!"

이미 다섯 명이 쓰러지고, 홀로 남은 하프엘프 사내는 『마검』을 휘둘렀다.

폭발. 화염.

연기가 걷혔을 때 『그것』은 이미 사라졌으며, 통로에는 **불에 타 죽은 여섯 번째 시체**가 굴러다녔다.

그림자가 달리고 뛰면 그것이 전파되었다.

온 미궁에 울려 퍼지는 절규가.

피보라에 물든 아비규환이.

"끄아아악?!"

가속하듯, 믿을 수 없는 속도로 시체가 늘어났다.

『그것』은 모험자들의 위치를 잔혹하리만치 민감하게 포착했으며, 그들의 목숨을 하나하나 거두었다.

『손톱』은 모든 것을 분쇄했으며, 이빨은 갑옷과 함께 살점을 씹고, 꼬리가 바람을 가르면 모험자가 입에서 피를 뿜었다.

제27계층에 있던 50명도 넘는 상급 모험자가 속절없이 **참살**당했다.

"아아아아아아!!"

『그것』을 본 이는 울부짖었다.

"어떻게 저 몸집으로, 그럴 수가——?!"

『그것』을 본 이는 전율했다.

"다들………… 다, 달려어어어어어어어어어어, 어극?!"

비명이 메아리쳤다.

무기가 터져나갔다.

도망치고자 뛰어나간 사람은 결코 도망치지 못했다.

"보르스, 살려줘어어어! 살려—— 끄아악!!"

"으, 으아아아아아아아아아아아아아아아아아아
아아아?!"

연회는 끝날 줄을 몰랐다.

수많은 【통곡】이 바쳐져, 수정의 미궁에는 【붉은 살점의
길】이 펼쳐졌다.

【푸른 물줄기】 또한 【피의 강】으로 변모했다.

하나, 또 하나 늘어나는 모험자의 주검에 몬스터들은——
【이형의 존재】들은 환희했다.

물줄기를 붉게 물들인 인간들의 피를 꿀물처럼 삼키고,
흘러든 시체를 극상의 고기처럼 탐식했다.

어떤 이는 【살점의 꽃】을 피웠다.

어떤 이는 【찢겨나갔다】.

어떤 이는 【부서졌다】.

어떤 이는 존엄을 【희롱당했다】.

『그것』에서 벗어나고자 노력하던 자들은 다른 몬스터에게 짓밟히고, 무리 지어 달려드는 괴물들의【수많은 발톱과 이빨】에 의해 비참한【애도를 받았다】.

전우를 두고 죽은 자는 슬픔을【남겼다】. 하지만 그 전우 또한 금세 뒤를 따랐다.

『물의 미로도시』는 살육의 도시로 돌변했다.

"히익——."

"이, 이건……."

그것을 보았을 때, 치구사는 움츠러들고 오우카는 넋을 잃었다.

제25계층, 대공동.

대폭포가 굉음을 내는 공간에 도달한 파벌 연합은 제26계층으로 이어지는 폭포 부근의 낭떠러지에서 그 광경을 내려다보았다.

『그레이트 폴』이 붉게 물들어간다.

엷은 붉은색으로.

덧없는 붉은색으로.

미궁구역으로 흘러가는 물줄기와 직결된 폭포는 괴물들의 향연으로 변모한 피의 강을 토해냈다. 제27계층의 용소는 더 이상 푸른 에메랄드색이 아니었다.

멀리 떨어진 그들은 알아볼 수 없을 정도로 조그만 까만색 입자, 물 위에 떠 있는 것은, 몬스터에게 먹히고 남은 주검의 잔해. 원통함이 담긴 무기의 파편이, 모험자였던 것이, 물의 낙원 최하층에 떴다가 가라앉았다.

【나락】의【하류】가 주검을 밀어내,【어미】에게 모두 환원한다.

"야…… 저거, 전부…… 피야……?"

"그럴 리가 없습니다. 대체 얼마나 많은 모험자가……! 아니, 27계층에 있던 모험자가…… 전부?"

"이상한 소리 하지 말아요! 벨 님은 살아있어요! 벨 님은……!"

"아, 아아……?!"

"……대체 무슨 일이 일어났던 거야."

벨프가 전율을 감추지 못하며 떨리는 목소리로 말하고, 미코토가 어떤 가능성을 떠올려 목소리를 잃었다.

릴리가 거친 목소리로 외치고, 하루히메도 그녀보다 더한 불안에 휩싸여 낯이 창백해졌으며, 아이샤조차 아연실색했다.

제2급 모험자인 그녀의 관찰력은 붉게 물든 용소에서 떠나, 안쪽의 벽면에 내달린 균열로 향했다.

너무나도 깊은 그 자국을 보고, 『무언가』가 태어났음을 깨달아 한순간 숨을 쉬는 것조차 잊었다.

"……27계층으로 가요! 무슨 일이 일어났는지는 모르겠지만, 벨 님을 구하러 가야 해요!"

까마득한 머리 위, 제24계층 연결통로가 존재하는 절벽

위에서도 이 사태를 알아차린 모험자들이 비명을 지르는 소리가 들리는 가운데, 릴리가 외쳤다.

지금 있는 대공동 남동쪽에는 제26계층 미궁구역으로 이어지는 동굴이 있다. 【헤스티아 파밀리아】에게는 『미지』의 계층이지만, 고개를 끄덕이지 않는 사람은 없었다. 벨프도, 미코토도, 하루히메도 망설이는 기색 따위 보이지 않았다.

그들을 이끌고 릴리는 동굴로 뛰어가려 했다.

그런 그녀의 손을, 그때까지 침묵했던 소녀가 꽉 붙잡았다.

"윽?! 카산드라 님! 장난 칠 때가——."

릴리의 목소리가 중간에 끊어졌다.

자신의 조그만 손을 두 손으로 붙잡은 소녀의 얼굴을 올려다보자 말을 이을 수 없었던 것이다.

"카산, 드라……?"

그녀의 이름을 부르는 다프네도 굳어버렸다.

발을 멈춘 벨프와 다른 동료들도 말을 잃었다.

"죄송해요…… 죄송해요, 죄송해요, 죄송해요……!"

절대 놓지 않겠다고 릴리의 손을 꽉 움켜쥔 카산드라는 울고 있었다.

얼굴을 절망으로 물들이고, 눈에서는 눈물을 뚝뚝 흘리며, 고개를 축 늘어뜨린 채, 이 자리에는 없는 누군가에게 사과하고 있었다.

"죄송해요, 죄송해요……!!"

믿어주지 않을 거라고 체념하고, 그렇게 내쳐버렸던 수많은 모험자들에게.

그리고 【재앙】의 곁으로 가버린 소년에게.

소녀는 하염없이 사과하고 사과했다.

그것은 【재난의 연회】였다.

던전은 아무 말도 하지 않는다. 그저 그렇게 하는 것이 올바른 흐름이라는 양, 벽에 튄 붉은 도료를 기꺼이 받아들인다. 빛나는 푸른 수정이 이제는 피로 물들었으며, 소년과 동료들을 감탄케 하던 환상적인 경치는 이제 지옥의 풍경으로 바뀌었다.

그들이 도달할 결말을, 던전만은 알고 있다.

──이제는 아무도 살려서 보내지 않는다.

제25계층에서 일어난 『폭발』의 충격 때문인지, 천장에 매달린 수정의 광채는 마치 꺼져가는 마석등처럼 약해졌다.

룸에 어둠이 짙어져가는 가운데, 내 귓가를 스치는 소리가 있었다.

"이건……?!"

먼 곳에서 들려오는, 무질서한 몬스터의 포효.

강하게 울려 퍼지는, 『무언가』가 던전을 뒤흔드는 소리.

여기에 뒤섞인 조그만, 그러나 분명한, 인간의 것으로 여겨지는 고함.

그러한 것들이 모두 한데 얽혀, 정체를 알 수 없는, 그러나 불안을 자극하는 선율이 우리에게까지 들려왔다.

이 소리는 뭐지.

이 고함은 대체 뭐지?!

류 씨의 몸을 지탱하면서, 나는 견디지 못하고 눈앞의 사내에게 외쳤다.

"대, 대체 뭘 한 거예요?!"

"의식이지!"

나의 물음에 사내는 희열에 찬 웃음을 지었다.

"내가 『악몽』에서 깨어나기 위한 의식!"

"『악몽』……?!"

움푹 꺼진 눈을 형형히 빛내는 모습은 인간의 의식을 놓아버린 것 같다는 생각마저 들었다.

안 되겠어. 이 사람 말이 전혀 이해가 안 돼.

내 혼란은 한층 가속할 뿐이었다. 그도 그럴 것이, 희희낙락 웃고 있는 이 사람에게서조차 여유가 전혀 느껴지지 않았으니까. 그는 멀리서 들려오는 몬스터의 포효와 던전을 뒤흔드는 충격에 식은땀을 흘리고, 지금도 이가 서로 맞물리지 않아 따닥따닥 소리를 냈다.

마치 자신도 『사지』에 들어와버린 것처럼——.

무엇보다 내가 가장 의아했던 것은, 늘 침착하고 냉철했던 류 씨가 이렇게나 혼란에 빠졌다는 점이다.

"쥬라……!"

내 팔에서 벗어난 류 씨는 거칠어진 호흡을 어떻게든 정리하고자 했다.

하지만 그런 그녀의 모습은 매우 미덥지 못했다. 내면에서 넘쳐나는 공포와 지금도 싸우는 것처럼, 아니, 트라우마의 연쇄에 묶여버린 것처럼 떨리는 몸을 주체하지 못하는 것이다.

가슴을 움켜쥐고, 날카로운 눈으로 눈앞의 사내를 노려본다.

"죽을 만큼 정신이 나가버린 리온을 보고 아직도 못 알아차렸냐, 【래빗 풋】?"

그것을 오히려 기분 좋게 받아들이는 캣 피플 사내는 나를 보며 비웃었다.

"불러낸 거야! 이곳 제27계층에!"

"닥쳐!!"

제지하는 류 씨를 무시하고 사내는 드높이 내뱉었다. 그 말에 나는 아연실색해버렸다.

"【아스트레아 파밀리아】를 죽였던 괴물을!"

"!!"

우라노스는 신좌에서 벌떡 일어났다.

『왜 그래, 우라노스?』

길드 본부 지하, 『기도의 방』.

지하신전을 방불케 하는 석조 공간에서, 제단에 설치된 네 자루의 횃불이 붉은 빛을 뿜어냈다. 어둠이 지배하는 그 중심에서, 우라노스는 푸른 두 눈을 크게 뜨고 있었다.

결코 일어나는 일이 없는 부동의 노신이 일어난 기적을 『오쿨루스』 너머에서 느낀 펠즈가 통신을 보냈다.

시간이 얼어붙은 것처럼 가만히 있던 우라노스는 무거운 입을 열었다.

"놈이 나왔다……."

『놈? 무슨 소리야? 뭐라고 하는 거야, 우라노스!』

노신의 심상찮은 분위기를 느꼈는지 펠즈가 목소리를 높였다.

우라노스는 가늘게 뜬 눈으로 발밑—— 그 너머에 펼쳐진 던전을 내려다보며, 수정을 향해 대답했다.

"5년 전, 【아스트레아 파밀리아】를 **전멸시켰던** 몬스터……."

『……?!』

말을 잃은 펠즈에게 우라노스는 침통하게 말했다.

"『재앙』이 부활했다……."

"5년 전, 우리 【루드라 파밀리아】와 【아스트레아 파밀리아】는 항쟁 중이었거든! 정의인지 뭔지 몰라도 우리『악』을 방해하는 것들이 거슬려서 견딜 수가 없었지! 그래서 놈들을 던전에서 함정에 빠뜨리기로 작전을 짰어!"

제27계층에 울려 퍼지는 쥬라의 말에 벨은 흠칫했다.

뇌리에서 시큰거리는 한 가지 기억.

제18계층에서 류가 들려주었던 과거의 이야기가 지금과 이어졌다.

"그날도 오늘처럼 화염석을 잔뜩 준비했지! 【아스트레아 파밀리아】를 유인해놓고, 던전을 폭파시켜서 생매장시켜 버리려고 말이야! 하지만 그놈들은 뒈지지 않았어. 끈덕져도 정도가 있지! 오히려 우리가 궁지에 몰렸다니까!"

당시의 기억을 되새기는 쥬라의 눈에 분노와 공포가 한꺼번에 되살아났다.

그러나 여기서 사내의 감정은 싹 가라앉고.

대신 나타난 것은 으스스한 웃음.

"하지만, 그때…… 우리도 예상하지 못했던 일이 벌어졌어."

그 정경을 떠올리는 듯.

류의 얼굴이 크게 일그러졌다.

쥬라의 몸이 한 차례 떨렸다.

"예상하지 못했던 일……?"

땀을 뚝뚝 흘리며 벨이 되물었다.

사내는 새파랗게 질린 얼굴로 씨이익 입가를 틀어올렸다.

"던전에서 『괴물』이 태어났던 거야."

"과도한 대미지에 따른 **방어본능**…… 나의 목소리, 나의 『기도』조차 닿지 않는 던전의 통곡."

지금도 들려오는 던전의 목소리에 귀를 기울이며 우라노스는 침통한 목소리로 말했다.

5년 전 그 날에도, 【루드라 파밀리아】가 폭주해 대량의 『화염석』을 가져가 던전의 특정 계층이 대폭발에 휩싸였다.

미로가 무의미해지는 규모의 붕괴.

이런 손상을 입은 던전은 위험신호를 발신했던 것이다.

"그저 미궁의 구성을 파괴할 뿐이라면 원래는 아무 일도 일어나지 않는다. 던전은 망가진 곳부터 수복을 시작해 재생을 꾀하지. 아이들에게 『무한한 자원』이라 불릴 정도의 힘으로……."

『하지만 그 재생으로 도저히 감당이 안 될 만큼…… 도를 넘어선 파괴행위가 벌어진다면…….』

"그렇다네……. 던전은 재생이 아닌, 원인의 『제거』에 착수하지."

생물로 바꿔 말하면 이해가 빠르다.

인간이 그렇듯, 바깥에서 침투한 이물질이 체내를 공격하면 침입한 병원균을 말살하기 위한 『면역』이 작동한다.

그것은 『생물』이라면 당연한 자기방어본능.

던전도 마찬가지다.

『던전은 살아있다』.

몬스터의 모태를 과도하게 공격하면, 이 살아있는 지하미궁은 자기방어본능을 발휘해 『그것』을 낳는다.

『그것』은 말하자면 면역체계.

바깥에서 침투한 이물질—— 체내에 침입한 모험자를 말살하는 『사도』를.

던전을 억누르는 우라노스의 『신위』조차도 떨쳐내고.

『5년 전에 미칠 만한 파괴행위가 던전에서 또 일어났다고?』

"아마도……."

5년 전에 태어난 『그것』은 그야말로 『이상사태』.

【아스트레아 파밀리아】와 【루드라 파밀리아】는 물론, 우라노스조차 예기치 못했던 진정한 『미지』의 괴물이었다.

【로키 파밀리아】도 【프레이야 파밀리아】도, 제우스와 헤라의 양대 파벌조차도 확인한 적이 없었다. 다시 말해 『그것』은 신들이 강림한 천 년 사이에 단 한 번 관측되었던 유일한 현상이다.

던전에 『기도』를 올리는 우라노스만이 『그것』을 알아차렸다.

그리고 그『참극』의 현장에 함께 있던 당사자들만이『이름 없는 괴물』을 목격했다.

"나 말고 다른 동료들은 다 죽었어! 그리고【아스트레아 파밀리아】의 망할 계집들도!"

류가 말하지 않았던 과거의『진실』에 벨은 모든 것을 잊고 충격에 휩싸였다.

한편 류의 표정은 고통에 물들었다.

"지난 5년 동안 철저히 조사했어! 뭐가 계기였는지, 어떻게 하면 그『괴물』을 불러낼 수 있는지 철저하게! 이블스 놈들한테도 말하지 않고, 나 혼자서 말이야!"

열기가 깃든 쥬라의 말을 듣고 벨은 귀를 의심했다.

충격에서 헤어나지 못한 머리로, 입술이 제멋대로 움직여 질문하고 있었다.

"어째서……! 그런 몬스터를, 다시 부르려 하다니……!"

"──당연히 내가 테임하기 위해서지!!"

쥬라는 망설임도 없이, 눈꼬리를 쭉 찢어올린 표정으로 단언했다.

"그때, 똥오줌을 지리면서도 난 넋을 잃고 바라봤어! 리온 네 눈에는 괴물로 보였냐? 테이머인 나는 달랐어! 그놈이 무엇보다도, 그야말로 여신 따위보다도 아름답게 보였다고!!"

이해할 수 없다는 표정으로 류는 쥬라를 돌아보았다.

그때, 사내에게 처음으로 전율을 품은 것처럼 말문이 막혀버렸다.

『괴물 취향』.

벨은 그 말을 상기하고 말았다.

"모든 것을 때려죽이고 때려 부수는 그 압도적인 존재! 나는 탐났어. 그놈이 탐났어. 독차지하고 싶었어!!"

테이머의 본성인지, 어린아이처럼 눈을 빛내며 도착적인 환희를 드러낸다.

몸을 부들부들 떨 정도의 두려움을 내비치면서도 사내는 그 존재를 갈망하고 있었다.

그것은 모종의 신격화와 숭배이기까지 했다.

외팔이 테이머는 매료당하고 말았던 것이다. 압도적인 힘으로 참극을 낳은 괴물에게, 뼛속까지.

사내의 진의를 깨달은 류가 눈빛을 바꾸었다.

"멍청한 놈…… 그『괴물』은 다르다! 그것은 그런 존재가 아니야! 그런 것을 어떻게 길들이겠다고……!"

"평범한 방법이라면 그렇지! 하지만 나에게는 이게 있거든!!"

그가 꺼낸 것은 신축식 서클.

채찍과 공명해『심층』의 몬스터마저 길들일 수 있는, 『악』이 만들어낸 매직 아이템.

"그리고 그놈이 있으면!! 나는 이제 아무 것도 두렵지 않아! 아무 것도 나에게 위협이 되지 않아!"

"……?!"

"그게 리온 너라고 해도!"

갑자기 증오를 불태우던 쥬라는 하나 남은 팔로 류를 삿대질했다.

"오늘까지 네놈이 꿈에 나오지 않은 날이 없었어! 그래, 『악몽』이었지!"

"하지만 그 괴물을 불러내면…… 그렇게 하면 나는!"

"그날의 『악몽』을 넘어설 수 있어!"

벨은 쥬라의 말을 듣고, 그가 말한 『악몽』과 『넘어선다』는 말의 의미를 확실하게 이해했다.

쥬라의 트라우마인 류를, 그녀의 트라우마로 능욕하고 지워버리려는 것이다.

그에게 결코 동정의 여지는 없다.

다만 그도 또한 『과거』에 괴로워하는 사람 중 하나였다.

"그건 내 거야! 아무에게도 못 줘!"

머리 위를 올려다보며 사내는 부르짖었다.

5년이라는 세월을 조사와 연구에 쏟아부은 쥬라가 이끌어낸 결론은 두 가지.

지상에 가까운 『상층』에서는 아무리 파괴를 일으켜도 미궁의 『비명』은 일어나지 않으며, 전조조차 보이지 않는다. 지상에 가까운 상층영역은 우라노스의 『신위』가 짙게 작용한다. 그러므로 위에서는 『괴물』을 소환할 수 없다. 그는 그렇게 판단했다.

또 한 가지는『이름 없는 괴물』의 출현조건.

던전의 수복이 따라잡지 못할 만한 **계층의 대파괴**.

이것이 일어나면『괴물』은 같은 계층 내에 태어난다.

아무 수단도 없이『괴물』을 불러낼 수는 없다. 과거에 사용했던『화염석』의 수와 5년 전에 붕괴된 미궁구역의 기억을 지도와 대조해 수십, 수백 번에 걸쳐 현지를 확인해가며 쥬라는『계층의 약 2할을 파괴해야 한다』는 결론을 냈다. 다시 말해 미궁의 구조를 깡그리 파괴한다는 해답이었다.

그리고 테임한 몬스터를 수없이 희생해 파괴행위를 실험하기를 5년.

던전이 미세하게 내는 반응을 통해 이곳『물의 미로도시』가 하나의 계층으로 간주된다는 사실을 확인하기에 이르렀던 것이다.

"아무도 모르는 던전의 터부를 굳이 규칙으로 만들어 금지하면, 그것은 곧 그곳에 무언가가 있다는 사실을 드러내는 것과 다를 바 없지…… 따라서 우리는 그 존재를 입밖에 내지 않고 은폐할 수밖에 없었네."

원래『중층』이후의 광대한 계층을 대규모로 파괴하는 행위가 보통 때 같으면 가능할 리 없다. 하물며 생명의 위험성을 무릅쓰면서까지 그런 짓을 하는 이는 거의 없을 것이다.

목격자인【아스트레아 파밀리아】는 전멸했으며,【루드라 파밀리아】도【질풍】에게 한 명 남김없이 처치되었다.

당시의 진상을 아는 이는【질풍】뿐.

그리고『참극』에 직면했던 그녀 또한 터부를 시도해보고자 하지는 않을 것이다.

『그것』은 앞으로 두 번 다시 태어나지 않았을 것이다.

【질풍】이 미처 해치우지 못했던, 쥬라라는 이름의『악』만 살아남지 않았더라면.

"5년 전, 이변을 감지하고 누구보다도 겁을 냈던『제노스』들에게는 모든 것을 털어놓았네. 그리고 앞으로는 이러한 일이 일어나지 않도록 협조를 청했지 허나……."

『지금은 리드 일행이, 크노소스 공략에 참가하고 있으니……!』

"그래. 신속한 대응책이 없네……."

깜빡거리는 수정에서는 펠즈의 신음이 흘러나오고, 우라노스는 무겁게 고개를 끄덕였다.

"장소는『중층』, 아니,『하층』…… 전달된 미션과 원정 지역…… 설마, 여기에 맞닥뜨린 건【헤스티아 파밀리아】인가?"

"『괴물』을 테임해……? 류 씨의【파밀리아】를 전멸시켰던 그런 몬스터를…… 이 계층에, 불러내?"

단숨에 쏟아져나온 대량의 정보에 벨은 혼란을 일으

컸다.

안 되겠어. 도저히 정리가 안 돼.

기분 나쁜 심장 소리가 귀에 달라붙은 가운데 벨은 필사적으로 생각을 굴렸다.

결국, 쥬라가 계층을 파괴해 고의로 불러냈던 것은——
류의 『진정한 원수』.

되살아날 리가 없었던 『악몽』.

그리고 지금, 이 계층을 유린하는 그 『괴물』이 병원균으로 간주하고 섬멸하는 것은——

"——보르스 씨?!"

사태를 파악한 벨은 몸을 돌려 룸의 출입구를 보았다.

지금도 환희하는 듯한 몬스터의 포효가 그치질 않는, 미궁 저편을.

모험자들의 얼굴을 떠올린 벨은 그들의 곁으로 향하고자 달려나가려 했다.

하지만,

"류 씨?!"

"안 됩니다……!"

눈처럼 새하얗게 질린 엘프의 손에 팔을 붙들렸다.

"가서는 안 됩니다, 그것과 싸웠다가는……!"

그것은 강한 그녀가 소년에게 보인 첫 애원이었다.

덧없이 흔들리는 하늘색 눈동자.

마치 눈물을 흘리지 않고 우는 것처럼 보였다.

가지 말아줘── 소년을 통해 보고 있던 옛날의 『환상』에게 호소하는 것 같기도 했다.

그 모습에, 벨은 아무 말도 못하고 그저 당황했다.

"그렇겠지, 리온! 보낼 수 없겠지! 나보다도, 직접 싸워봤던 네가 더 그 『괴물』의 무서움을 잘 알고 있을 테니까!"

그리고 다시, 쥬라가 깔깔 웃음을 터뜨렸다.

"게다가──."

그리고.

다음 말에, 벨의 시간이 얼어붙었다.

"자기 손으로 동료를 **죽여 버리는** 짓은 두 번 다시 하고 싶지 않겠지!"

류의 표정에 균열이 일어났다.

"너는 그때!"

"닥쳐."

"자기 목숨이 아까워서!"

"닥쳐!"

"동료를 희생해 겨우 그 『괴물』을 뿌리칠 수 있었으니까!!"

"닥쳐어어어어어어어어어어어어!!"

사내가 조롱했다.

벨이 얼어붙었다.

류가 고개를 가로저으며 외쳤다.

교차하는 온갖 감정이 세 사람 사이를 혼돈으로 빠뜨렸던 그때.

『포효』가 쩌렁쩌렁 울려 퍼졌다.

온몸의 털이 곤두서는 그 포효에, 한순간 온 계층에서 모든 소리가 사라졌다.

벨은 호흡을 빼앗기고, 류는 얼어붙었으며, 쥬라는 몸을 부들부들 떨었다.

그동안 함양해온 모험자의 감각이, 생물의 본능이 최대급의 경종을 두드려대고 있었다.

전율의 바람은 한순간이었다.

계층 전체가 떨며, 미미한 정적이 찾아온 후, 『그들』은 이 룸에 일제히 몰려들었다.

"흐아아아아아아아아아아아아아아아아악?!"

보르스를 선두로 한 모험자들이 나타났다.

벨과 류도 보았던 토벌대 본대였을까.

하지만 그들의 수는 눈에 띄게 줄어들었다.

모습 또한, 모두가 옷이며 방어구에 피를 뒤집어쓰고 있었다.

자신의 것이 아닌, 어마어마한 양의 선혈을.

벨의 두 눈이 크게 뜨였다.

"보르스 씨——."

고함은 중간에 끊어졌다.

룸의 입구, 어둠 저편.

어스름히 떠오른 진홍색 안광에 심장을 콱 붙들려버렸다.

——저것은.

다음 순간.

어둠을 찢어발기며, 그 『그림자』가 사라졌다.

"————."

수정 바닥이 부서지는 소리에 이어. 무시무시한 사선이 스쳐 지나가, 이리저리 도망치던 보르스 일행을 휩쓸었다.

기세가 멈추지 않는 『그림자』는 거기서 멈추지 않고 벨과 류가 있는 곳의 머리 위쪽 대각선 방향의 허공을 가르고 날아갔다.

벨은 그 모습에 반응할 수조차 없었다.

흠칫 튕겨나듯 뒤를 돌아보기 직전, 보르스의 파티가 한 사람 부족하다는 사실을 깨달았다.

그것이 의미하는 바를 이해하지 못한 채, 공포에 사로잡혀, 고개를 뒤로 돌렸다.

등 뒤에는 아무도 없었다.

"아…… 아아……."

있었던 것은, 그 위.

천장과 벽면의 이음새에, 『그것』이 거미처럼 달라붙어 있었다.

절망에 찬 모험자 하나를, 이빨 틈새에 붙든 채.

"_____."

수정의 빛에 비춰진 그 몸은 가늘고도 거대했다.

두 팔에 두 다리. 팔은 거구에 어울리지 않을 정도로, 기분 나쁠 정도로 가늘고 길었다. 마찬가지로 가늘고 긴 다리의 구조는 역관절이었다. 놀랍게도 몸에 살점은 거의 없었으며, 뼈만 앙상한 몸을 덮은 것은 언뜻 갑옷처럼 보이기도 하는『껍데기』였고, 불가사의한 남보라색 광채를 희미하게 띠었다. 허리에서 뻗어난 4M짜리 길이의 저것은 단단한 꼬리다.

복잡한 돌기가 달린 머리도 짐승의 해골 그 자체여서, 두 개의 뻥 뚫린 눈구멍 안에는 피처럼 새빨간 빛이 깃들어 있었다. 벨의 루벨라이트색 눈보다도 진하고 독살스러웠다.

『갑옷을 두른 공룡 화석』.

형용한다면 그러한 전모.

그것은 무수한 몬스터가 서식하는 던전 내에서도 분명한『이종』이었다.

『_____ .』

발톱으로 수정벽을 파괴해 움켜쥐고, 위아래가 뒤집힌 자세로 이쪽을 내려다보는 놈의 위용은, 몸높이 3M. 틀림없는 대형급.

가장 이채를 뿜어내는 것은 송곳니와 분간이 가지 않을

© Suzuhito Yasuda

것처럼 생긴『손톱』이었다.

여섯 개의 가느다란 손가락 끝에, 어울리지 않을 정도로 길게 뻗어나온 그것은 진한 보라색 광채를 띠고 있었다.

그 모습에 류는 절망하고, 쥬라는 뻣뻣한 웃음을 지었다.

5년 전의『참극』을 일으켰던『괴물』은 다시 류와 쥬라의 앞에, 그리고 처음으로 벨의 앞에 나타났다.

진홍색 안광이 남은 모험자들을 노려보았다.

"사, 살려──."

그리고.

와그작.

시간이 얼어붙은 벨 일행의 눈앞에서, 이빨로 물고 있던 모험자를 너무나도 쉽게 씹어 부숴버렸다.

그것은【아스트레아 파밀리아】를 습격했던 비극의 원흉.

당시 제1급 모험자가 되는 것도 시간문제라 여겨질 정도로 재기가 넘쳐났던 소녀들은, 그『괴물』단 한 마리에게 유린당해 미래를 잃었다.

Lv.3 2명.

Lv.4 8명.

제2급 모험자 10명을 희생하고서야 퇴치되었던,『이름

없는 괴물』.

　길드의 기록에 실리지 않은 그 몬스터를, 노신 우라노스는 이렇게 명명했다.

　『저거노트』.

　파괴자라고.

　이빨 틈새에서 조용히 떨어진 머리가 지면에서 깨졌다.

　그 광경에 보르스 일행의 얼굴은 새파랗게 질리고, 벨의 머리도 정지해버렸다.

　그리고 한편, 『괴물』은 움직였다.

　『── .』

　역관절의 무릎이 한껏 움츠러든 순간.

　다시 사라졌다.

　"──웃?!"

　있을 수 없는 가속력.

　머리카락을 후려칠 정도의 풍압.

　너무나도 빠른 남보라색 사선.

　간신히 반응한 벨이 몸을 돌린 직후.

　비명이 솟았다.

"끄아아아아아아아아아아아아아아아아아아악!!"

수인 사내가 여러 조각으로 잘려나가고 있었다.

짙은 보라색 궤적을 남기며 한 차례 번뜩였던 『손톱』이 그를 없앴다.

일격이었다.

살육은 쉴 틈이 없었다.

플레일처럼 수평으로 휘둘러진 긴 꼬리에 드워프 두 명의 몸이 찌그러지며 피를 토했다.

내리친 손바닥에 엘프가 짓이겨져 지면에 파묻혔다. 그대로 주먹을 쥐자 송곳니 같은 『손톱』에 잘려나가 고깃덩어리가 되어 팔다리가 후둑후둑 떨어져나갔다.

휴먼이 머리부터 잡아먹혔다.

벨의 이해력이 따라가지 못하는 한순간 사이에 다섯의 『죽음』이 연쇄적으로 이어졌다.

"으, 으아아아아아아아아아아?!"

반쯤 광란에 빠진 전열의 모험자들이 대검, 메이스, 배틀액스를 휘둘렀다.

무기가 꽂히기 직전, 역관절 다리가 가볍게 휘어지자 수정 바닥이 터져나갔다.

바로 옆으로 도약해 세 개의 공격을 모두 헛방으로 그치게 한 『저거노트』는 거대한 수정 무리의 옆에 착지했다가 발을 박찼다.

다시 솟아난 사선이 전열 세 사람의 상반신을 허공으로

날려버렸다.

남보라색 거구는 멈추질 않았다.

룸에 돋아난 수정 기둥에 착지했다가는 **연속도약**하는 죽음의 난무가 시작되었다.

"흐, 흐흐하아악?!"

그림자가 한 차례 지나갈 때마다 모험자가 선혈을 뿌리고, 뜯겨나간 방어구가 허공에서 춤춘다.

보르스 일행을 포위한 거미집처럼 교차하는 사선. 그물에 걸린 사냥감들이 잇달아 피를 토하고, 혹은 팔다리를 잃고 쓰러져갔다.

——그것이 카산드라의 예지몽에 출현했던 【재앙】의 정체.

계층 터주라 해도 불가능한 짓을 현실로 바꿔놓은 것은, 어디까지나 대형급에게는 불가능한 **초고속기동**.

폭이 50M은 되는 룸 내에서, 탄환과도 같이, 끝에서 끝까지 이동할 수 있는 그 말도 안 되는 각력은 신속하게 병원균을—— 모험자들을 하나하나 섬멸해나갔다.

통로 안에서는 바닥, 천장, 벽면을 도비탄처럼 연속으로 도약해, 그 살육공간에 있던 수많은 모험자를 한순간에도 미치지 못하는 찰나에 살육했다. 무슨 일이 일어났는지 이해할 틈도 주지 않고.

되살아난 악몽을 보며 류는 목이 잠겨버렸다.

모든 발단인 쥬라조차 다리를 떨고 있었다.

벨은, 동공이 수축되고 있었다.

모험자가 쓰러져간다.

용감한 전사는 방패와 함께 가루가 되었다.

등을 보이고 도망치려던 겁쟁이는 짓이겨졌다.

마도사는 떨리는 영창을 진혼가로 삼듯 스러졌다.

싸움조차 되지 못하는 유린.

겨우 몇 초에 불과한 시간 속에 사방에 흩어진 인간의 죽음에, 감정이 무너졌다.

무자비한 학살의 광경에, 두려워하는 것도 아니고, 절망하는 것도 아니고, 소년은 감정의 둑을 무너뜨렸다.

"―――우아아아!!"

폭발했다.

눈을 크게 뜬 표정으로, 언어를 이루지 못하는 포효를 지르며 살육의 무대로 달려들었다.

"크라넬 씨?!"

미궁에 내려와, 다른 모험자들의 죽음을 직접 볼 기회가 없었던 것이 어쩌면 벨에게는 다행이었는지도 모른다.

『극히 일부의 죽음』으로도 냉정함을 잃었던 소년에게는.

류의 비명을 뿌리치고, 벨은 여전히 가속했다.

"으아아!!"

수인 형제, 당당한 아마조네스, 배틀액스를 내팽개친 보르스, 한번은 파티를 맺었던 자들에게 잔혹한 이빨과 손톱이 육박한다.

——어딜 감히, 어딜 감히, 어딜 감히!!

주인을 잃고 바닥에 굴러다니던 대검을 주워, 격정을 고함으로 바꾸면서, 질주하는 사선을 향해 일격을 펼쳤다.

『!!』

둔중한 소리가 솟았다.

남보라색 파편이 피어났다.

『저거노트』의 안광이 희번득 움직여 소년을 포착했다.

공격을 중단할 수밖에 없게 만드는 옆에서의 돌격. 고속이동하던 거구를 루벨라이트색 눈으로 완벽히 포착하고, 소년의 육체도 초고속으로 검을 휘둘러 맞혔던 것이다.

뼈가 앙상한 괴물의 가느다란 앞팔이 대검의 일격을 막고 있었다.

"【래빗 풋】?!?!"

발을 멈춘 『저거노트』의 모습을 보고 피에 젖은 보르스 일행이 눈물에 질척질척해진 얼굴로 환호성을 질렀다. 한번도 멈춘 적이 없었던 괴물의 맹공이 이때 처음으로 멈추었던 것이다.

눈을 몇 번 깜빡일 시간 동안 벨과 『저거노트』는 지근거리에서 눈빛과 안광을 교차시켰으며.

소년은 바닥을 알 수 없는 적의 『그릇』을 느끼고 전율했다.

괴물은 눈앞의 존재가 위협이 된다고 인정하고, 우선순위를 기계적으로 변경했다.

이제 그들의 두 눈에는 상대밖에 보이지 않았다.

모험자와 몬스터는 살육전을 개시했다.

"아아아아!!"

『!!』

소년이 대검을 휘두르고 괴물이 왼팔을 내질렀다.

허공에서 울부짖은 거대한 쇳덩이에 사방으로 흩어지는 적의 장갑각.『저거노트』의 순수한 완력에 비틀거린 벨은 상대의『힘』이 무시무시하다는 데에 식은땀을 흘리면서 한 가지 돌파구를 찾아냈다.

『내구』는 약하다!'

일격으로 상대의 장갑이 부서졌다.

가느다란 팔에도 미미한 균열이 일어났다.

벨은 한순간의 공방 속에서 이해했다. 적의『힘』과『민첩』은 심상찮을 정도로 특화된 만큼,『내구』는 현저히 낮아졌음을.

먼저 공격을 맞힌 쪽이 이긴다!

단순명료한 승패조건을 이끌어내고, 벨은 자신의 육체를 약동시켰다.

"흐읍!"

단단히 디뎠던 발밑에서 힘을 남김없이 전해, 단숨에 상반신을 뒤틀었다.

맹렬한 대검 회전베기.

목에 장비한 칠흑의 머플러가 은색의 거대한 검광과 함께 궤적을 그렸다.

『――.』

여기에 『저거노트』는 역관절 다리를 뿌드득 울리며, 도약.

"엑?!"

혼신의 일격은 헛방으로 그치고, 시야에서 사라져버린 적을 한순간 놓쳐버린 벨은 머리 위에서 들린 **착지음**에 고개를 젖혀 위를 올려다보았다.

눈에 비친 것은, 위아래가 뒤집힌 자세로 천장에 달라붙은 『저거노트』의 모습이었다.

'말도 안 돼!'

단숨에 20M 너머의 천장까지 도약한 몬스터를 보며 벨은 눈을 크게 떴다.

그렇다, 말도 안 된다.

말이 되어서는 안 되는 것이다.

상급 모험자를 일격에 없애는 『힘』을 가진 터무니없는 대형급이면서, 긴급회피도 쉽게 해내는 탁월한 『민첩』까지.

몬스터에 대한 모험자의 가치관을 송두리째 무너뜨리고 있었다.

이제까지 쌓아온 지식과 경험이 상대의 정체를 단적으로 비유해주었다.

『적은 이구아수 이상의 속도를 가진 계층 터주 클래스의 괴물이다』.

웃기지 말라고 그래. 뭐야 그게. 이길 수 없어. 무리야. 도망쳐.

이성과 본능이 나란히 지르는 절규를, 벨은 거부하고, 기각하고, 내쳤다.

아니, 애초에 도망칠 수는 없었다.

부풀어 오르는 동요와 전율을 사나운 전의로 억누르고, 강철의 마음으로 이를 악물었다.

『!』

열이 깃든 호흡을 토해낸 『저거노트』는 벨을 쏘아보며 수정 천장을 다시 힘차게 박차 부수었다.

"웃?!"

운석과도 같이 날아드는 대형의 파쇄화살을 아슬아슬하게 회피했다.

처절한 충격파. 선 채로 뻣뻣하게 굳어버렸던 주위의 모험자들이 날아가고, 지면이 터져나가 크레이터가 생겨났으며, 수정의 파편이 산탄처럼 벨에게 쏟아졌다. 회피가 한 발 늦었던 대검은 검신을 절반이나 잃어버렸다.

"이런?!"

지면을 깎아내며 착지하자마자 벨은 대검을 버리고 왼팔을 내밀었다.

아무리 빠르더라도 【랭크 업】을 이룬 염뢰의 속도에는 당할 수 없으리라.

적의 약한 『내구』를 때려부수고자 벨은 속공을 감행했다.

"안 됩니다, 그래선!!"

온 힘을 다해 외치는 류의 비명과 엇갈리듯,

"【파이어볼트】!"

솟구치는 염뢰.

허공을 가른 붉은색 벼락이 작렬하기 직전, 말없이 대치하던 『저거노트』는 남보라색의 『갑각』에 에워싸인 몸에서 빛을 뿜었다.

그 직후.

벨의 몸에 염뢰가 작렬했다.

"컥————."

무슨 일을 당했는지 이해하지 못한 채 비틀거렸다.

브레스트플레이트에서 뿜어져나오는 연기.

호흡을 빼앗을 정도의 위력과 열량이, 가슴에 『마법』이 꽂혔음을 알려주었다.

아무 말도 없는 불똥이 벨의 눈앞에서 허무하게 춤추었다.

'튕겨났어————?!'

결코 맛볼 리 없었던 자신의 염뢰에 불타며, 시야 너머의 존재를 바라보았다.

지금도 흐릿하게 빛을 내는 적의 장갑각.

날카롭고 흉흉한 괴물의 『갑각』은 염뢰가 접촉했다고 여겨진 복부에 파문을 그리며 상처 하나 나지 않았다.

『──────.』

그 순간.

불의의 일격으로 생각에 공백이 와버린 모험자의 허점을 『저거노트』는 놓치지 않았다.

지면을 부수며 질주.

"우우웃?!"

오른팔을 쳐들고 달려드는 괴물에게, 치명적으로 한 수 뒤처지면서도 뒤늦게 긴급방어를 시도했다.

번뜩이는 커다란 『손톱』을.

창졸간에 오른손에 뽑아든 《헤스티아 나이프》로.

같은 남보라색 궤적을 끌며 그 일격을 막고자 했다.

"안 돼──."

교차하려던 순간, 그 미미한 중얼거림을 벨의 청각이 포착했다.

날개가 뜯겨나간 듯한 요정의 절망에 찬 중얼거림을.

그리고.

시야를 뒤흔드는 충격이 왔다.

다음으로는.

벨의 오른쪽 어깨가 가벼워졌다.

"──?"

허공에 『무언가』가 춤추고 있었다.

피로 여겨지는 입자를 흩뿌리며, 마치 작은 새처럼 산뜻하게.

그것은 건틀렛을 차고 있었다.

그것은 **칠흑의 나이프**를 쥐고 있었다.

그것은, 벨의 오른팔이었다.

"아——."

잃어버린 한쪽 팔.

팔꿈치 아래에서 **뜯겨져나간** 자신의 오른팔.

현실을 인정하는 데 한순간이 필요했으며.

다음 한순간에는, 남아있던 벨의 오른팔이 작열하며 타올랐다.

"——으아아아아아아아아아아아아아아아아아아아아아아아아악?!"

절규가 터져나왔다.

멈춰버렸던 시간을 깨부수듯, 노출된 오른팔의 살점에서 혈액이 뚝뚝 솟아났다.

신경이 불타버리는 것 같은 격통 때문에 루벨라이트색 두 눈은 온통 핏발이 섰다.

뜯겨져 날아간 오른팔은 포물선을 그리며, 나이프를 놓치지 않은 채 물속으로 떨어졌다.

"크라넬 씨?!"

류의 고함이 귓전을 후려쳤다.

하지만 그것은 비명이 아닌 경고였다.

소년의 위를 뒤덮는 거대한 그림자가 준동했다.

© Suzuhito Yasuda

흠칫 놀란 벨이 고개를 들자, 그곳에는 단두대와도 같은 왼손의『손톱』을 치켜든 괴물의 실루엣이.

방어와 함께 자신의 팔을 날려버렸던 위협적인『손톱』에, 눈물이 나올 정도의 공포로 온몸을 물들이며, 받아 흘리고자 했던 왼팔의 건틀렛—— 딜 아다만타이트제 갑옷을 번뜩였다.

다음 순간,『손톱』과 접촉한 건틀렛은 **분쇄되었다.**

"————."

무적의 갑옷.

적어도 벨은 그렇게 믿고 있었던, 단짝 벨프가 만들어낸 것 중에서도 역대 최강의 방어구.

칠흑의 맹우가 공격했을 때조차 막아냈던 딜 아다만타이트제 방패.

그것이 부서졌다.

막아 흘려낼 수 없어.

표면으로 미끄러뜨리려 했던 순간, 그 시점에서 공격의 위력에 굴복해 파괴되고 있었다.

저거노트의『파괴손톱』.

괴물임을 나타내는 여섯 손가락 끝에 그 흉흉한 손톱이 달려 있었다.

뼈처럼 가느다란 손가락의 끝만이 굵고 두꺼웠으며, 날카롭고, 이질적이었다. 마침 소년이 든 신의 칼날과 마찬가지로 보석 같은 자남색 빛을 뿜어냈다.

류와 쥬라만이 알고 있었다. 저것과 접촉해서는 안 된다고. 『발톱』을 맞지 않고 싸워야만 한다고. 『악몽』이 다시 찾아와 다리가 움츠러들어버린 두 사람만이 그 『파괴손톱』이 『절대 방어 불가능』임을 알고 있었다.

손톱이라기보다는 『송곳니』 같은 형상을 띤 그것은, 그 어떤 무기보다도 날카롭게 가다듬어졌으며, 그 어떤 방어구보다도 견고한, 던전이 내려준 『파멸의 발톱』이었다.

『———.』

왼손의 건틀렛이 터져나가 넋을 잃은 소년에게 파괴자는 무자비한 추격을 감행했다.

『파괴손톱』을 쳐들고, 내리친다.

그것만으로도 소년의 갑옷이 깨져나갔다.

한쪽 팔을 잃은 몸으로 휘청거리면서도 어떻게든 직격만은 피한 벨은 시야에 흩어져가는 무수한 은색 파편에 절망을 느꼈다.

어깨받이가, 허리받이가, 무릎받이가, 가슴받이가.

산산이 부서져 흩어진다.

왼쪽 다리에 장비한 렉 홀스터까지도 튕겨져 날아가 안에 든 액체가 흩뿌려졌다.

격통 탓인지, 공포 탓인지, 피와 눈물에 뿌옇게 흐려진 시야 속에서 벨은 깨달았다.

『내구』가 극단적으로 낮은 이유—— 그것은 필요가 없기 때문이다.

무시무시한 완력, 모든 것을 부수는『파괴손톱』, 타의 추종을 불허하는 압도적인 섬멸력.

한순간에 해치울 수 있는 사냥감에게 왜 방어를 해야 하겠는가.

특화된 공격력은 그저 적을 멸하기 위해서만 존재한다.

눈앞의『괴물』은 파괴와 살육의 화신.

던전이 풀어놓은,『말살의 사도』인 것이다.

실이 끊어진 인형처럼 꼴사나운 춤을 추는 벨. 가까스로 목숨을 빼앗기지 않고 있던 소년의 마음을 시커먼 그림자가 좀먹기 시작했다.

벨은 마음이 꺾이는 소리를 들었다.

그 외뿔 미노타우로스 때보다도 깊고, 심각한, 실의의 소리를.

자세가 허물어진 사냥감에게『저거노트』는 자비 없이 꼬리를 휘둘렀다.

모든 것을 부수는 흉기.

그것이 벨의 목으로 날아든다.

"―――――――――."

울려서는 안 될 곳에서 울리는, 무언가가 부서지는 소리.

――죽음.

벨은 종말의 소리를 들었다.

그곳에서 소년의 의식은 끊어졌다.

꼬리에 맞은 날아간 소년이 화살처럼 날아갔다.

잃어버린 팔에서 피를 뿌리며, 몇 번이고 지면을 굴러, 이윽고 뭍과 물줄기의 경계에서 소년의 몸은 멈추었다.

그대로 꼼짝도 하지 않았다.

"⋯⋯⋯⋯크라넬, 씨."

뻣뻣하게 굳어버렸던 류는 간신히 그 말만을 중얼거렸다.

시간의 흐름이 느렸다.

마치 거짓말처럼, 눈앞의 광경이 밋밋하게 보였다.

물의 흐름조차 멈춘 것 같았다.

모험자들의 비명도, 자신의 심장 소리도 멀게만 느껴졌다.

드러누운 자세로 쓰러진 소년의 무참한 모습만이 선명했다.

"──벨!!"

그 다음 순간, 류는 비단폭을 찢는 듯한 절규를 지르며 달리고 있었다.

자신을 속박하던 트라우마의 사슬을 뜯어버리고, 소년에게 뛰어들고자 달렸다.

"──?!"

그의 곁에 무릎을 꿇은 순간, 말을 잃었다.

뜯겨져나간 오른팔은 물론이고, 갑옷을 잃은 온몸에도 수많은 열상과 골절의 흔적이 있었다. 입에서도 피를 토했다. 앞머리에 가려진 눈가에 의식의 기척은 없었다. 꼬리의 일격을 목에 받고도 머리가 몸에서 떨어져나가지 않은 것이 오히려 기괴하기까지 했다.

사망이라는 두 글자가 류의 뇌리를 스칠 정도의 치명타.

창백해진 얼굴로, 떨리는 손가락을 소년의 목에 가져다 댔다.

"……! 아직, 살아있어……?!"

미미하나마, 정말로 미미하나마 숨소리가 들려 경악했다.

《골라이아스 머플러》. 그렇게나 발톱을 받아냈으면서도 상처 하나 없었다. 철벽을 자랑하는 거인의 머플러는 필살의 일격을 받아내 소년의 목숨을 구했던 것이다.

그러나 공격이야 튕겨냈어도 충격만은 없애지 못했다. 그것은 소년 자신조차 죽었다고 착각할 만큼 심각한 손상이었다. 아마 목뼈 한 곳에 금이 갔을 것이다.

잘려나간 팔을 지혈—— 아니, 먼저 목을 치료해야 해!

땀을 비오듯 흘리며, 류는 『주문』을 외웠다.

"【지금은 머나먼 숲의 노래. 그리운 생명의 선율】——!"

자신의 포션은 크노소스를 공략하고 쥬라 일당을 추격하는 도중에 이미 다 썼다.

영창 시간조차 무한처럼 느껴지며, 류는 자신이 가진 유일한 『회복마법』을 발동시켰다.

"【노아 힐】!"

나뭇가지 사이로 스며드는 햇살처럼 따뜻한 빛이 벨의 목을 감쌌다.

상처와 파손 등의 대미지를 치유하고 체력도 회복시키는 만능의 『마법』. 그러나 포션 같은 즉효성은 없으며, 상처가 완치되는 데에는 시간이 걸린다는 단점이 있다.

치료와 병행하며, 반대쪽 손으로 케이프를 잡아뜯어 오른팔을 지혈했다.

전혀 움직이지 못했던 꼴사나운 자신을 저주하며, 속죄하듯 소년을 치료하고 있을 때.

"흐으아아아아아아아아아아아악?!"

"!"

최우선순위 대상이었던 벨을 해치운 『저거노트』가, 남은 모험자들에게 다시 덤벼들고 있었다.

류와 쥬라가 아닌 보르스 일당에게 간 이유는 단순히 숫자가 많기 때문.

시야 저편에서 살육의 폭풍이 부활했다.

"사, 살려——?!"

도움을 청하는 목소리에 류의 심장이 마구 뛰었다.

——도와줘야. 아니, 하지만 지금 이 자리를 떠나면 크라넬 씨는——.

류의 그런 번민은 결국 의미를 이루지 못했다.

망설임이라고 부르기에는 너무나도 짧은 찰나 동안 괴물은 살육을 마쳤으므로.

　　반대 방향으로 도망친 보르스와 극소수의 모험자를 제외하고, 다른 이들은 처참한 시체로 전락했다. 벨이 지키려 했던 수인 형제도, 아마조네스 전사도.

　　류는 선택조차 하지 못했다.

　　"──으아아아아아아아아아아아아아아아아아아아아아아아!"

　　회복의 빛이 끊어진 순간, 류는 울부짖으며 질주하고 있었다.

　　미친 듯이 날뛰는 충동에 떠밀려, 이쪽에 등을 돌린 남보라색 거구에 목검을 꽂았다.

　　『──── .』

　　그러나 『저거노트』의 반응은 너무나도 담담했다.

　　역관절 다리에 담긴 힘을 해방시켜, 류의 시야 밖으로 순식간에 이탈한다.

　　수정기둥에 달라붙은 채, 『다음은 너냐?』라고 하듯 진홍색 두 눈을 빛낸다.

　　그리고 지체 없이, 돌격.

　　"크윽?!"

　　공간과 함께 모든 것을 갈라버리는 『파괴손톱』.

　　지면에 손을 짚고 엎드려 회피했다.

　　롱 케이프 자락이 요란하게 찢어지는 가운데, 류는 초조함을 뿌리치고, 착지한 몬스터에게 짐승처럼 달려들었다.

수평으로 날아드는 꼬리에 공격을 저지당하면서도, 집요하게 밀착 거리를 노리며, 생리적 혐오감을 불러일으키는 적의 몸에 달라붙으려 했다.

가늘고 긴 적의 팔이 닿기 힘든 품으로 파고들어 목검의 일격을 꽂는다.

『!』

"~~~~~~~~~~~~~~~~~?!"

괴물은 크게 좌우로 반복해 뛰며, 반격까지 더해 너무나도 쉽게 등 뒤로 돌아갔다. 그런 규격을 벗어난 상대에게 류는 이내 수세에 몰렸다.

류가 한사코 벨을 떼어놓으려 했던 이유가 이것이었다.

만약 『저거노트』가 태어났을 때, 표적이 되어서는 안 된다.

평소의 류였다면 절대로 떠올리지 않았을 소극적인 생각.

그것은 그녀에게 심어진 공포의 반증이기도 했다.

그만큼, 모든 것을 빼앗겼던 5년 전의 『참극』은 그녀를 좀먹고 있었다.

"아아아아아, 아아아아아아아아아아아아!!"

회색으로 물든 정경이 되살아났다.

쓰러져가는 동료가.

무기를 잃고 터져나가던 벗이.

비명을 지르며 이빨 사이에 짓이겨지던 전우가.

『파괴손톱』에 꿰뚫린 지기의 등이.

모든 광경이 류의 뇌리를 태우고, 공포를 환기시켰으며, 전의를 꺾으려 했다.

그러므로 외쳤다.

공포를 얼버무리기 위해, 과거를 덧칠해버리기 위해, 몸을 분투시키는 고함을 질렀다.

이 외침이, 격정이 말라버렸을 때, 류는 더 이상 싸울 수 없을 것이다.

압도적인 존재를 앞에 두고 마음이 꺾여, 자신의 몸을 끌어안은 채, 어린아이처럼 흐느끼는 무력한 소녀로 변할 것이다.

그 사실을 알기에 류는 목검을 휘두르고 계속해서 외쳤다.

『──하아.』

그런 그녀에게, 『저거노트』는.

한숨과도 같은 호흡 비슷한 것을 짧게 토해내고, 한쪽 팔의 『파괴손톱』을 맹렬히 번뜩였다.

그것만으로도 류의 목검이 박살났다.

"────."

대성수의 가지로 만든 제2등급 무장 《알브스 루미나》가 산산이 터져나갔다.

벨의 갑옷과 같은 말로를 걸며, 류에게 이별을 고했다.

무자비한 힘에 맡긴『무기파괴』. 목검 자루를 쥔 손가락 뼈가『손톱』의 충격만으로 찢어진 가운데, 여파에 휩쓸려 날아간 류는 등을 수정 바닥에 부딪혔다.

커헉. 폐 속에서 공기가 뽑혀나갔다.

"으아아아아아아?! 지금이다, 지금밖에 없다, 애들아! 날려버려어어어어어어!!"

그때, 멀리 떨어진 장소에서 보르스가 고함을 질렀다.

도망쳐도 소용없다는 사실을 깨달은 나머지 모험자들이 취한 행동. 그것은 류가 시간을 끄는 동안 집행했던 영창. 다시 말해『일제포격』이었다.

자신도『마검』을 장비한 보르스는 공황상태에 빠지면서도 다른 이들과 함께『마법』을 쏘았다.

"안 돼!!"

숨도 제대로 쉬지 못하는 류가 닿을 리 없는 고함을 질렀다.

그녀의 행위도 허무하게,『저거노트』는 자신의 거구를──몸에 장비한『갑각』을 빛냈다.

단발 마법인【파이어볼트】는 비교도 안 될 위력의 일제포격은, 마치 소년이 마법을 쏘았을 때의 광경을 다시 재생시킨 것처럼『반사』되었다.

"───────────."

고스란히 되돌아간 일제포격이 보르스 일행을 직격했다.

장갑각, 『매직 리플렉션』.

섬멸력에 특화해 내구성을 버린 『저거노트』가 가진 유일한 『방패』.

설령 절대명중 능력을 가진 『자동추적 마법』을 쏜다 해도 이 괴물에게는 맞지 않는다.

포격으로는 결코 쓰러뜨릴 수 없는 방벽으로, 모험자들은 유일하게 의지할 대상이었던 『마법』까지 잃어버렸다. 그 절망에 모두가 마음이 꺾였다. 과거【아스트레아 파밀리아】가 그러했듯.

운 좋게 직격을 면하고 엉덩방아를 찧었던 보르스는, 시커멓게 타버린 동료들의 모습을 보고 아연실색했다.

안대가 날아가 잃어버린 왼쪽 눈이 드러났지만, 그런 것을 신경 쓸 여유 따위 없었다. 안광을 빛내는 괴물이 이미 그의 눈앞에 육박했으므로.

"하, 하지마ㅇ아아아아아아아아아아아아아아아아아아아아아아아?!"

보르스는 울부짖었다.

두 손을 앞으로 내밀고, 일어나려 하지도 못한 채, 다리 사이를 적시며.

제2급 모험자인 그에게도 이 괴물은 너무나 압도적이었다.

이윽고 날아드는 『파괴손톱』.

"──아."

처절한 원호를 그리며, 정수리부터 세로 일직선으로 내달리는 참격의 궤적.

주마등조차 용납되지 않았다.

자신의 몸이 좌우로 갈라지는 소리. 사내의 뇌는 그것을 들었다.

머리가 짓이겨지는 소리, 살이 갈라지는 소리, 터져나가는 소리도.

보르스는 어이없이 죽었다.

"일어나!"

"──어어?!"

그리고 『환각』은 깨졌다.

공포에 이상해져버린 머리가 보여준 환영에서 눈을 뜨니, 현실의 보르스는 아직 살아있었다. 그를 대신해 한 엘프가 싸우는 중이었다.

보르스에게 『손톱』이 꽂히기 직전에 적의 팔을 타격해 일격을 막아내고, 두 자루의 소태도를 휘둘러 필사적으로 항전했던 것이다.

엘프의 뒷모습은 지금도 보르스를 지키고 있었다.

"도망쳐! 어서!"

"너, 넌……."

후드도 복면도 날아가버린 여성의 옆얼굴을 보고 보르스는 말을 잃었다.

그녀의 뒷모습은, 그야말로 제18계층에서 보았던 그 용감한 엘프와 똑같았으므로.

무시무시한 칠흑의 거인과 홀로 싸우던, 그 모험자와.

그 직후, 괴물의 『파괴손톱』이 처절한 속도로 아래에서 위를 향해 번뜩였다.

아슬아슬하게 반응해 몸을 젖혔음에도 『손톱』은 류의 어깨를 갈랐다.

간헐천처럼 엘프의 가녀린 몸이 엄청난 양의 피를 뿜었다.

보르스의 얼굴에도 미지근한 체액이 쏟아지는 가운데, 휘청 무게중심을 잃으려 하던 류는 이를 악물고 버텼다.

"얼른 가아아아아아아!!"

"흐, 흐아아아아아아아아아아아아아아아아아아아악?!"

팔다리를 버둥거리며 보르스는 도망쳤다.

몇 번이고 다리가 꺾이려 해 조금도 멀어지지 않는 그를 지키고자, 피로 얼굴을 물들인 류는 『저거노트』의 유린을 한 몸에 받아냈다.

『!!』

"크윽?!"

류의 다리를 후려치는 길다란 꼬리.

『손톱』이 아니라서 위력은 뚝 떨어졌지만, 검은색과 남보라색 갑각에 싸인 단단한 꼬리는 곤봉이나 마찬가지였다. 롱 부츠를 신은 오른쪽 다리가 어이없이 부러졌다.

경골에서 우둑, 하는 메마른 소리를 울리며 류는 옆으로 날아갔다.

"아윽, 으윽~~~~~~~~~~~~~~~~~~~~……?!"

언어를 이루지 못하는 고통 어린 소리를 지르며, 꺾여버린 다리에 손을 뻗었다.

엄청난 격통에 의식을 놓아버릴 것 같았다. 하지만 그것조차 용납되지 않았다.

티엉. 거구를 전진시킨 공포의 발소리를 들었으므로.

"큭……!"

수정 파편을 왼쪽 뺨에 받고, 류는 떨리는 얼굴을 들었다.

날개를 잃은 작은 새처럼 떠는 류를 제외하면, 거대한 룸에서 움직이는 사람은 이제 아무도 없었다. 쥬라조차 보이지 않았다. 도망친 걸까. 이미 그녀는 파악할 수 없었다.

파멸이 다가온다.

절망의 형태를 띤 괴물이.

『저거노트』가 눈앞에 착지했는데도 만신창이가 된 류에게는 더 이상 대적할 수단이 남아있지 않았다.

'원수의 계략을 막지 못하고, 꼴사나운 모습을 드러낸 채, 나는 여기서……'

분하다.

울부짖으며 눈물을 뿌리고 싶을 정도로.

다시 『참극』을 초래해버린 자신의 과오에, 스스로를 저주해 죽여버리고 싶을 정도로.

게다가, 아직 시르와 주점 동료들에게는 아무 말도 하지 못했다.

자신이 있을 곳을 준 그녀들에게는 아직 아무 것도 갚지 못했다.

그녀들에게 보답하려면, 자신은 이곳에서는 아직…….

……아아, 하지만.

'이로서 알리제에게, 동료들에게.…….'

겨우 동료들에게 갈 수 있다.

겨우 사과할 수 있다.

겨우 그녀들의 증오를 한 몸에 받을 수 있다.

'그녀들을 죽인 죄로부터, 겨우…….'

계속 마음 한구석, 가장 깊은 곳에 숨겨놓았던 죄악의 감정으로부터 해방될 수 있다.

그것은 류에게는 일종의 구원이었다.

살아서 수치를 무릅쓰던 자신을 매장해줄 수 있는 의식.

체념에 물든 웃음이 입술 끝에 떠올랐다.

하늘색 눈에서 물방울이 굴러 떨어졌다.

마음의 천칭이, 삶의 집착보다도 죽음의 안녕으로 기울어지려 했다.

그때.

"아……."

류는 그것을 보았다.

절규가 메아리친다.

모험자들의 단말마가.

절규가 울려 퍼진다.

싸우고, 상처 입고, 공포에 굴하지 않겠노라고 하는 요정의 의지가.

그런 전장의 소리에, 소년의 손가락이 꿈틀 미동했다.

한층 강한 진동이 수정의 대지에 균열을 새기고, 무너뜨리고, 육지와 물줄기의 경계에 쓰러졌던 소년의 몸을 수면으로 던져버렸다.

소리가 멀어져가는 물의 세계. 잘려나간 한쪽 팔에서 퍼지는 붉은 안개. 깊고 차가운 물 밑바닥으로 떨어져간다.

『──벨!』

천천히 떨어져가는 소년에게 눈물 섞인 목소리가 닿았다.

푸른 에메랄드색 머리카락을 찰랑이며, 그 머메이드는 무참한 모습으로 변한 그에게 손을 뻗었다.

가슴에 안은 것은 지금도 나이프를 쥐고 놓지 않는 소년의 오른팔.

소녀는 자신의 손목을 물어뜯었다.

상처의 단면에 가져간 오른팔이 소녀의『생혈』을 흡수

했다.

치유의 거품을 뿜으며, 소년의 몸은 잃어버렸던 오른팔을 되찾았다.

『벨…… 벨!』

소녀의 눈물은 그치지 않았다.

눈을 감은 소년의 뺨에 손을 가져다대고, 그의 나이프로 자신의 몸을 몇 번이나 베고는, 떨어져가는 그의 몸을 힘껏 끌어안았다.

맞닿은 소녀의 상처에서 소년의 상처로 『피』가 흘러들고 한데 녹아든다.

서로의 피가 섞인 붉은 안개에 휩싸인 채, 상처투성이였던 소년의 몸이 수복되기 시작했다.

살아줘. 괴물 소녀는 몇 번이고 속삭였다.

눈을 떠. 마리는 몇 번이고 그의 귓가에 입술을 가져다댔다.

소년은, 호응했다.

『!!』

주먹을 쥐고, 눈을 부릅뜨고, 입에서 무수한 기포를 토해냈다.

칠흑의 나이프가 부활의 빛을 뿜어냈다.

뺨이 맞닿는 거리에서, 눈물을 흘리는 소녀의 눈을 가만히 마주보았다.

──고마워.

소년은 소녀에게 감사했다.

──미안해.

소년은 소녀에게 사죄했다.

──가야만 해.

소년은 소녀에게 의지를 전했다.

머메이드가 사랑한 소년은, 난파된 배의 왕자님이 아니었다.

『모험자』였다.

지금도 싸우고 있는 동료 요정을 위해, 한번은 절망에 잠식당했던 마음에 용기를 불어넣어, 재기의 불꽃을 피웠다.

마리는 그렁그렁 눈물을 흘리며 제지하려다가, 단념했다.

소년은 완고했으므로.

소년은 『모험자』였으므로.

마리도, 사랑하는 가족을, 『제노스』를 위해서라면 같은 일을 했을 테니까.

그러므로 대신, 한 번 더 안아주었다.

가만히 몸을 떼고, 배웅했다.

머메이드의 포옹에서 풀려난 소년은 물을 박차고 단숨에 떠올랐다.

『약속──.』

멀어져가는 그의 모습을 올려다보며 마리는 울었다.

소년에게 한손을 뻗으며, 그 바람을 물의 세계에 녹였다.

『──지지 마.』

벨은 주먹을 내밀고, 빛이 드는 수면을 갈랐다.

🔥

류는 그것을 보았다.

흩어지는 물보라를. 힘차게 갈라지는 물줄기를. 수정의 바닥을 디디는 다리를.

대지에 우뚝 선 소년을.

의지의 빛이 깃든 루벨라이트색 두 눈을.

"고마워── 마리."

『머메이드의 생혈』.

부상을 치유한다고 전해지는 신비의 드롭 아이템.

완전회복.

소녀의 헌신을 받은 소년의 상처가 회복의 연기를 뿜어냈다.

류의 눈에는 그것이, 반격의 봉화처럼 보였다.

오른팔을 되찾은 소년은, 눈꼬리를 틀어올리며 칠흑의 나이프를 든 손을 쥐었다.

『──────────.』

우뚝 움직임을 멈춘 『저거노트』의 등을 향해.

눈을 크게 뜬 류의 시선 너머에서.

물줄기에서 고개를 내민 마리의 곁에서.

벨은, 울부짖었다.

"아아아!!"

질주한다.

분명히 빈사상태였던 몸을 탄환으로 바꾸어, 『저거노트』
에게 짓쳐들었다.

『!!』

그 순간, 류의 눈앞에서 맹렬히 회전하는 괴물의 몸.

철저하게 파괴당했으면서도 되돌아온 재도전자를, 단순
한 『사냥감』이 아닌 최대의 섬멸대상, 『적』이라 단정했다.

가공할 속도로 돌진하는 소년을, 이번에야말로 분쇄하
겠노라고 최강의 『파괴손톱』을 내질렀다.

"흐읍──!!"

초고속으로 밀려드는 일격필살. 그러나 벨이 내린 선택
은 회피가 아닌, 직진.

목에 감았던 목도리를 힘차게 풀어 왼팔에 감고, 힘차게
앞으로 내질렀다.

『?!』

이때, 파괴자의 안광은 분명 경악으로 물들었다.

잃어버린 건틀렛 대신 감은 칠흑의 목도리가 어마어마
한 양의 불꽃을 뿜으며 자신의 『손톱』을 **미끄러뜨리고** 흘
려냈던 것이다.

© Suzuhito Yasuda

시간이 얼어붙은 것처럼 괴물이 드러낸 빈틈. 벨은 조금 전의 원한을 갚겠다는 것처럼 그 순간을 놓치지 않았다.

회피도 용납되지 않는 전광석화의 기세로, 단숨에 적의 품을 향해 역수로 쥔《헤스티아 나이프》를 번뜩였다.

"?!"

그리고 벨 또한 경악했다.

적의 가슴을 갈랐다. 하지만 『핵』을 부순 반응은 없었다.

──『마석』이 없어?!

전율한 모험자와 괴물이 깔끔하게 서로를 스치고 지나 갔다.

즉시 땅을 박차고 몸을 돌리는 인간의 다리와 몬스터의 발톱.

서로 부딪치는 두 시선.

서로 헛방으로 끝나고 만 일격필살.

따라서.

이제부터 시작되는 것은 서로의 목숨을 건 『사투』였다.

『──────────────────
───────우우우!!』

"흐읍!!"

살의가 충만한 포효를 지르는 『저거노트』에게 《헤스티아 나이프》와 골라이아스 머플러를 장비한 벨은 기백이 담긴 포효를 올리며 정면으로 돌진했다.

──역관절의 각력에서 오는 고속이동, 연속도약.

——이를 살린 교란전에 말려들었다간 순식간에 죽는다.

그렇기에 벨이 선택한 것은 초밀착 상태에서의 육박전, 불 파이트.

첫 일격에 혼신의 힘을 다해, 선제공격을 빼앗고자 순백색 빛의 화살이 되었다.

『——?!』

창과도 같이 내질러진 적의 일격에 어깨와 목의 표면이 깎여나갔지만, 아랑곳 않고 돌격했다.

피와 살가죽, 살점이 튀었다.

류가 말을 잃고, 마리가 두 손으로 입을 가리는 가운데, 핏줄기조차 추진제로 삼은 것처럼 몸을 돌보지 않고 나아간다.

"아아아아아아!!"

칠흑의 칼날이 향한 곳은 적의 오른쪽 다리 역관절.

눈에도 보이지 않을 속도의 검광을 무릎에 꽂았다.

『우웃?!』

오른쪽 다리가 살짝 휘청거리는 『저거노트』.

자세의 유지 및 전투속행에는 아무런 지장이 없다. 그러나 강풍과도 같은 고속도약은 불가능해진다.

도약력을 충전하는 역관절의 『무릎』을 벨의 일격이 적확하게 포착한 것이다.

그와 대치한 몬스터는 이미 깊은 대미지를 입은 소년을

빤히 바라보았다.

왼쪽 반신을 피에 물들인 채, 그『모험자』의 두 눈은 말하고 있었다.

이제부터다.

"——승부를 내자."

루벨라이트색 눈을 빛내며 소년이 나이프를 들었다.

『——워어어어!!』

진홍색 안광을 불태우며, 괴물은 이날 처음으로 분노의 포효를 질렀다.

그리고 둘은 동시에 수정 바닥을 터뜨리고 잔상을 일으키며 충돌했다.

소년이 계획한 대로, 처절한 불 파이트가 막을 열었다.

"크라넬 씨?!"

부러진 오른쪽 다리를 휘청거리면서도 어떻게든 몸을 일으킨 류는 무모한 소년의『모험』에 비명을 질렀다.

『저거노트』의 두려움을 가장 잘 아는 것은 류다.

방법이 그것뿐이라고는 하지만 저 괴물의 살육권 내에서 싸우다니, 제정신으로 할 수 있는 짓이 아니다. 실제로 소년의 몸에는 계속해서 상처나 늘어만 갔다.

핏방울이 튀고, 살점이 튀었으며, 갑옷을 잃은 이너웨어가 찢겨나간다.

소년이 시시각각 깎여나가는 광경에 마리는 창백해진 얼굴로 말도 잇지 못했다.

그러나,

『……?!』

그『파괴의 손톱』은 벨을 관통하지 못했다.

왼손에 감은 머플러를 그야말로 건틀릿 대신 삼아, 『저거노트』의 『손톱』을 미끄러뜨리고 받아 흘렸다.

장난치지 말라는 양 괴물은 최강의 『손톱』을 몇 번이고 내리쳤다.

그러나 부술 수가 없었다. 부서지지 않았다. 수없이 상처를 입으면서도 골라이아스의 방어구는──벨프가 만들어주고 카산드라가 맡겼던 『방패』는 부서지지 않았다.

그렇다면 벨은 싸울 수 있다.

동료가 마련해준 이 『방패』가 있는 한, 최강 최악의 【재앙】에게 맞설 수 있다.

『절대 방어불능』이었던 이 필살의 공격에도 버틸 수 있다면.

미미한 승산을 긁어모아, 절망을 타도할 수 있다.

"쉭!!"

《헤스티아 나이프》도 아직 포효를 지르고 있었다.

칠흑의 나이프가 『손톱』의 궤적을 바꾸었다. 요란한 불꽃이 허공에서 춤을 추었다. 칼날의 비명. 그러나 신의 칼날은 부서지지 않는다. 계속해서 검광을 그린다.

미친 듯이 날뛰는 파괴자와 마찬가지로, 최강의 이빨과 방패를 가진 소년은 『사투』를 이어나갔다.

'——역시.'

싸우면서, 상처로부터 솟아나는 선혈을 뒤집어쓴 벨의 눈이 가늘어졌다.

'상대가 더 빨라.'

힘은 위. **속도도 위**. 저거노트에 비해 벨의 능력은 모든 면에서 떨어졌다.

아무리 우월한 상대와 싸울 때도 유일하게 우세했던 『민첩』으로조차 이길 수 없다는 절망적인 분석.

그럼에도 벨의 마음은 꺾이지 않고 불굴을 외쳤다.

자신을 모든 면에서 웃도는 괴물에게 어떻게 저항할까. ——뻔한 것 아닌가.

그동안 함양했던 『기술과 허허실실』.

모험자에게 주어진 무기와 방어구.

가슴에 깃든 이 의지.

절망이라는 이름의 『시련』에, 모험자들은 이런 것들을 구사하여 『위업』을 이루었다.

'저 몸집으로는 있을 수 없는 퍼텐셜——.'

『칠흑의 골라이아스』와 『저거노트』.

어느 쪽이 위냐고 묻는다면, 벨은 솔직히 알 수 없다고 대답하리라.

비교는 너무나도 무의미하기 때문이다.

이미 방향성이 다르다.

한 점을 돌파한다는 의미에서 본다면, 『파괴손톱』은 골라이아스의 주먹이나『하울』을 웃돌 것이다.

반면『내구』는 계층 터주의 발밑에도 미치지 못한다.

너무나도 특화된『힘』과『속도』, 섬멸능력만을 극한까지 담은 괴물은 넓은 룸이 아닌 통로를 비롯한 미궁의 폐쇄공간 내에서 퍼텐셜을 최대로 발휘할 수 있다.

그렇기에 미궁을 상처 입히는 병원균인 모험자를 해치우기 위해서만 만들어진『말살의 사도』.

――그 사람…… 아스테리오스 씨보다도, 빨라.

어마어마한 공격속도, 팔다리를 끊임없이 저리게 만드는 충격.

타오르는 머리 한구석으로 이성의 파편이 칠흑의 미노타우로스와 눈앞의 상대를 비교했다.

파괴력 그 자체는『파괴손톱』을 가진『저거노트』가 위일지도.

순수한 완력이라면『아스테리오스』가 강하지 않을까?

아니, 그때의 그는 빈사상태였으니 그 이상의 힘이 있겠지――.

한순간 스쳐 지나간 공연한 생각을 중지했다.

이 사투 앞에서, 쓸데없는 잡음은 죽음으로 직결된다.

근소한 실수는 서로의 목을 도려내는 낫으로 변모한다.

"~~~~~~~~~~~~~~~~~~~~~~~~~~~~?!"

벨이 퍼붓는 검광의 폭풍에 상처를 입으면서도,『저거노트』는 공격을 늦추려 하지 않았다.

온몸이 비명을 질렀다. 과열된 몸이 당장이라도 부서져 나가려 했다.

왼팔은 단말마인지 무엇인지도 모를 절규를.

『파괴손톱』을 거듭해 쳐내고 있는 머플러의 안쪽은 충격 때문에 이미 엉망진창이다. 이제는 통각 이외의 감각은 존재하지 않는다. 질척질척, 흘러나온 혈액이 뒤섞이는 소리가 들린다. 그러나 『파괴손톱』을 받아 흘리지 못하면 그것은 벨의 패배를 의미한다.

살점이 도려져나간 목과 어깨가 뜨거웠다.

몸속의 상처가 다시 터져 울컥 입에서 피가 넘쳐났다.

그래도 두 눈에 빛을 머금고, 앞으로.

여기서 벨이 쓰러지면 『저거노트』는 반드시 동료들을 죽일 것이다. 이 『물의 미로도시』에 있는 모든 모험자는 말살당한다.

안 돼. 용납할 수 없어. 사수한다.

다시 말해.

'너를 쓰러뜨리겠다!!'

설령 『악』의 계략으로 소환되어 원하지 않게 태어난 존재라 해도, 수많은 목숨을 빼앗은 괴물을 방치해둘 수는 없었다.

이 이상 사람을 죽이게 할 것 같으냐. 이 이상 누군가가 죽게 내버려둘 것 같으냐.

벨은 『위선자』의 가면을 썼다.

자신이 지키고 싶은 존재를 위해, 눈앞의 존재를 타도하고자 했다.

『우우우!!』

시작되는 적의 맹공. 부서져나가는 수정의 광채. 방어일변도에 몰리는 자신의 몸.

손톱, 회피. 이빨, 카운터.

반격의 검광. 맞았다. 얕다. 아직 멀었다. 다시 검광. 떨어져나가는 적의 장갑각. 연속으로 쳐라.

벨 크라넬은 아직도 싸울 수 있다. 그렇지 않아? 가라. 저 사람을 지켜. 원래 이 계층에 온 것은 대체 무엇 때문이었지?

영원에 가까운 순간 속에서, 벨은 문자 그대로 목숨을 깎아 가속했다.

빠르게, 빠르게, 더 빠르게.

눈앞에 있는『그녀의 악몽』을 끝내버리기 위해——.

"——아아아아아아아아아아아아아아아아아아아아아아아아아아아아아아아아아아아아아!!"

온몸에서 피를 흘리며, 벨은 외쳤다.

단 한 장의 천조각, 단 하나의 목숨줄을 한손에 들고 죽음의 폭풍을 향해 검을 휘둘렀다.

류가 품었던『절망의 상징』에 정면으로 대치했다.

——저 사람이 품고 있던 괴로움을 조금 알게 됐어.

한번 절망에 잠식당했던 마음을 불태우려면 그것만으로

도 충분했다.

비극도 참극도 포효의 기염으로 태워버리고자, 소년의 목은 연신 떨려왔다.

"크라넬 씨……."

소년이 누구를 위해 외치는지, 둔감한 류도 알 수 있었다.

이런 상황에서도, 가슴속이 뜨거운 무언가로 가득 차올랐다.

"……당신은, 그렇게나……"

강해졌군요, 하는 중얼거림은 전장의 소리 속에 묻혔다.

쓰러져 있기만 한 자신이 한심했다.

그러나 마음속에 피어난 이 감정은, 그것마저도 삼켜버렸다.

처음으로, 소년이 좋아한다고 말했던 『영웅담』에 대한 마음에 공감했다.

『절망』에 맞서는 모습이 저렇게나 고결하다는 사실을 처음으로 알았다.

『……?!』

파괴자는 태어나 처음으로 품는 그 감정에 당황했다.

파괴해도 되살아나고, 베어도 돌진하고, 때려눕히고자 기세를 드높이며 저항하는 하얀 불꽃에 당혹감을 보였다.

태어난 지 얼마 되지 않은 그는 주눅이 들고 있다는 사실을 이해할 수 없었다.

이윽고.

전혀 쇠할 줄 모르던 참격의 폭풍을 위협으로 간주했는지, 혹은 소년의 기백에 눌렸는지, 『저거노트』는 처음으로 후퇴했다.

서로의 목숨을 걸었던 끈기 대결에 몬스터가 꺾인 것이다.

괴물의 본능일까, 혹은 당연한 귀결일까.

이미 소년은 반쯤 죽어가는 상태였다. 한번 죽다 만 사냥감에게 위험을 무릅쓸 필요는 없다.

그가 먼저 걸었던 초근접전에서 이탈해, 괴물은 거리를 벌렸다.

그것은 틀림없이 유효한 수였다.

'——물러났다.'

그러나 소년은 승산을 보았다.

피에 물들어 몽롱해진 의식 속에서, 굶주린 투쟁심을 선명하게 불태우며, 그 한 줄기 희망을 긁어모았다.

『라이벌』이라면 물러나지 않았어.

『동경』이라면 끝까지 싸웠을 거야.

전사도 아닌, 모험자도 아닌 눈앞의 『괴물』에게 눈꼬리를 틀어올렸다.

이 『한순간』을 거머쥐기 위해 초근접전을 감행했던 것이다.

벨보다도 빨랐던 적은 후퇴하기 위해, 이때 『처음으로

방어행동에 나선』것이다.

뒤로 기울어진 자세가 된 적을 향해, 벨은 머플러를 감았던 왼손을 내질렀다.

"【파이어볼트】!!"

17연사.

마인드를 17개의 탄환으로 바꾸고, 『마력』을 모조리 담은 혼신의 초속사포.

장절한 순간화력이 경악에 빠진 몬스터의 눈앞에 전개되었다.

『!』

그러나 당연하다는 듯 몸을 빛내는 『저거노트』.

『매직 리플렉션』.

무적의 방패를 내밀고 소년의 『마법』을 어이없이 튕겨냈다.

"하아아아!!"

──걸렸다!

승리의 포효를 지르며, 벨은 모조리 반사된 마법의 염뢰 속으로 **뛰어들었다.**

류는 눈을 의심하고, 마리는 비명을 질렀으며, 몬스터조차 경악했다.

밀려드는 17연발의 화포.

시뻘겋게 물든 광경이 순식간에 벨의 몸을 삼켰다.

자신의 불꽃에 타들어가며, 옆구리를 꿰뚫리면서도 승

리의 포효를 지르고, 앞으로.

단 한 발.

단 한 줄기의, 정확하게 노렸던【파이어볼트】를 칠흑의 나이프로 받아내 작렬시켰다.

그리고, **차지한다.**

『저거노트』는 보았다.

나이프에 작렬한 줄 알았던 염뢰가 확산되지 않은 채, 흰 빛에 붙들려 **집속되는 광경을.**

『듀얼 차지』.

튕겨내리라 예상하고 깔았던『필살』의 포석.

반사된 막대한 화염탄은 모두 위장책. 거칠게 날뛰는 염뢰의 탄막이 적의 시야에서 자신의 모습을 가려버린 순간을 틈타, 벨은 혼신의 육박을 감행했다.

찰나의 틈바구니에서 얼어붙었던『저거노트』는 모든 것을 이해했다.

괴물의 몸이라도 치명상이 될 수 있는 일제사격으로, 『매직 리플렉션』의 발동을 유발시킨 것이다.

장갑각을 사용하기 위한, 한순간에도 미치지 못하는 경직시간을 노린 돌격.

'_____.'

불꽃의 갑옷을 두르고 거칠게 날뛰는 신의 칼날을 보며,

『저거노트』는 시간이 얼어붙는 것을 느꼈다.

빠르다. 위험하다── 하지만 아직은 **늦지 않았다.**

힘을 총동원하면 반격도, 방어도, 회피도 가능하다.

하지만 괴물의 본능에 노이즈가 끼었다.

저것은『마법』일까,『참격』일까.

무적의『방패』로 튕겨낼 수 있을까. 필살의『손톱』으로 부술 수 있을까.

말살의 사도는 망설이고 말았다.

다음으로 취한 행동은,『회피』.

하나 남은 왼발의 역관절에 뿌드득 소리와 함께 힘을 주어, 완전하지는 않지만 충분한 힘을 주어 도약했다.

"────."

결론부터 말하자면.

재앙의 괴물은 그 모험자와의『허허실실』에서 패배했다.

판단에 소비했던 그 한순간은.

최고속의 토끼에게 드러내서는 안 될, **통한의 빈틈**이었다.

"──흐으읍!!"

왼손의 목도리를 단숨에 풀었다.

그리고 **휘두른다.**

직선 원거리 공격인【파이어볼트】와는 다른, 중거리의 『간접공격』.

채찍처럼 너울거리며 허공을 내달린 칠흑의 띠는 몬스

터의 긴 꼬리를 붙들었다.

『?!』

휘청 흔들리는 진동, 팽팽하게 뻗은 목도리, 수정의 지면에 굳게 디딘 소년의 두 다리.

공중에서 부자연스럽게 정지한『저거노트』.

괴물이 가진 터무니없는 관성의 반동이 목도리를 쥔 소년의 왼팔을 엄습했다.

뿌득뿌득, 근육이 터져나가는 소리가 들렸다.

우드득, 팔뼈가 빠지는 선율이 내달렸다.

크게 뜨인 두 눈에 핏발이 섰다.

"오오오!!"

꼬리에 머플러가 엮인『저거노트』는 도로 끌려갔다.

소년에게 강하한 괴물은 거구를 떨며, 조금 전부터 싹트기 시작했던 그『감정』을 이해하고 말았다.

이것은 사냥감이 품는『공포』임을.

『─────────────────────────?!』

벨에게 끌려간『저거노트』는 그 감정을 떨치고자 남보라색 광채를 머리 위로 쳐들었다.

모든 것을 파괴하는『손톱』. 부수지 못할 것이 없는 절대적인 무기.

적의 오른손에 깃든 불꽃의 칼날을 향해, 자신의 무기를

© Suzuhito Yasuda

겨눈다.

　──조금 전 몬스터는 생각했다.

　저것은『마법』이냐, 참격이냐.

　아니다.

　그것은『마법』도 아니고 참격도 아니었으며, 반사는커녕 방어도 용납하지 않는 극대의『필살』.

　온갖 것들을 재로 바꾸어버리는『성화의 일격』.

　9초 분량의 차지.

　『파괴손톱』과 함께 밀려드는『저거노트』에게, 벨은 그 일격을 해방시켰다.

　"아르고 베스타!!"

　폭쇄.

　『＿＿＿＿＿＿＿＿＿＿＿＿＿＿．』

　송곳니와도 같던 거대 손톱이 불꽃의 굉음에 삼켜졌다.

　남보라색 광채가 홍염에 짓눌려 지워졌다.

　부서져나가는『파괴손톱』. 사방으로 흩어지는 검은색과 보라색 파편.

　한번은 소년의 오른팔이 날아갔지만.

　이번에는『저거노트』의 오른팔의 소멸될 차례였다.

　『아아아아아아아아아아아아아아아아아아아아아아아아아

아아아아아?!』

　절규였다.

　성화가 뿜어내는 어마어마한 섬광에 의해, 그의 오른팔은『손톱』과 함께 형체도 없이 사라지고, 위력과 충격은 어깨를 통해 오른쪽 반신에까지 미쳤다.

　공격과 민첩에 특화되었기에『내구성』은 낮았으므로, 옆구리와 등에 손상과 균열이 퍼져나가고『갑각』이 후둑후둑 떨어졌다. 화석을 방불케 하던 몸도 파괴되었다.『저거노트』는 폭쇄당한 반동으로 수정의 대지에 처박혔다.

　오른팔과 함께 터져나간 꼬리가 사슬처럼 감겼던 목도리에서 풀려나,『저거노트』의 거구는 지면을 깎아내며 굴러가다가 룸 중앙에서 겨우 멈추었다.

　파괴자는 처음으로 통곡을 질렀다.

　'차지가 부족했구나……!'

　절규와 함께 몸부림치는 괴물을 보고 벨은 눈을 가늘게 떴다.

　찰나의 공방이었으므로 어쩔 수 없다지만 필살에는 이르지 못했다.

　그러나 반응은 확실했다.

　최악 최강의 괴물에게 은빛 탄환을 꽂아넣었다는 반응이.

　"크으으으윽……!!"

　반면, 왼팔에 내달리는 무시무시한 격통.

속공마법을 대량으로 전개하고, 『듀얼 차지』로 혹사시켰던 마인드가 몸에서 힘을 빼앗아갔다.

다리가 떨렸다. 어깨에서 팔이 떨어져나갈 것 같았다. 왼손의 감각은 없었다.

하지만, 싸워라. 힘을 쥐어짜내라. 저 재앙의 몬스터에게 결정타를.

무시무시한 아픔의 소용돌이에 한쪽 눈에서 눈물을 흘리며, 벨은 《헤스티아 나이프》를 고쳐쥐고, 지금도 일어나려 하는 『저거노트』에게 향하려 했다.

"앗── 크라넬 씨!!"

그때, 멍하니 넋을 놓았던 류가 어깨를 떨며 목소리를 높였다.

벨도 흠칫했으나, 이미 때는 늦었다.

외팔의 그림자가 수정 기둥에서 몸을 내밀고, 『저거노트』의 위로 뛰어들었던 것이다.

"하하하하하하하하하하하! 해냈다아아아아아아아아아!"

쥬라였다.

몸을 숨기고 있었던 테이머 사내는 고대했던 순간이 찾아온 순간 뛰쳐나왔던 것이다.

공룡의 화석을 방불케 하는 『저거노트』의 가느다란 목에는 이미 요사스럽게 빛나는 붉은 서클이 채워져 있었다.

"기대하지도 않았는데, 정말 이 괴물을 무릎 꿇릴 줄이야!"

"쥬라……!"

"하지만 이로써 이 녀석은 내 거다!"

환희에 떠는 캣 피플 사내는 아연실색한 벨과 류에게 웃음을 지었다.

그것은 사내가 줄곧 기다렸던 『염원의 순간』이었다.

입가에 비웃음을 머금은 쥬라는 붉은 채찍을 꺼내 힘차게 지면을 후려쳤다.

"자아! 일어나라, 나만의 괴물! 저 꼬맹이와 리온을 죽여 버려어어어어어어어어어!!"

채찍에 공명하는 목걸이가 강렬한 빛을 뿜어냈다.

폭발과도 같은 광채를 뿌리는 매직 아이템에, 반신을 잃은 『저거노트』는 몇 번이나 몸을 흔드는가 싶더니…… 천천히 일어났다.

눈구멍 속, 진홍색의 눈길은 소년과 엘프에게 쏠렸다.

몸의 손상을 무시하고 섬멸의 의지를 깃들인 괴물의 모습에, 벨은 조바심을 감추지 못하고 낯을 찡그렸다.

"하하하하하하하! 자아, 죽여라! 죽여버려! 너의 그 『손톱』으로——."

괴물은 거추장스럽다는 듯, 남아있는 꼬리를 휘둘렀다.

흩어지는 살점. 둘로 갈라진 사내의 몸.

허공으로 날아간 쥬라의 상반신은 무슨 일이 일어났는지 끝까지 이해하지 못한 채 룸을 흐르는 물줄기 속으로 떨어졌다.

하반신이 그제야 생각났다는 듯 땅에 쓰러지고, 상반신

이 가라앉은 물줄기는 붉은 기포를 띠웠다.

벨도, 류도 말을 잃었다.

너무나 어이없는『악』의 최후였다.

『——, ——, ——————우우……!!』

그러나 목걸이의 빛은 사라지지 않았다.

사내의 유지, 아니, 원념을 한 몸에 받은 것처럼 연신 빛을 내며『저거노트』의 몸을 떠밀었다.

거듭되는 손상을 입은 발톱이 한 걸음을 내디뎌 벨과 류에게 다가왔다.

"큭……!"

대미지도 돌아보지 않는 파괴자를 앞에 두고, 벨은《헤스티아 나이프》를 겨누었다.

다시 한 번 전투에 임하고자, 비명을 지르는 온몸에 채찍질을 했다.

그때였다.

"——?"

무언가가 무너지는 소리를 들었다.

정확히는, 켜켜이 쌓인 잔해를 치우는 듯한 소리.

가슴이 술렁거린 벨은—— 이변의 징조에 귀를 기울이던 모험자의 직감, 『저거노트』가 정면에 있음에도 등 뒤로 고개를 돌리고 말았다.

후방에 있던 것은, 아직도 일어나지 못하던 류.

그리고 그보다도 더 멀리, 무너진 수정 속에서 기어나오는 거대한 뱀 몬스터.

"———— ——."

해치운 줄로만 알았던『램톤』.

목걸이의 광채를 뿜는 초대형급 몬스터는 분명히 테임의 영향을 받고 있었다. 쥬라가 남긴 마지막 명령을 한 마디도 어김없이 받아들여, 피투성이 겹눈을 번뜩였다.

테이머의 마지막 지시. 그것은『꼬맹이와 리온을 죽여라』.

빈사의 뱀은 포효를 지르더니 수정의 파편을 피워올리며 달려들었다.

다시 말해, 류의 등 뒤에서.

"류 씨!!"

이변을 깨닫고 눈을 크게 떴지만 어찌할 도리가 없는 류.

그녀의 뒤에서 거대한 입을 벌리고 달려드는『램톤』.

이를 향해 달려가는 벨.

얼마 남지 않은 힘을 긁어모아 가속한 소년의 팔은 앞으로 뻗어나온 류의 손을 잡고 끌어안았다.

다음 순간, 두 모험자는 거대한 뱀의 입으로 빨려 들어갔다.

『오오오오오오오오오오오오오오오오오오오오오!!』

포효를 지르며, 그대로 날카로운 머리를 지면에 처박는『램톤』. 회전하는 거대한 몸은 암반을 부수고, 깎고, 땅 속에 구멍을 뚫었다.

『————————!!』

온몸을 떠는『저거노트』도 마찬가지.

균열이 일어난 몸에서『갑각』의 파편을 흩뿌리며 포효하더니,『램톤』이 뚫어놓은 거대한 구멍으로 뛰어들었다.

룸에서 펼쳐졌던 장절한 전투는 그것으로 막을 내렸다.

"벨…… 벨————!!"

단 한 명.

정적에 싸인 룸에 남겨진 머메이드의 비통한 비명만이 울려 퍼졌다.

"이거 놓으세요, 카산드라 님! 그만 좀……!"

릴리의 노성이『그레이트 폴』의 폭포 소리에 지워졌다.

제25계층 대공동.

다음 층의 대공동이 내려다보이는, 폭포가 시작되는 곳 부근의 낭떠러지에서 모험자들은 말다툼을 벌이고 있었다.

"안 돼요, 안 돼요……! 27계층에 가서는……!"

파룸 소녀의 팔을 붙들고 놓지 않는 사람은 카산드라였다.

눈꼬리에 눈물을 머금은 채, 말리려 하는 미코토 같은 이들을 뿌리치며, 그 조그만 손을 놓으려 하지 않았다. 하루히메와 치구사가 당황할 정도로 변모한 채【헤스티아 파밀리아)를 이 자리에 묶어놓으려 했다.

『꿈』은 실현되고 말았어! 죽음의 암시가 나온 이 사람들을 절대 보낼 수 없어……!'

그녀의 행동은 그 마음 하나에서 비롯된 것이었다.

지금 소녀의 몸에는 터무니없는 죄책감과 절망감이 가득했다.

죽게 만든 수많은 목숨이 괴로움이 되어 얹혔다.

가슴이 옥죄어든다는 표현으로도 부족한, 짓씹히는 듯한 아픔을 느끼고 있었다.

두 눈에서도 눈물이 넘쳐났다.

'하지만, 하지만 이러면……!'

이 사람들은 구할 수 있다. 카산드라의 소중한 사람들은 이대로 가면 구할 수 있다.

면죄부도 되지 않는 그 마음을 가슴에 품은 채, 카산드라는 괴로워하며 안도했다.

이로써 절대적인 파멸을 회피했다고.

하지만.

확신한 카산드라를 비웃듯 『그것』이 일어났다.

"―――."

대지의 지진.

아니, 던전이 일으키는 『요동』.

카산드라의 기괴한 행동에 고민하던 일행은 일제히 몸을 우뚝 멈추었다.

그들의 청각은 그것을 놓치지 않았다.

"이봐, 이 소리……!"

"설마, 아니겠지……."

"말도 안 돼요! 그것이 태어나려면 앞으로 **보름**은 더……!"

오우카, 벨프, 릴리가 낯빛을 확 바꾸었다. 그러거나 말거나 미궁은 으르렁거리는 소리를 이어나갔다.

──던전이 생각하는 바는 단 하나.

면역체인『말살의 사도』를 보냈음에도 모험자는 살아있다. 그뿐이랴, 『재앙의 자식』은 이 계층을 떠나고 말았다. 모태를 부수는 존재는 아직도『물의 미로도시』에 남아있거늘.

그것도 한둘이 아닌, 무시할 수 없는 숫자가.

간과해서는 안 된다.

따라서 던전은 있을 수 없는 선택지를 골랐다.

으르렁거리는 소리를 지르며, 『그 존재』를 낳았다.

"이, 이건……!"

그들은 본 적이 있었다.

『거대하기 그지없는 무언가』가 태어나는 그 전조를.

계층이 뒤흔들리는 진동과, 그 거대한 균열이 내달리는 소리를.

"온다!"

아이샤가 외친 다음 순간, 제27계층의『그레이트 폴』이

폭발했다.

무시무시한 물보라가 제25계층까지 치솟고, 이내 맹렬한 호우가 되어 대공동에 쏟아졌다.

최하층의 대폭포를 뚫고 나타난 『그것』은 지하의 비를 맞으며, 희뿌연 연기에 휩싸인 채 천천히 용소 바닥으로 잠수했다.

그리고 약진.

무시무시한 기세로 흐르는 대량의 폭포수, 수백 M에 이르는 『그레이트 폴』을, 놀랍게도 거꾸로 올랐다.

"————."

제27계층에서 제26계층, 그리고 이곳 제25계층으로 밀려오는 거대하고도 소름 끼치는 그림자를 내려다보며, 카산드라는 떠올렸다.

——『아, 폭포를 타고 밑에서 몬스터가 올라오거나 하진 않으니 안심해.』

——『**일부** 예외가 있긴 하지만.』

그것은 며칠 전, 어떤 여걸이 했던 말.

지금은 곁에서 대형 박도를 들고, 그저 놀라움에 물든 채 폭포를 노려보는 아이샤의 말.

그녀의 말이 의미하는 바를, 카산드라는 겨우 깨달았다.

"다들 물러나아아아아아아아아아아아아아!!"

벨프의 절규에, 일행은 폭포 입구의 단애절벽에서 일제히 대피했다.

그 직후, 폭포가 터져나갔다.

해일이 발생해, 모두가 여기에 휩쓸린 채 절벽 안쪽으로 흘러내려갔다.

한 사람, 또 한 사람이 일어나 몇 번이고 기침을 하며 젖은 얼굴을 들었을 때, 시선 저편에는── 한 마리의『용』이 있었다.

두 개의 머리를 가진『쌍두룡』.

"27계층의,『몬스터렉스』──."

릴리의 아연실색한 목소리를 아이샤가 이어받아 내뱉었다.

"──『암피스바에나』!"

제25계층의 용소, 거대한 호수의 중앙에서 몸을 꿈틀거린 계층 터주는 어머니의 바람에 호응하듯 머리 위를 올려다보았다.

『워어어어어어어어어어어어어어어어어어어어어어어어어어어어어!』

그것은 현재 확인된『계층 터주』중에서도 유일한 예외.

특정한 에어리어를 지키는『몬스터렉스』의 규칙에 어긋나는,『이동형』계층 터주.

얼굴을 일그러뜨리며 무기를 드는 동료들 속에서, 카산드라는 넋을 놓고 있었다.

이곳은 던전. 괴물의 도가니.

비극의 예언자가 든『반기』따위 시시한 몸짓에 불과한,

무한의 미궁.

　머리 둘 달린 백룡은 던전의 의지를 받들어, 연신 포효했다.

　소녀의 얼굴은 얼어붙었다.

　【파멸】을 회피했다면.

　다음으로 카산드라가 찾아갈 곳은── 그렇다, 【절망】이었다.

6장 그리고 그들은 가혹을 잇는다

© Suzuhito Yasuda

암반을 두들겨 부수는 소리가 울려 퍼진다.

암석의 비와 함께 거구가 낙하한다.

맹렬하게 공기를 찢은 소리에 이어, 지면에서 격돌하는 소리가 울려 퍼졌다.

그 충격에 계층이 진동한다.

솟아나는 연기 너머, 막 생겨난 분지 속에서 준동하는 청백색의 길다란 몸.

거대 뱀 몬스터『웜 웰』이었다.

『──────────아아아!!』

『흉조』라는 이름을 가진 괴물이 날뛰었다.

겹눈이 짓이겨진 채, 피를 흘리며, 이 세상에서 가장 견딜 수 없는 고통을 받은 것처럼 발버둥을 쳤다. 커다란 입에서 붉은색이 섞인 토사물을 토해내며, 그 길다란 몸을 이리저리 휘둘러댔다.

그것은 마치『반드시 배탈이 나는 매우 위험한 이물질』을 먹어버린 아이와도 같았다.

다음 순간, 퍼엉! 소리와 함께 몬스터의 긴 몸이 흔들렸다.

한 번으로는 그치지 않았다. 두 번, 세 번, 네 번.

『충격』이 발생할 때마다 몬스터의 비명은 더욱 격렬해졌다. 청백색을 띤 몸 표면이 마치 불을 밝힌 것처럼 안쪽부터 부옇게 붉은 빛으로 물들었다. 마침내 그『충격』은 몬스터의 가죽을 뚫고『염뢰의 빛』이 되어 솟구쳤다.

두 발, 세 발, 여전히 멈추지 않는다.

긴 몸의 측면에서 뿜어져나오는 화포. 가공할 염뢰의 창.

몸이 안쪽에서 불타고 꿰뚫린 몬스터는 힘이 다해 굉음을 내며 대지에 쓰러졌다.

그리고.

긴 몸의 한복판에서, 칠흑의 나이프가 뚫고 나왔다.

몸 안쪽에서 검이 돋아난 것처럼, 칠흑의 칼날은 검신에 새겨진 【히에로글리프】를 빛내며 살을 가르는 끔찍한 소리와 함께 서서히 아래로, 아래로, 가죽을 종단했다.

칼날이 그려내는 세로 일직선의 상처.

질퍽. 몸 안쪽에 담겨 있던 것들이 붉은 탁류와 함께 쏟아져 나왔다.

그 직후, 안쪽에서 나타난 손이 그 상처 부위를 붙들고 좌우로 있는 힘껏 갈랐다.

"끄아아아아아아아아아아아아아아아아아……?!"

백발 소년이 나타났다.

두 눈을 질끈 감고, 온몸에서 김을 피워 올리며 벨은 절규했다.

탈출한 몬스터의 몸속에서 휘청휘청 쓰러지듯 몇 걸음을 나아가는가 싶더니, 철퍼덕 소리와 함께 낙법도 못하고 피웅덩이 속에 고꾸라졌다.

"으아아아아아아아아아아악……?!"

벨의 온몸은 **녹고 있었다.** 노출된 피부를 비롯해 이너웨어도 일부가 용해되었으며, 새하얀 머리카락도 연기를 뿜어냈다. 무사한 부분은 왼팔에 감은 칠흑의 목도리와 칼집에 보호를 받는 무기뿐.

강렬한 독성 위산이 몬스터의 위장 속에 들어간 소년을 태웠던 것이다.

겨우 몸 밖으로 탈출해, 차가운 바깥공기에 닿은 후에도 격통이 온몸을 메웠다.

위산이 섞인 몬스터의 피웅덩이에 엎드려 잠기는 바람에 다시 피부가 타들어가 연기가 났다.

하지만 벨은 이내 손을 짚고 몸을 떼어내더니, 비틀거리면서 일어났다.

"류 씨……! 류 씨이이이이이이이이이이이이……!!"

녹아서 들러붙은 채 굳게 감긴 한쪽 눈꺼풀을 억지로 뜨어 열었다. 시야는 아직 뿌옇지만 다시 몬스터의 몸속으로 향했다.

귀를 막고 싶어질 정도의 신음성을 내며 몸속을 헤집기를 한동안. 그는 품에 한 엘프를 안고, 이번에야말로 몬스터의 위장을 떠났다.

"으아아아아아아아……!"

보통 사람이라면 오손도손 녹아 뱀의 뱃속에 뒤섞여버렸을 것이다.

하지만 두 사람은 일반인을 아득히 초월한 상급 모험자.『그릇』을 세 번이나 승화시켰던 그들은 강력한 위산도 견뎌냈다.

꼴사납게 엉거주춤한 자세로 류를 질질 끌어내, 몬스터

의 피웅덩이를 지나쳐, 엎어지듯 지면에 쓰러졌다.

류는 축 늘어져 힘을 잃은 채였다. 삼켜진 후로도 벨이 품에 안은 채 굳게 지켜주었다고는 하지만 역시 롱 케이프나 배틀클로스는 녹아버렸다. 싱그러운 엘프의 피부에도 추한 화상이 띄엄띄엄 남았다.

눈꺼풀은 영원한 잠에 빠져든 것처럼 감긴 채.

한쪽 눈으로 눈물을 흘리며, 이제는 기력만으로 육체를 가동시키던 벨은 두 무릎을 짚은 자세로 그녀의 몸을 안아올렸다.

"류 씨, 류 씨! 눈을, 눈을 좀 뜨세요……!"

떨리는 손과 녹아든 손가락 피부로 류의 어깨를 붙들고, 벨은 연신 외쳤다.

그녀의 목숨을 붙들어놓기 위해, 몇 번이고.

소년의 바람이 닿았는지, 그녀의 눈꺼풀이 꿈틀하고는 속눈썹이 가늘게 떨렸다.

"류 씨……!"

벨의 얼굴에 환희가 깃든 직후.

그의 희망을 때려부수듯, 멀리서 괴물이 울부짖는 소리가 들려왔다.

"_____."

현실로 돌아온 벨은 천천히 고개를 들었다.

그곳은 막막한 거대 룸. 너무나도 넓었다. 거대하기

그지없었다.

어둠에 지배된 주위를 떨리는 눈빛으로 둘러본 벨은, 근처에 몬스터의 그림자가 없다는 데에 안도하고자 했다. 하고자 했으나, 불가능했다.

——지금 몬스터에게 습격당했다간 끝장이야.

——아니, 그게 아니지.

——여긴 어디지?

——여긴, **몇 계층이야?**

『웜 웰』은 계층 사이를 이동한다.

뱀의 어두운 몸속에서 호되게 흔들리며 충격에 희롱당했던 벨은, 곁에서 시체가 되어 쓰러진 이 몬스터가 어디까지 굴을 파고 왔는지 파악할 도리가 없었다.

아마 제27계층보다는 아래.

힘을 잃은 류의 어깨를 손가락이 파고들 정도로 꽉 쥐고, 그녀의 몸을 지키고자 끌어안으며 공포와 싸웠다. 그리고 상황파악에 힘썼다.

지면의 조성은 토석 계열.

희미하게 시야 저편에 보이는 벽면도 마찬가지.

머리 위에 펼쳐진 공간은 하염없이 높아 Lv.4의 시력으로도 천장을 볼 수 없다.

막막한 어둠에 가려진 것이다.

유일한 광원은, 벽에 같은 간격으로 밝혀진 인광뿐.

바닥과 벽면, 계층 그 자체의 색은—— **희뿌연 색.**

"━━━━━━━━."

한기가 온몸을 엄습했다.

목을 쓰다듬는 얼어붙은 바람이『이제야 알았어?』하고 속삭인다.

어깨에 얹히는 암담한 어둠이 귓전에서 비웃는 소리를 내기 시작했다.

심장 소리가 시끄러웠다. 가슴뼈를 부수고 튀어나올 것만 같다.

연신 울려대던 메마른 피리 같은 소리가 흐트러진 자신의 숨소리임을 깨닫는 데에는 몇 초가 필요했다.

설마, 설마, 설마.

본능이 비명을 지르고 있었다.

이성이 사실을 부정하고 싶어했다.

머리에 축적된 기억이, 하프엘프 접수원과 함께 함양했던 지식이, 잔혹할 정도로『어떤 층역』의 정보를 현재의 상황과 일치시켜주고 있었다.

너무나도 거대한 미궁 구조.

비장함을 느낄 정도로 차원이 다른 스케일.

상층 영역, 중층 영역, 심지어 **하층 영역과도 다른** 규모.

벨은 절망에 물들며 해답을 도출해냈다.

그【가혹】의 이름은 —— 제37계층.

떨리는 입술이 중얼거리는 소리를 툭 떨구었다.

"『심층』……."

스테이터스

Lv.**4**

힘: E488   내구: F352   기교: A888   민첩: A889   마력: B717
수렵자: G   내성: G   마방: I

《마법》

【루미노스 윈드】 · 광역공격마법.

· 바람, 빛 속성.

【노아 힐】 · 회복마법.

· 지형효과. 삼림지대에서 효력 보정.

《스킬》

【페어리 세레나드】 · 마법효과 증폭.

· 야간에 강화보정 증폭.

【마인드 로드】 · 공격시 마인드를 소비해 「힘」을 상승시킨다.

· 마인드 소비량을 포함해 임의발동(액티브 트리거).

【에어로 마나】 · 질주시 속도가 상승할수록 공격력에 보정.

《소태도 쌍엽》

· 두 자루의 소태도

· 제2등급 무장 중에서도 상당한 명검.

· 【아스트레아 파밀리아】의 극동 출신 동료 고죠노 카구야에게 받은 것. 라이벌
이자 전우였던 그녀에게서 류는 태도 기술을 배웠다.

· 제18계층의 【파밀리아】 무덤에 돌려주지 않은 채 함께 싸우기로 선택한 유일
한 유품.

【류 리온】
소속: 【아스트레아 파밀리아】
종족: 엘프
직업: 『풍요의 여주인』 점원
도달계층: 제41계층
무기: 목검, 소태도
소지금: 44,440발리스

후기

느닷없이 스포일러부터 시작하지만 재앙 나리의 참고자료는 에○리언 퀸 폐하였습니다.

참회라는 이름의 제13권 후기입니다.

한 권으로 완결짓지 못해 진심으로 죄송합니다. 주점의 요정에게 얽힌 이야기는 한 권으로 결판을 낼 예정이었지만, 아니나 다를까 예정 페이지 수 오버가 예상되었으므로 상하권 구성이 되고 말았습니다(그리고 6장 이후에도 이어지는 노도의 위기상황과 수라장 러시로 읽는 것이 매우 힘들어지시리라 여겨졌으므로……). 정말정말 죄송합니다…….

조짐은 있었습니다. 이번의 메인 히로인인 주점 요정을 밀쳐내고 비극의 예언자가 소리 높여 자신의 등장 차례를 주장했기 때문이지요. 미묘하게 희박했던 그동안의 존재감을 떨쳐내겠다는 양.

소위 『예언』 소재는 스토리의 기믹으로 제법 이른 단계부터 생각했는데요, 막상 시작하고 보니, 예언자님이 아주 자기 마음대로 움직여서.

절망도 갈등도 결의도 당초 예상했던 것 이상이라, 50페이지쯤부터 이제는 제 손을 떠난 것 같았습니다. 아무 생각 없이 술술 문장이 채워졌던 건 처음 있는 경험이었는지도 모르겠네요. 게다가 설마 했던 히로인 승격까지(적어도 작가의 마음속에서는요). 저도 모르게 "실화냐?" 하고 중얼거렸을 정도로 충격이었습니다.

원래의 예정에는 없었던 전개에 하늘을 우러러 으아아 절규하는 반면, 조금 기쁘기도 했습니다. 스토리 속에서 살아있는 등장인물들이 당초의 구상을 배신하는, 혹은 좋은 방향으로 예상을 웃도는 것은 작가에게도 작품에게도 좋은 일이라고 생각하니까요. 다만 요정 히로인의 등장 분량을 기대했던 독자 여러분께는 죄송합니다. 다음 권에는 좀 더 늘어날 테니(예정), 기다려주시면 고맙겠습니다.

그러면 감사와 사죄로 넘어가겠습니다.

새로이 담당이 되신 마츠모토 님, 앞으로도 잘 부탁드립니다. 여러 모로 막장인 작가를 몇 번이나 지탱해주신 키타무라 편집장님, 이번에도 많은 폐를 끼쳐드렸습니다. 멋진 일러스트를 주신 야스다 스즈히토 선생님, 스토리에 색채를 더해주셔서 감사감사합니다. 특히 전장으로 들어간 배틀 러시는 정말로 기뻤어요! 관계자 여러분께도 깊은 감사를 드립니다. 무엇보다도 이 책을 읽어주신 독자 여러분, 늘 고맙습니다.

다음 권인 후편도 빨리 전해드릴 수 있도록 열심히 노력하고 있습니다.

또 뵐 수 있으면 기쁘겠습니다.

여기까지 읽어주셔서 고맙습니다. 실례합니다.

오모리 후지노

던전에서 만남을 추구하면 안 되는 걸까 13

2018년 7월 1일 1판 1쇄 발행
2021년 8월 31일 1판 4쇄 발행

저 자	오모리 후지노
일 러 스 트	야스다 스즈히토
옮 긴 이	김민재
발 행 인	유재옥
본 부 장	조병권
담당편집자	정영길
편 집 1팀	이준환 박소연
편 집 2팀	정영길 조찬희 박치우 조현진
편 집 3팀	오준영 곽혜민 이해빈
미 술	김보라 서정원
라이츠담당	한주원 이다정
디 지 털	박상섭 이성호 최서윤
인쇄제작처	코리아피앤피
발 행 처	㈜소미미디어
등 록	제2015-000008호
주 소	서울시 마포구 토정로222, 403호 (신수동, 한국출판콘텐츠센터)
판 매	㈜소미미디어
마 케 팅	한민지
물 류	허석용
전 화	편집부 (070)4164-3962, 3963 기획실 (02)567-3388 판매 및 마케팅 (070)4165-6888, Fax (02)322-7665

ISBN 979-11-6190-591-4 04830
ISBN 979-11-950162-0-4 (세트)